흰 당나귀들의 도시로
돌 아 가 다

\

흰 당나귀들의 도시로
돌 아 가 다

제임스 테이트 산문시집
최정례 옮김

Return to the City of White Donkeys

JAMES TATE

창비

시인 제임스 테이트와 이 시집 『흰 당나귀들의 도시로 돌아가다』를 처음 만난 것은 미국 아이오와 국제창작 프로그램에 참가했던 2006년 가을이었다. 미국 시의 동향이나 제임스 테이트에 대하여 아무것도 모른 채 다른 나라의 작가들과 함께 그의 낭독회 장소에 들어섰는데, 마치 인기 가수를 향한 극성팬들의 환호처럼 그날의 분위기는 열렬하였다. 강당을 가득 채우고도 모자라 통로에까지 앉은 청중이 그가 읽어 내려가는 이야기를 들으며 깔깔거리고 박수 치다 또 갑자기 숙연해지기도 했다. 한국에서는 겪어보지 못한 생소한 분위기의 낭독회였기에 독회가 끝난 후 길게 늘어선 줄 끝에 서서 기다리다 시집 『흰 당나귀들의 도시로 돌아가다』를 샀고, 그의 싸인을 받았다. 익숙지 않은 외국어로 듣기만 할 때와는 달리 숙소에 돌아와 읽으니 평이한 문장으로 이어지는 일상의 이야기가 어렵지 않게 읽혔다. 그러나 이런 이야기도 시라고 할 수 있는지 우선 당황스럽기만 했다. 혹시 내가 무엇인가 잘못 이해하고 있는 것은 아닌지 스스로를 의심하면서 페이지를 넘겼다. 커다란 강당에 가득 찬 청중의 반응, 그들이 왜 웃다가 한숨 쉬고 박수치며 깔깔거렸는지 어렴풋이 이해할 수 있었다.

본격적으로 이 시집의 번역에 매달린 것은 2009년 캘리포니아 버클리 대학에서 방문 연구원으로 머물 때였다. 익숙지 않은 미국 생활이었지만 그 땅에서 생활한다는 것 자체가 시집 속의 상황이나 장면들을 이해하는 데 도움을 주었다. 그러고 보니 거의 십여 년간 이 시집과 번역 원고들을 곁에 두고 있었던 것 같다. 강의 중 학생들과 함께 읽기도 했고 친구들에게 권하기도 했다. 시인이 시치미 떼고 전하는 어수룩한 말들이 나를 멍하게 하기도 했고, 수수께끼 같은 말, 무의미한 말들도 어느새 내 입속에 들어와 마치 내 본래의 리듬처럼 살아 내 시로 변주되기도 했다.

제임스 테이트는 1943년 12월 8일 미주리주 캔자스시티에서 출생하였다. 제2차 세계대전 중 조종사로 참전했던 그의 아버지가 1944년 4월 독일에서 사망했을 때는 그가 태어난 지 겨우 4개월이 되었을 때다. 제임스는 외가에서 조부모와 어머니, 이모, 삼촌과 살았고, 또래의 아이들과 함께 지냈던 이 시기를 천국의 시간으로 기억한다. 7세 때 어머니의 재혼으로 외가를 떠나지만, 6개월도 못되어 다시 혼자가 된 어머니가 생계를 꾸려가는 동안 그는 텅 빈 집에서 외로운 시간을 보낸다. 그 외로운 낮 시간의 몽상이 그에게는 뭔가를 창조하기 좋은 시간이었다고 한다. 제임스의 모친은 또 한 번의 결혼을 했는데 그 남자는 어머니에게 폭력을 휘두르고 그들이 낳은 딸도 돌보지 않는 무책임한 사람이었다. 제임스는 폭력을 휘두르는 그에게 총을 겨눠 그를 쫓아낸 적도 있다. 그가 16세 때였다. 고등학교 시절에는 갱단에 속한 친구들과 어울려 다니고 문학에는 별 관심이 없었다. 주유소 조수로 일할 계획이었는데 갱단의 친구들이 모두 대학에 지원한다는 사실을 알고 깜짝 놀라 캔자스 주립대에 지원한다. 그는 어떤 과목이든 작정하고 최고의 성적을 기록했고, 입학한 지 두달도 안돼 첫 시를 쓰게 되면서 시에 '낚여' 인생의 나머지 시간은 시를 쓰며 보낼 것이라 생각한다. 대학 재학 중 호머 브라운이라는 선생이 준 월러스 스티븐슨과 윌리엄 카를로스 윌리엄스를 읽고 그들이 모든 것의 초석이라는 생각을 한다. 첫 여름방학에는 유럽으로 가 부친의 무덤이 있는 벨기에의 군인묘지를 방문한다. 그후 대학 선생 중의 하나가 권유한 아이오와 대학 M.F.A. 과정에 지원서를 쓰는 대신 시 12편을 보이고 발탁되어 입학한다. 아이오와 두번째 학기에는 자신의 부친과 관련된 시 「실종된 조종사」(The Lost Pilot)로 그 유명한 예일대 젊은 시인상(Yale Series of Younger Poets Competition)에 선정되어 같은 제목의 첫 시집이 출간된다. 그의 나이 22세였다. 이 시기 그는 벤저민 페레, 막스 제이콥, 로베르 데스노스, 앙드레 브르통 등의 초현실주의자들의 문학에 관심을 갖기 시작했지만 앙드레 브르통의 선언문 같은 것은 독재적이라는 생각에 혐오했고 그들 중 누구와 같이 되거나 그 어떤 것에 속하기를 원하지 않았다고 한다.*

제임스 테이트는 1967년 첫 시집 『실종된 조종사』를 시작으로 소설, 에세이 등 30여권의 저서를 썼으며 그중 『명예로운 플레처 사람들』(Worshipful Company of Fletchers, 1994)은 전미도서상을 수상했고 『시선집』(Slected Poems, 1991)은 시 부문 퓰리처 상과 윌리엄 카

---

* 이 글은 "The Art of Poetry No. 92," *The Paris Review*에 실린 찰스 시믹과의 인터뷰를 참조했음을 밝힌다.

를로스 윌리엄스 상을 수상했다. 그는 캘리포니아 버클리 주립대, 컬럼비아 대학을 거쳐 1971년 이후 주로 애머스트에 거주하며 매사추세츠 애머스트 대학에서 가르쳤다. 시인 다라 위어(Dara Wier)와 결혼했으며 2015년 71세의 나이로 타계했다.

제임스 테이트의 이 엉뚱하고 재치 있는 시집을 한국의 독자들에게 처음으로 소개하게 된 것이 기쁘다. 이 시집은 처음부터 차례로 읽어가기보다는 작품해설에서 언급한 시들부터 우선 읽기를 권한다. 제임스 테이트의 특성이 뚜렷하게 드러나는 이 시들을 먼저 읽으면 그에게 좀더 쉽게 다가갈 수 있을 것이며, 시집을 읽는 재미가 더해질 것이라 믿는다.

2006년 아이오와에서 제임스 테이트와 이 시집을 만나게 된 후 번역을 하면서 몇분의 도움을 받았다. 무엇보다도 미국식 일상어와 구어체에 서투른 필자에게 도움을 준 최희준 시인께 깊이 감사드린다. 초기 번역 이후 오류를 지적하며 꼼꼼하게 정리를 도와준 전다예 양의 도움이 없었다면, 그리고 최종 교정을 보며 옮긴이의 문장을 끈기 있게 지적해준 창비 편집부 이선엽 씨의 도움이 없었다면 이 번역 시집은 얼굴을 내밀지 못했을 것이다. 또한 오래 묵힌 원고를 끌어내 빛을 보게 해준 창비의 강영규 부장과 한기욱 주간님께 깊은 감사를 드린다.

2019년 여름
최정례

차례

다라(Dara)에게

나무들이 강물에 비친다. ─ 그들은 그렇게 가까운
곳에 영혼의 세계가 있다는 것을 의식하지 못하고 있
다. 우리도 그렇다.

─ 너새니얼 호손, *The American Notebooks*

장기간에 걸친 기억

내가 비둘기에게 모이를 주며 공원에 앉아 있었는데 한 남자가 다가와 내 얼굴을 면밀히 살펴보았다. "저쪽에 당신의 동상이 서 있네요." 그가 말했다. "당신은 분명 죽어 있어야 하는데요. 무슨 일을 했길래 동상으로 서게 된 거지요?" "난 나의 동상을 본 적이 없소." 내가 말했다. "동상이 있을 리가 없소. 난 동상으로 세워질 만한 일을 한 적도 없고. 그리고 난 분명 죽지 않았단 말이요." "그럼 당신이 가서 직접 확인해봐요. 당신이 맞아요. 틀림이 없다니까." 그가 말했다. 나는 일어나서 동상이 있다는 곳으로 걸어가 보았다. 그것은 정말 나였다. 나는 선구자들의 동상처럼 먼 곳을, 혹은 먼 미래를 응시하고 있는 것처럼 보였다. 거기에 내 이름이나 뭐 그런 것은 쓰여 있지 않았다. 그러나 그것은 나였다. 한 여자가 다가와서 말했다. "당신은 자기 자신의 동상을 쳐다보고 있네요. 이거 법이나 뭐 그런 것에 위배되는 거 아닌가요?" "분명 그럴지도 모르지요. 그러나 이건 내가 처음으로 위반한 거예요. 어쩌면 그들은 가볍게 주의만 주고 나를 풀어줄 거예요." "이건 자연의 섭리에도 어긋나는 거예요." 그녀가 말했다. "그리고 이런 건 예의가 아니라고 생각해요." "나도 당신에게 전적으로 동의해요." 내가 말했다. "그럼 전 이만 가볼게요, 실례합니다." 나는 벤치로 돌아왔다. 아까 그 남자가 거기 앉아 있었다. "어쩌면 당신은 전쟁 영웅이었는지도 모르지요. 아마 당신은 전쟁에서 죽었을 거예요." 그가 말했다. "나는 군대에 간 적도 없는데." 내가 말했다. "어쩌면 당신이 삼백년 전에 이 마을을 세웠을 수도 있어요." 그가 말했다. "음 그랬더라도, 나는 지금 기억이 나지 않아요." 내가 말했다. "너무나 오래된 일이라." 그가 말했다. "당신은 잊어버렸을 수도 있어요." 나는 비둘기에게 모이를 주러 돌아왔고. 오, 맞아. 마을을 세우고. 이제 그것이 내게로 돌아오고 있었다. 그것은 어느 수요일이었다. 가벼운 비가 내렸고, 내가 탄 말이 서서히······

물고기를 애도하며

스탠리는 회사를 하루 쉬면서 온종일 어항 속의 물고기와 이야기했다. 바닥을 따라 쏘다니는 작은 메기에게 그가 말했다. "찌꺼기를 빨아들여, 애야. 전부 삼켜버려. 그게 네가 할 일이야." 날씬한 연필고기가 헤엄쳐 지나가자 그는 "휘갈겨 써. 쓰고, 쓰고, 또 써. 나에게 한편의 소설을 써 보이란 말야, 이 뾰족 바늘코야." 천사고기가 특별히 능숙한 솜씨로 좌회전을 하자 스탠리가 말했다. "넌 천사는 아니지만, 운전 하나는 잘하는구나." 그리고 그는 점심을 먹기 위해 자리를 떠나 참치로 샌드위치를 만들었다. 이것이 그가 벗어날 수 없는 아이러니였다. 아니, 그는 이 아이러니 속에서 뒹굴었다. 한입 한입 맛을 음미하면서. 그리고 어항 앞 의자에 다시 와 앉았다. 한떼의 작은 네온 물고기가 그를 즐겁게 했다. "너희는 이 어항이 뭐, 타임스퀘어라고 생각해?" 스탠리가 소리쳤다. 그렇게 밤은 깊어갔다. 다음 날 아침 스탠리는 어제 자신이 한 행동 때문에 무섭게 당황했고 물고기들에게 여러번 사과했다. 그러나 물고기들은 그를 결코 용서하지 않았다. 스탠리는 바로 물고기들의 물고기다움을 조롱했던 것인데, 그렇기 때문에 용서라는 게 있을 수 없었다.

아름다운 구두닦이

공항에는 아무도 없었다. 믿을 수 없는 일이었다. 그래서 나는
공항의 복도를 따라 계속 걸어 내려갔다. 승객들도, 항공사의 직원
들도 없었고, 작은 상점에도 레스토랑에도 아무도 없었다. 유령이
나올 것 같았다. 나는 비행기를 타야 한다. 나는 시카고로 가야만
한다. 그러나 가야 한다는 그 사실은 늘 떼 지어 몰려다니는 여행
객과 직원들로 법석대던 이 거대한 터미널에 홀로 있으면서 경험
하는, 다른 세계에 와 있는 듯한 무시무시한 이 비현실감에 비하면
실은 좀 사소한 일이었다. 마침내 나는 스탠드에 혼자 앉아 있는
구두닦이 사내를 보았다. 그에게 다가가자 그가 미소 지으며 말했
다. "구두 닦으시려고요, 선생님?" "그러지요." 내가 대답했다. "종
일 한가로운 하루였겠네요." 내가 덧붙였다. "오늘 잘되고 있는데
요." 그가 말했다. "다만 더 많은 사람들이 날아다닐수록 눈에는 그
들이 더욱 안 보이지요." 나는 주변을 둘러보았다. 어떤 흐릿한 무
리 같은 것들이 게이트를 향하여 달려가고 있었고, 또 한편에서는
높고 끽끽거리는 목소리로 몇시냐고 묻는 희미한 무리들이 있었
다. 내가 실수한 것이 분명하다. 나는 충분히 날아다니지 않은 것
이다.

늘 부족한 마취 화살

지난주에 곰 한마리가 마을에 걸어 들어왔다. 큰 놈이었고, 게다가 수놈이었다. 곰은 피자가게의 문을 밀고 들어와서는 손님들의 접시에 있는 피자를 다 먹어치웠다. 손님들은 그저 놀라서 입을 벌린 채 그 자리에 앉아 있을 뿐이었다. 그러더니 곰은 큰길로 계속 걸어갔고 햄버거 가게에 들어가서도 같은 짓을 했다. 요리사가 어찌어찌해서 겨우 경찰과 통화를 했다. 즉각 경찰이 왔다. 그러나 그들은 지난 금요일 밤 고교 미식축구 경기에서 마취 화살들을 전부 써버렸다. 그래서 경찰은 실례가 되지 않을 만큼의 거리를 유지하면서 곰을 그냥 따라다니기만 했다. 곰은 배가 부르자 자기 갈 길을 찾아 마을 밖으로 나갔다. 나와 얘기하던 사람들은 자연으로 돌아가게 된 것이 기쁜 모양이었다. 그들은 먹을 것만 충분하다면, 불평하지는 않을 터였다.

이렇게 시작되었지

염소 한마리가 내 옆에 나타났을 때 나는 성 세실리아 사제관 밖에서 담배를 피우고 있었다. 놈은 전체적으로는 흑백 얼룩이었으나, 여기저기 붉은 갈색도 약간 섞여 있었다. 내가 걷기 시작하자 염소는 나를 따라왔다. 나는 즐거웠고 아주 기뻤다. 그러나 이런 종류의 일에는 어떤 법이 적용되는지 의구심이 들었다. 개에게는 목줄과 관련한 법이 있는데, 염소에게는 무슨 법이 적용될지? 사람들은 나를 보고 미소 지었고 염소에 감탄했다. "이건 내가 키우는 염소가 아니에요." 내가 설명했다. "이건 마을 소유의 염소예요. 단지 내 차례가 되어 돌보고 있는 거지요." "우리에게 염소가 있다는 건 몰랐는데." 그들 중 하나가 말했다. "내 차례는 언제지?" "곧 올 거예요." 내가 말했다. "참고 기다리세요. 당신의 때가 오고 있어요." 염소는 내 곁을 떠나지 않았다. 내가 멈추면 염소도 제자리에 섰다. 염소가 나를 올려다보았다. 나도 염소의 눈을 들여다보았다. 그가 나에 관한 본질적인 모든 것을 알고 있다는 느낌이 들었다. 우리는 계속 걸었다. 순시 중인 경찰이 우리를 쳐다봤다. "당신이 데리고 있는 그 염소는 대단히 멋지네요." 그가 멈춰 서서 감탄했다. "이건 마을의 염소예요." 내가 말했다. "이 녀석의 선조들이 삼백년 전부터 우리와 함께 있었지요." 내가 말했다. "마을이 시작될 때부터라고요." 경찰은 염소를 만지려고 몸을 앞으로 숙였다 멈추고는 나를 올려다보았다. "제가 좀 쓰다듬어도 괜찮을까요?" 경찰이 물었다. "이 염소를 만지면 당신 인생이 완전히 바뀔 거예요." 내가 말했다. "만지고 말고는 당신이 결정할 일이지요." 그는 잠시 동안 아주 골똘히 생각했고, 그리고 몸을 일으키더니 말했다. "염소의 이름이 뭔가요?" "평화의 왕자라고 부른답니다." 내가 말했다. "세상에, 이 마을은 동화 속에 있는 것 같네요. 구석 구석에 신비와 놀라움이 있어요. 그리고 나는 영원히 도둑과 경찰 놀이를 하는 어린 아이 같아요. 내가 만약 운다 해도 부디 용서해주세요." "우리가 당신을 용서하지요, 경찰관님." 내가 말했다. "다른 누구보다도, 당신이 왜 저 왕자를 만져서는 안되는지 우리는 알지요." 염소와 나는 계속 걸어갔다. 차츰 어두워졌고 우리는 어디서 묵으며 밤을 지내야 할지 걱정하기 시작했다.

덧없는 가족사진들

이건 힘든 일이고 급료도 적다. 하지만 적어도 못된 무리들, 지독한 인간들과 어울릴 수는 있다. 그래서 나는 이 일을 택했다. 첫 주는 죽을 것 같다는 생각을 했다. 손에서 피가 나는데 멈출 수가 없었고, 다리는 간신히 몸을 지탱하고 있었다. 둘째주에는 시야가 흐릿해졌고 음식을 삼킬 수가 없었다. 넷째주가 되니 그 일이 좋아지기 시작했다. 강해졌다는 기분이 들었다. 일년이 지나자 아무것도 느낄 수가 없었다. 내 이름이 무엇인지, 내가 어디에 있는지도 알 수가 없었다. 내가 해야 할 일은 무엇이든 다 해냈지만, 어떻게 해냈는지는 모르겠다. 그리고 카페테리아에서 시어드리를 만났을 때 그녀가 말했다. "사장님, 정말 대단한 일을 하고 계시네요." "방금 나를 뭐라고 불렀지?" 내가 말했다. "사장님이요." 그녀가 말했다. "시간이 오줌 싸듯 흘러가버렸네." 내가 말했다. "귀에서 새들이 지저귀는 소리가 들려." 내 눈은 젤로*에 꽂혀 있었고.

---

* Jell-O. 과일의 맛과 빛깔과 향을 낸 디저트용 젤리 상표.

가죽 반바지도 안 입은 남자

식료품 쇼핑은 아주 신비스러운 사업이 될 수가 있다. 생전 처음 본 사람이 내게 미소 지으며 '헬로' 하면서 고개를 까닥여 인사할 때 그게 도대체 뭘 의미하는 것인지. 이런 것 아니겠는가. '우리는 둘 다 여전히 먹고 있지. 그래 그거 좋은 일이지. 그래서 우리는 더 많은 먹을 것들을 모으고 있는 거야. 당신도 나도. 우리는 이렇게 공통점이 많으니까 친구라고 해도 되겠네.' 나는 그의 바구니에 무엇이 있는지 들여다본다. 내 바구니에 들어 있는 것들과는 전혀 비슷하지가 않다. 만약 내게 적이 한명 생기게 된다면, 온갖 곡식과 뿌리 야채를 가진 이 남자가 될 것이다. 나는 실례가 되지 않을 만큼의 적당한 거리를 두고 그 남자를 따라가기 시작한다. 그는 동종요법 약이 있는 통로로 들어서서 오랫동안 거기 머뭇거린다. 모두 합해 11개의 약병을 카트에 담는다. 그는 자기를 보고 있는 나를 쳐다보더니 또 미소 짓는다. 마치 그의 지혜로운 선택을 내가 다 이해할 거라는 듯이. 그는 건강해 보인다, 아니 지나치게 건강하다. '그 물건들은 상당히 비싸지만 당신의 코막힘을 치료할 수 없을걸' 나는 그에게 말해주고 싶다. 이쯤 되니 나는 무엇 때문에 여기 왔는지 잊고 있었다. 모든 사람들이 나를 보고 웃고 있다. 마치 내가 완전히 벌거벗은 것처럼. 내가 나를 내려다보니 정말 완전히 벌거벗고 있는 것이다. 그래 이것이 내가 발견한 식료품 쇼핑의 신비함이다. 어떻게 그럴 수가 있는지.

호숫가에서 보낸 거의 완벽한 저녁나절

우리는 주말을 호숫가에서 지냈다. 우리는 카누를 하고 방금 돌아왔다. 우리는 물새들과 사슴 한쌍과 독수리를 보았다. 클레오는 샤워를 하고 있었고 나는 와인 한병을 막 땄다. 벽난로에서는 불이 타고 있었다. 이 모든 것을 얻기 위해 내가 열심히 일하기는 했지만, 나는 지구상에서 최고의 행운아가 된 것 같은 기분이었다. 마침내 클레오가 내 곁에 온 순간에 난 그 사실을 실감했다. 그녀는 굉장히 예뻤다. "오늘 아주 멋진 하루였어, 허니." 그녀가 말했다. "고마워." "당신이 있었기에 오늘 멋진 날이 될 수 있었는걸. 너무 너무 고마워." 내가 말했다. 내가 와인을 조금 따랐고 그리고 우리는 불을 바라보았다. 약 한시간쯤 뒤에 문 두드리는 소리가 났다. 이 근처에는 사람이 거의 없기 때문에 누가 노크를 한다는 것 자체가 좀 당황스러운 일이었다. 나는 클레오를 보았고 그녀는 어깨를 추켜올리면서 찌푸렸다. 내가 문을 열자 거기에 경찰관이 서 있었다. "당신들이 에릭과 클레오 마틴입니까?" 그가 물었다. "네, 그런데요." 내가 말했다. "무슨 문제될 게 있나요?" "당신들을 체포합니다." 그가 말했다. "도대체 뭐 때문에요?" 내가 물었고, 굉장히 혼란스러웠다. "너무나 많이 행복하니까요." 그가 말했다. "이 근처 사람들이 몇가지 불평거리를 적어냈습니다. 이 호숫가에는 이런 종류의 일을 제한하는 법이 있습니다. 두분 다 저와 함께 가셔야겠습니다." "이거 일종의 농담인가요?" 내가 물었다. "그건 책에서 찾아봐야겠네요." 그가 말하고는 코트에서 두툼한 가죽 장정의 책을 꺼내더니 적당한 사항을 찾을 때까지 조심스레 페이지를 넘겼다.

일분 남짓 동안 숙고해보더니 손가락으로 그 페이지를 짚으며 읽어내려갔다. 마침내 그가 말했다. "네, 이건 확실히 일종의 농담입니다. 그러나 어떤 종류의 농담인지는 내가 결정할 수가 없군요. 괜찮겠습니까? 이게 어떤 종류의 농담인지 알려드릴 수가 없다면 당신을 짜증나게 하는 건가요?" 나는 클레오를 바라보았다. "우린 상관 안해요. 좋아요, 굿나잇. 좋은 저녁 보내세요, 경찰관님." "그러면 두분도 바로 행복한 상태로 돌아가세요." 그가 말했다. "굿나잇."

꽃 파는 사람

어머니날이 이틀밖에 남지 않았다는 걸 알아채고는, 나는 꽃 파는 사람에게 가서 말했다. "줄기가 긴 붉은 장미 열두송이를 우리 어머니께 보내고 싶어요." 그 사내는 날 보더니 말했다. "우리 엄마는 죽었어요." 이건 좀 프로답지 못한 태도라는 생각이 들었다. 그래서 내가 말했다. "가격은 얼마나 될는지요?" 그는 눈물을 닦더니 말했다. "오 괜찮아요. 난 극복했어요, 정말로. 어쨌든 엄마는 나를 조금도 사랑하지 않았지요. 그런데 왜 내가 슬퍼해야 하는지." "목요일까지 배달해줄 수 있을까요?" 내가 물었다. "엄마는 꽃을 싫어했어요." 그가 말했다. "나는 엄마처럼 꽃을 싫어하는 여자를 본 적이 없어요. 엄마는 내가 자기의 아버지처럼 치과의사가 되기를 원했어요. 하루 종일 사람들을 고문하는 그런 일을 상상할 수 있어요? 대신 나는 그들에게 기쁨을 주지요. 진정으로 엄마는 나를 자식으로 치지 않았어요. 그러나 여전히, 나는 엄마가 그리워요." 그리고 그는 다시 울기 시작했다. 나는 그에게 나의 손수건을 주었고 그는 거기에다 기운차게 코를 풀었다. 나의 곤혹스러움은 순수한 동정으로 바뀌었다. 이 녀석은 엉망이었다. 나는 어찌할 바를 몰랐다. 마침내 내가 말했다. "잘 들어, 당신이 우리 엄마에게 열두송이의 장미를 보내는 거야. 내 친구라고 하고 말이야. 우리 엄마에게 전화해서 내 친구라고 말해. 우리 엄마는 꽃을 사랑해, 그러면 우리 엄마는 꽃을 보낸 당신까지도 좋아할 거야." 그는 울기를 멈추더니 나를 노려보았다. "이거 일종의 사기야? 완전히 다른 엄마 문제로 나를 붙잡아두려는 계략이나 뭐 그런 거야? 왜냐면, 그게 사실이라면, 그러니까, 나는 엄마 문제를 이제야 하나 없앴는데, 또다른 엄마를 만들 수는 없어. 다시 말하자면, 난 보기보다 강하지 않다고……" "됐어." 내가 말했다. "좋은 생각이 아니었어. 확실히 올해는 우리 엄마에게 어떤 꽃도 보내지 않을 거야. 그게 다, 또한 좋은 생각은 아니었네. 이제 내가 가도 괜찮을까? 난 다른 볼일이 있어서, 그러나 당신이 날 필요로 한다면 더 있어줄 수 있어." "그래, 당신이 잠시 머물 수 있다면 나랑 같이 있어줘. 내 이름은 스키터야, 그리고 어머니날은 항상 이렇게 골칫거리지. 날이 갈수록 엄마가 더 그리워." 그가 말했다. 그래서 우리는 한시간 남짓 손을 잡고 앉아 있었다. 그런 다음 나는 세탁소로, 은행으로, 주유소로 내 갈 길을 갔다.

잃어버린 강

질과 나는 오랜 시간 동안 이 작은 시골 길을 운전하고 있었다. 그런데 그동안 내내 우리는 어떤 자동차도, 가게 하나도 보지 못했다. 우리는 잃어버린 강이라 불리는 마을을 향해가는 중이었고 휘발유가 다 떨어져가고 있었다. 그 마을에는 익수룡의 날개를 가진 사람이 있는데 듣기로는 그가 그것을 팔지도 모른다고 했다. 우리가 들은 바로는, 그 사람이 그것에 싫증이 났다는 것이다. 드디어, 우리 뒤에 낡은 픽업트럭이 다가오는 것을 발견하고 나는, 차를 길가에 세우고 내려서 손을 흔들었다. 그 남자는 우리를 지나치려고 하다가, 마음을 바꿔 차를 세웠다. 내가 그에게 잃어버린 강으로 가는 길을 아냐고 물었더니 그는 그런 곳은 들어본 적도 없다고 말했다. 그러나 여기서 가장 가까운, 마지막 식료품점이라는 마을로 가는 방향은 가르쳐주었다. 나는 그에게 고맙다고 했고 우리는 결국 마지막 식료품점이라는 곳을 찾았다. 그 마을은 세개의 트레일러와 아주 작은 식료품점 하나로 이루어져 있었다. 주인은 늙고 거의 실명 상태였지만, 우리를 기쁘게 맞이했고 우리도 그를 만나서 기뻤다. 나는 그에게 여기에서 잃어버린 강에 가려면 어떻게 해야 하냐고 물었다. 그는 잠시 깊이 생각하더니 말했다. "걸어가는 것 말고는 어떻게 거기 갈 수 있을지 모르겠네. 거기에는 드나드는 도로라고는 없어. 사람들은 왜 잃어버린 강에 가고 싶어할까? 거기에는 아무것도 없는데." "익수룡 날개를 가진 사람이 거기 사는데 그걸 기꺼이 팔지도 모른대요." 내가 말했다. "제기랄, 내 것을 당신에게 팔겠소. 나는 더이상 그것을 볼 수조차 없어. 그러니 차라리 팔아버리는 게

낫지." 그가 말했다. 질과 나는 서로를 바라보았다. 믿어지지 않았
다. "좋아요, 우리는 그것을 꼭 보고 싶어요." 내가 말했다. "문제될
거 없지." 그가 말했다. "바로 여기 가게 뒤쪽에 보관하고 있지." 그
가 그것을 내왔는데 그것은 아름답고, 정교했고 그리고 진짜였다.
나는 그것이 진짜라는 것을 확신했다. 발에 발톱까지 있었으니까.
그가 우리를 믿고 그것을 건네주는데도 불구하고, 우리는 말도 할
수가 없었고 그것을 잡는 것조차 두렵기도 했다. 내 온몸이 시간의
하프처럼 진동하는 것 같았다. 나는 좀 당황했으나, 마침내 얼마를
원하느냐고 물어보았다. "오, 그냥 가져요. 그것은 늘 나에게 행운
을 가져다주었지. 그러나 이제 나는 필요한 행운을 다 가졌어." 그
가 말했다. 질이 그의 볼에 키스했고 나는 악수를 하며 고맙다고
했다. 내일의 할 일은 "잃어버린 강"으로.

크리스마스 최고로 잘 지내기

저스틴은 크리스마스에 전화하더니 자살을 생각하고 있다고 했다. 내가 말했다. "우리는 선물을 푸는 중이야, 저스틴. 나중에 다시 전화해줄 수 있겠니. 만약 네가 그때까지 살아 있다면 말이야." 그녀는 내게 화를 내면서 차마 입에 담을 수 없는 온갖 종류의 욕설을 해댔다. 나는 그녀의 전화를 끊고 즐겁게 선물 푸는 일로 돌아갔다. 모두가 자기가 받은 선물에 기뻐하는 듯했고, 물론 나도 거기 포함되어 기뻐했다. 나는 불 위에 장작을 몇개 더 올려놓았고 그때, 다시 전화가 울렸다. 이번에는 휴였다. 그는 방금 그가 가진 알약 전부를 1쿼트*의 진과 함께 목구멍으로 넘겼다고 했다. "잠을 자면 나을 거다, 휴." 내가 말했다. "너의 말을 거의 알아들을 수가 없어. 술에 취해서 도대체 무슨 소리를 하는지. 내일 전화해, 휴. 그리고 메리 크리스마스." 오븐에서 고기가 맛있는 냄새를 풍기며 구워지고 있었다. 아이들은 새 장난감을 가지고 놀고 있었다. 로니가 나에게 굉장한 크리스마스 키스를 하는 중인데 그때 전화가 다시 울렸다. 데비였다. "난 네가 싫어. 너는 지구상에서 최고로 혐오스러운 인간이야." "네 말이 절대적으로 맞아." 내가 말했다. "그리고 나는 늘 그 사실을 알고 있지. 그럼에도 불구하고, 메리 크리스마스, 데비." 저녁식사 도중에 전화가 또 울렸다. 이번에는 로니가 받았다. 그녀가 식탁으로 돌아왔는데 얼굴이 창백해 보였다. "누구야?" 내가 물었다. "우리 엄마야." 그녀가 말했다. "뭐라고 하셨길래?" 내

---

* quart. 약 1리터.

가 물었다. "자기는 내 엄마가 아니래." 그녀가 말했다.

무수한 자들이 사라졌다*

며칠 전 밤 주드는 나와 헤어져 집으로 돌아가다가 차 사고를 냈다. 차가 도로의 블랙아이스 위에서 미끄러져 제어할 수 없이 돌다가 나무에 부딪쳤다. 다행히 그는 다치지 않았고, 경찰도 그가 책임질 일은 아무것도 없다고 보고하였다. 그가 이 일에 대해 내게 말한 것은 그다음 날 아침이었다. 그는 잠시 침묵하더니 "내가 어린아이 세명을 친 것 같아"라고 했다. 나는 놀랐다. 왜냐하면 주드는 대체로 분별력이 있는 사람이기 때문이었다. "그렇지만 주드." 내가 말했다. "경찰이 거기 있었고, 조서 작성도 이미 끝냈잖아. 나를 믿어. 너는 아무도 치지 않았어." "차가 돌고 있을 때." 그가 말했다. "헤드라이트 속에서 그애들 얼굴이 번쩍하는 것을 봤어. 그들 눈 속엔 공포가 있었고 그들이 똑바로 나를 쳐다봤어. 내가 그들을 봤다고. 정말이야, 나는 봤다고." "네가 이러는 것 이해해." 내가 말했다. "공포와 두려움 때문에 네가 그렇게 느끼는 거야. 그러나, 정말이지, 주드. 너는 아이들을 치지 않았다니까." 나는 이성을 잃은 그의 상태가 쇼크 때문이라고 생각했다. 그리고 곧 잊어버리리라 생각했다. 그러나 그렇지 않았다. 몇주쯤 지나면서 그는 그 아이들의 이름을 언급하기 시작했다. — 테스, 마라, 클리프. 그리고 난 더 말하지 않기로 했다. 그게, 그가 너무나도 믿을 만하게 이야기하기 때문이었다. 그는 나에게 그들 삶의 일화들을 들려주곤 했다. 그는 결코 그들의 가족에 대해서는 얘기하지 않았다. 그걸 들으면 마치

---

* *Their Number Became Thinned*. 인류학자 헨리 도빈스(Henry F. Dobyns)의 책 제목. 미국 원주민의 인구 감소를 내용으로 한 책.

집 없는 애들이, 순진한 게임을 하고 놀면서, 때를 기다리면서, 늘
주드의 차가 블랙아이스에 미끄러지기를 기다리는 것 같았다. 마
침내, 주드는 그들의 사진을 액자에 끼워놓았다. 그리고 그 사진을
보았을 때 나는 단번에 그들이 누구란 걸 알게 되었다.

필생의 욕구

베로니카는 시내에서 제일 좋은 아파트를 소유하고 있다. 그 집은 3층에 있고 커다란 판유리창을 통해 마을의 광장이 똑바로 내려다보이는 곳이다. 그녀는 모든 데모대, 축제, 연인들, 공원 벤치에서 점심 먹는 사람들, 즉 대체로 마을의 삶의 활력이라 할 수 있는 것들을 조망할 수 있었다. 베로니카는 이런 작은 드라마들을 보면 볼수록, 직접 밖으로 나가서 그들 중의 하나가 되고 싶어하는 그녀의 욕망은 점점 줄어들었다. 나는 이따금 그녀에게 전화했는데, 그러나 그녀와의 대화라는 것은 광장에서 일어나고 있는 일에 대한 묘사뿐이었다. "지금 남자가 여자에게 키스하고 굿바이라고 말하고 있어. 그가 버스에 타고 있어. 버스는 떠나려고 해. 잠깐 기다려. 그녀가 방금 또다른 녀석과 손을 잡네. 세상에, 믿을 수가 없어! 이 사람들은 쓰레기처럼 굴고 있어. 저기 정말 작은 노부인이 보행기를 가지고 서점 안으로 들어가려고 해. 그러나 계속 멈춰서면서 뒤를 돌아보네. 자신이 추적당하고 있다고 생각하나봐." "베로니카." 내가 말했다. "나 죽을 지경이다." "마을에서 최고로 부자이자 제일 못된 변호사 녀석 둘이 식수대 옆에서 논쟁을 하고 있어. 그들은 실제로 소리까지 치고 있어. 내가 들을 수 있을 정도라고. 오 맙소사, 둘 중 하나가 상대방을 밀치고 있어. 믿을 수 없을 정도야, 아티. 네가 이걸 봐야만 하는데." 그녀가 말했다. "영국과 전쟁이 선포되었대. 베로니카, 너 그 뉴스 들었어?" 내가 말했다. "그것 좋은 일이네, 아티." 그녀가 말했다. "버스에 올라타는 남자에게 키스하던 여자 기억해? 그러고는 바로 또다른 녀석을 꿰차던 그 여자. 음, 이제는 주차장 직원에게 꼬리치고 있어. 주차장 직원 녀석은 그걸 좋아해. 그리고 그 녀석도 꼬리치며 그녀에게 응답해주네. 그가 방금 여자에게 발행한 주차티켓을 찢어 버렸어. 드디어 이 여자가 좋아지기 시작하네." "그거 굉장한데, 베로니카." 내가 말했다. "네가 흥분해서 너의 작은 팬티가 불타고 있는 건 아닌지 살펴보는 게 어때." 그리고 나는 전화를 끊었다. 그녀는 내가 전화를 끊은지도 모를 거라고 생각하면서. 나는 그녀에 대해서 걱정을 해야 하나 생각해봤다. 그러나 결국 그만뒀다. 베로니카는 마을에서 가장 좋은 아파트를 소유하고 있다.

향 파는 남자

담배 가게 밖에서 한 남자가 향을 팔고 있었다. "이거 아주 로맨틱해요." 그가 내게 말했다. "난 그런 거 싫어." 내가 말했다. "여자들은 이걸 좋아해." 그가 말했다. "이건 그녀들이 섹스를 원하게 만들지." "내가 아는 여자들은 안 그래. 이따위 물건은 여자들이 나를 즉각 팽개쳐서 고립시켜 버리지." 내가 말했다. "그렇다면 너는 제대로 된 여자를 모르는 거야. 내가 너한테 몇명 소개해줄 수도 있어. 걔네는 모두 이런 걸 좋아해." 그가 말했다. 이 녀석은 정말 계속 내 신경을 건드렸다. "너 뭐야, 뚜쟁이야? 길거리에 서서 어슬렁대며 이런 야비한 쓰레기 같은 거나 팔고 그런 다음에 여자들도 팔려고 하고." 내가 말했다. "나는 여자를 판다는 얘기는 꺼내지도 않았어. 단지 너에게 어떤 여자를, 아름다운 이 향기를 맡으며 사랑을 나누고 싶어하는 진짜 여자를 소개할 수 있다고 말했을 뿐이야. 그건 죄가 아니지. 나는 친절하려고 했고 그런데 나를 뚜쟁이라고 부르면서 네가 사태를 어디로 끌고 오는지 봐라. 내가 이렇게 평화를 사랑하는 자가 아니었다면, 네 엉덩이를 후려갈겼을 거야." 그가 말했다. 건너편 길에서 목발을 짚은 한 늙은 남자가 넘어졌다. "이거 얼마나 하는데?" 내가 물었다. 사람들이 그 늙은 남자를 도와 일으키고 있었다. 그의 좋았던 젊은 날은 끝난 것이다. 그것은 확실하다. 그러나 그 늙은 남자는 어딘가 가기로 결심한 듯이 보였다. "너한테는, 막대 향 하나에 백 달러는 받아야 돼." 그가 말했다. "야, 그러지 마." 내가 말했다. "내가 그렇게 이야기한 거 미안하다고 하잖아. 서로 용서하고 잊어버리자. 나는 정말로 그것을 좀 사고 싶어."

내가 말했다. "이따위를 파는 내 기분 생각해봤냐, 응? 나는 다 큰 성인이고, 그리고 길거리에서 향을 팔고 있어. 이게 괜찮은 그림이냐? 내 입장이 돼볼래?" 그가 말했다. "미안해. 이 사람아." 나는 이렇게 말하고, 그에게서 멀어졌다. 한떼의 비둘기가 퍼스트 내셔널 은행 꼭대기에 앉아 있다가 갑자기 날아올랐다. 그리고 나는 생각했다. 아직은 이 오늘이 다 끝나지 않았다고.

잃어버린 한 챕터

트레이시가 술을 마시고, 그것도 꽤 많이 마시고 건초더미에서 잔 것 같은 모습으로 걸어 들어왔다. 내가 커피숍에 앉아 신문을 읽고 있을 때 그녀는 나를 보고 다가와서 앉았다. "세상에나, 무슨 일이 있었던 거야?" 내가 말했다. "너는 믿으려 하지 않을 거야." 그녀가 말했다. "어젯밤에 혼자 집에 있었는데 이 버번 한병이 있었단 말이야. 특별한 이유도 없이 술을 마시기로 결정한 것이지. 그러니까 내 말은, 나는 진짜 술꾼은 아니야. 하지만 지난밤엔 어떤 이유에선지 술 마시는 게 좋은 생각인 것 같았어. 그래, 나는 한잔 가득 부었고 반쯤 마셨을 때는 모든 것이 우습게 보이기 시작했지. 라디오를 틀어놓았는데 나오는 모든 노래가 나를 크게 웃게 만들었어. 어쨌든 나는 혼자 내내 아주 좋은 시간을 보내고 있었던 거야. 그런데 어느 순간, 내가 그 빌어먹을 술 한병을 다 마셔버렸더라고. 나는 완전히 곤드레가 되었고." "그래서, 무슨 일이 있었는데?" 내가 물었다. 왜냐면 그녀의 눈이 초점을 잃고 허공을 향하고 있었기 때문이었다. "그게 문제야. 나는 정말 모르겠어. 오늘 아침 어떤 건초더미에서 일어나보니 내 옆에 키이스란 녀석이 있었어. 그는 전기기사야." "키이스 해밀턴." 내가 말했다. "내가 그를 좀 알지." "맞아 키이스 해밀턴, 그 남자야." 그녀가 말했다. "그런데 무슨 일이 있었는지 모르겠는 거야. 너무 창피해." "어쩌면 아무 일도 없었을 거야." 내가 말했다. "내 말은, 창피해야 할 일은 없었을 거라는 거지. 그러나 네 머리에 지푸라기가 많다. 그게 오히려 더 시선을 끌어." "나 어떻게 해야 해?" 그녀가 말했다. "음, 너는 증인 보호 프로그램에 들어갈 수는 없을 거야. 왜냐면 너는 실은 아무 일도 목격하지 못했으니까." 내가 농담으로 말했다. "나는 건초더미나 헛간에 대해 늘 뭔가 좀 낭만적인 느낌을 가지고 있어." "그러나 내가 짐승이었다면 어떡해?" 그녀가 말했다. "헛간에 짐승이 있는 것은 충분히 자연스러운 일이야. 그리고 짐승들이 전날 밤에 있었던 일들을 기억할 것 같지는 않아." 내가 도움을 주려고 말했다. "내가 만약 염소와 잤다면?" 그녀가 물었다. 다른 두 테이블의 사람들이 갑자기 고개를 돌려 지푸라기로 가득한 트레이시의 머리를 쳐다보았다. "운 좋은 염소지." 내가 말했다. 우린 옆에서 우리 대화를 엿듣는 사람들을 향하여 예절 바르게 미소를 보냈다.

공중전화에 있는 버니

내가 우체국에서 나오니 거기에 버니 스태플튼이 공중전화로 얘기하고 있었다. 버니는 숨어 지내는 7년 동안 내 앞에는 나타나지 않았다. 나는 그가 긴급하다고 해 천 달러를 빌려주었는데 그뒤 다시는 연락을 받지 못하고 있었다. 내가 그를 알아보았는지 아닌지 그는 확신하지 못하고 있었다. 그래서 그는 내 쪽으로 등을 돌리고 머리를 숙이고 있었다. 버니는 정상적으로 돈을 벌어 먹고살 줄을 몰랐다. 그는 이 사람 저 사람 옮겨 다니며 사기를 치고 가까스로 법망을 피해 다녔다. 그러나 나는 버니에 대해서는 늘 약한 마음을 가지고 있었다. 나는 버니에게서 일정한 거리를 두고 그가 전화 끊기를 기다렸다. 난 그가 진땀을 흘리고 있다는 것을 알았다. "버니." 내가 말했다. "그동안 어디서 지냈어? 보고 싶었는데." 버니는 대단히 불편해했다. "난 먼 데 있었어. 바하마에서 투자회사를 운영하고 있지. 나도 보고 싶었어. 어떻게 지냈어?" "응, 솔직히 말하자면, 나는 운세가 기울어서 좀 안 좋아." 거짓말이었지만, 나는 그렇게 말했다. "어쩌면 내가 너를 도울 수 있을 거야, 사이먼. 네가 그러니까, 한 이백 달러를 마련해올 수 있다면, 내가 그것을 상당한 재산이 되도록 빠르게 불려줄 수 있을 텐데." 그가 말했다. 버니는 결코 바뀌지 않았다. 우리 주변의 모든 것들은 내가 쫓아갈 수 없을 정도로 빠르게 변화하고 있는데, 버니는 거기 공중전화에서 늘 하던 방식대로 푼돈이나 뜯어내려 하고 있었다. "그 정도는 내가 마련할 수 있을 것 같아." 내가 말했다. "그러면 내일 세시에 여기서 만나. 옛 친구를 위한 호의로, 최소한 그 정도는 내가 할 수 있지." 버니는 이제 으스대며 서 있었다. 그는 자신이 오줌 눌 요 강 하나 없이 슈츠버리에서 임시로 지내는 더러운 작은 쥐가 아니라, 바하마의 투자 은행가라고 정말로 믿고 있었다. 나는 끝도 없는 그의 그런 행동에 무한히 경탄했다. "고마워, 버니. 그럼 내일 만나 자." 내가 말했다.

도시 밖의 버팔로 떼

조슈아와 나는 작정하고 볼링을 하기로 했다. 우리는 둘 다 수년 간 볼링을 하지 않았다. 더욱이 우리는 사실 볼링을 그닥 좋아하는 것도 아니었으므로 그러니 이건 말도 안된다. 우리가 버팔로 떼를 발견한 것은 9번 도로*를 달려 내려가고 있을 때였다. 그들은 눈 속에서 뭘 뜯어먹고 있었다. 그리고 뭔가 기이한 그들 버팔로의 머리통들이 나를 숨죽이게 했다. 나는 차를 빼서 갓길에 세웠다. "왜 저것들이 여기 있지?" 조슈아가 물었다. "추측건대 이건 일종의 고통스러운 농담인데." 내가 말했다. "음, 우습지는 않잖아." 그가 말했다. "그들은 너무나도 위엄이 있어. 노래 가사**에도 나오는 것처럼 버팔로는 어슬렁거리기로 되어 있다고. 버팔로는 관광객이 볼 수 있게 좁고 긴 길을 따라 다니며 우리에 갇혀 있어야 하는 게 아니라고." 그가 말했다. "이게 볼링 뺨치게 재미있는데." 내가 말했다. 그리고 그렇게 우리는 거기 앉아 한시간 내내 포스트모던한 버팔로의 삶을 곰곰 생각해보았고, 버팔로의 소유주들을 해체했다가, 다시는 그들을 제자리에 되돌려놓지 않았다.

---

* Route 9. 미국 동부 델라웨어, 뉴저지, 뉴욕주를 지나는 고속도로.
** Home on the Range. 미국인에게 강력한 향수를 불러일으키는 민요로 비공식적 미국 국가라 할 만큼 그들에게 익숙한 노래다. 버팔로가 어슬렁거리는 고향을 내게 달라는 내용의 노래다.

찾아 헤매는

요즘 안젤라는 잠만 잤다. 간단히 음식을 먹거나 엉뚱한 시간에 일어나 목욕할 때를 빼고는 내내. 우리가 함께 먹을 때도 그녀는 거의 말을 하지 않았다. 마침내 내가 뭔가를 말해야겠다고 생각했다. "안젤라." 내가 말했다. "내 생각에 이건 네 몸에 좋지 않아, 넌 운동이 필요해. 그리고 네 정신 상태는 —" "나는 뭔가를 찾고 있어, 우리 삶을 바꿀 무언가를. 그리고 나는 점점 거기에 근접해가고 있어. 앞으로 일주일 안에 그걸 발견할지도 몰라. 제발, 날 믿어줘. 인내심을 갖고 기다려줘." 그녀가 말했다. "그게 뭐야, 안젤라? 네가 찾고 있는 게 뭐냐구?" 내가 말했다. "말해줄 수 없어, 그러면 부정 탈 거야. 너는 그냥 나를 믿어야만 해." 그녀가 말했고, 그리고는 다시 가서 잤다. 그다음 주 내내 우리는 거의 말하지 않았다. 그리고는 그다음 날 그녀가 침대에서 벌떡 일어나, 샤워하고, 옷을 입고 그리고 배고파 죽겠다고 선언했다. 그녀는 엄청난 양의 음식을 만들어서는 숨도 쉬지 않고 그것을 모두 삼켜버렸다. "음, 그것을 찾아냈니?" 내가 물었다. "응, 그런데 그것은 헛것이었어." 그녀가 말했다. "그게 무엇일 거라고 생각했는데?" 내가 물었다. "나는 뒷마당 백합나무 밑에 묻힌 그것이 난쟁이 성 요한*의 손가락일 거라

---

* Saint John the Dwarf. 5세기 이집트에 살았던 초기 기독교의 성인. 그에게 마른 나무 조각을 주며 그걸 심고 물을 주라 했더니 그 말에 순종해 하루에 두번씩 먼 곳까지 가서 물을 떠다주고 가꾸어 마침내 3년 후에는 나무 조각에서 싹이 나고 열매를 맺었다고 한다. 그 나무를 '순종의 나무' 혹은 '난쟁이 성 요한의 나무'라 불렀다. 그는 북아프리카 토착민족 베르베르족의 침략을 받은 바 있으며 그의 기념일은 10월 17일이다.

고 생각했어. 약탈자 베르베르인이 천오백년 전에 거기에 묻었던 거라고. 하지만 그건 그냥 플라스틱 숟가락이더라고." 그녀가 말했다. 나는 그 모든 게 이해될 때까지 잠시 기다렸다. "자, 그러니까." 내가 말했다. "난쟁이 요한의 작은 조각이 우리 뒷마당에. 그리고 그 약탈자 베르베르인들. 아, 네가 왜 흥분했었는지 알겠다."

은행의 규칙

내가 은행에서 줄을 서 있었는데 한 녀석이 내 앞에서 흥얼거리고 있었다. 줄은 길었고 좀처럼 줄지 않았다. 그리고 얼마 후에는 그 흥얼거림이 내 신경에 거슬리기 시작했다. 내가 그 녀석에게 말했다. "미안하지만, 흥얼거리지 않으면 안될까요?" 그러자 그가 말했다. "내가 흥얼거리고 있었던가요? 미안해요. 난 그걸 인식하지 못하고 있었네요." 그러고는 곧바로 계속해서 흥얼거렸다. 내가 말했다. "여보세요, 당신 다시 흥얼거리잖아요." "내가 흥얼거린다고요?" 그가 말했다. "난 그러지 않았다고 생각하는데." 그리고 계속해서 흥얼거렸다. 나는 뚜껑이 날아가버릴 정도로 화가 났다. 참지 않고, 나는 매니저를 찾으러 갔다. "저쪽에 푸른 양복 입은 사람 보이지요?" "네, 그래서요." 그가 말했다. "그가 어때서요?" "그가 흥얼거리기를 멈추지를 않아요. 내가 몇번이나 예의 바르게 그에게 부탁했는데 그가 멈추지를 않아요." "흥얼거리는 게 위법은 아니지요." 그가 말했다. 나는 제자리로 돌아와서 내 줄에 섰다. 귀 기울여보니, 그에게서 더이상 아무 소리도 나지 않았다. 내가 말했다. "이봐요, 괜찮아요?" 그는 좀 기분이 언짢아 보였다. 그리고 아무런 응답이 없었다. 나는 내 자신이 오그라드는 것 같았다. 은행 매니저가 빠르게 내 쪽으로 다가와서는 내게 말했다. "선생, 당신이 오그라들고 있다는 사실을 알고 계신가요?" 내가 그렇다고 말했다. 그러자 그가 말했다. "죄송하지만 우리 은행 안에서는 그런 종류의 행위가 허용되지 않습니다. 당신에게 여길 떠나달라고 요청해야겠네요." 내 속에서 공기가 소리를 내며 빠져나가고 있었다.

나는 거의 사라져버릴 지경이었다.

애니미스트들

모텔에서 그 남자가 말했다. "여기는 기독교인 모텔입니다. 당신들의 결혼증명서를 봐야겠는데요." "결혼증명서라고요?" 내가 말했다. "우리는 결혼증명서를 지니고 운전하며 돌아다니지는 않는데요. 그걸 어디다 두었는지도 모르겠고, 그러나 차 안에는 확실히 없는데." "그렇다면 당신들은 여기 숙박할 수 없어요. 우리는 믿지 않는 사람들에게는 숙박을 허락할 수 없어요." 그가 말했다. "믿지 않는 사람들이라고요?" 내가 말했다. "지금 우리를 믿지 않는 사람들이라고 했어요?" "세상은 그런 자들로 가득하지요." 그가 말했다. "당신들이 그들 불신자 무리인지 아닌지 모르잖아, 그러나 그럴 가능성을 배제하고 싶어." "그렇다면 당신이 유아추행자 같은 사람이거나 도끼 살인자가 아닐지 우리가 어떻게 알아요?" 멜리사가 말했다. 나는 그녀가 자랑스러웠다. "그에게 당신 젖꼭지를 보여줘." 내가 말했다. 멜리사는 그녀의 스웨터를 들어 올려 그 남자에게 신이 내린 자연의 선물을 보여주었다. 그 늙은 남자는 멍하니 바라보더니 더듬거리며, "당신…… 당신들…… 그러고 보니 당신들 기독교인처럼 보이네." "아뇨." 그녀가 단호히 말했다. "왼쪽 것은 애니미스트이고 그리고 오른쪽 것은 너무나 사적이어서 종교를 논할 수조차 없네요. 그러나 추측컨대 오른쪽 가슴 역시 애니미스트일걸." "아, 나는 애니미스트들을 좋아해." 그가 말했다. "나는 애니미스트들을 사랑해, 내가 제일 좋아하는 게 그들이야." 우리는 몸을 돌려 문으로 향했다. "더러운 늙은이." 내가 말했다. "당신 말이 맞아." 늙은이가 말했다. "저는 더럽고 늙은 크리스찬 남자입지요. 내가 그걸 몰랐습지요. 캄사합니다. 언제든 또 와주십사와요.”

치유의 땅

미미가 나를 그녀의 특별한 장소로, 일종의 성스러운 치유의 땅으로 데려가려던 참이었다. 그게 누구 땅인지는 알려주지 않았다. 난 일년 남짓 동안 걷기가 몹시 고통스러웠지만, 내가 만난 어떤 의사도 아무런 도움이 되지 못했다. 나는 미미의 초대를 외출하기 위한 핑곗거리로 여겼다. 나는 이 고장 주변을 꽤 잘 알고 있다. 하지만 미미가 꼬불꼬불한 진흙 길을 따라 연신 돌아내려갈 때 그 순간 나는 내가 길을 잃었다는 걸 알았다. 미미는 그녀 안에 프루트 케이크* 같은 얼빠진 것이라곤 없는, 믿을 만한 사람이었다. 그녀가 마침내 차를 멈추었을 때, 내 눈에 처음 들어온 것은 바위로 둘러싸인 언덕 측면에 있는 한 구멍이었다. "저게 뭐야?" 내가 물었다. "16세기 어느 때인가 아일랜드인 수도사가 저 안에서 살았대." 미미가 말했다. "인디안들이 그를 돌봤고, 인디안들은 그를 성인이라고 생각했다고 해." "내가 저 안으로 기어 들어가야 하나?" 내가 물었다. "아니야, 그럴 건 없어." 그녀가 말했다. "사람들이 말하길 그는 저 구멍에서 30년을 살았네. 늘 기도하면서." "그에게 무슨 일이 있었는지 궁금하네. 교회가 그를 성인으로 추대했나?" 내가 말했다. "곰인지 산 사자인지가 그를 잡아먹었는데, 인디안들은 그게 산사자였다고 생각했어." 그녀가 말했다. "미미." 내가 말했다. "그냥 이 이야기를 하려고 나를 여기까지 데려온 거야? 하긴 그것이 대단한 이야기가 아니라는 건 아니야. 그러니까 나 역시 이 '치유

---

* fruit cake. 얼빠진 사람, 머리가 돈 사람, 미친 녀석, 괴짜 등을 지칭하는 은어.

51

의 땅'이라는 걸 보고 싶거든. 그게 가능할까?" "바로 저 너머 공터에 있어. 가자, 내가 보여줄게." 그녀가 말했다. 우리는 덤불을 헤쳐가며 앞으로 나아갔고 쓰러진 나무들을 넘어가야 했다. 나로서는 그곳에 가기가 쉬운 일이 아니었다. 그러나 우리는 거기 도달했다. 그리고 내가 둘러보았으나, 별로 특별할 것도 없는 장소였다. 나는 미미에게 특별한 게 없다고 말했다. "동화 속 이야기처럼 둥글게 돋아난 버섯 말고는 없네. 고것 참 귀엽네." 내가 말했다. "너는 그 안으로 들어가 서 있어야 해. 그리고 10분 동안 아일랜드 수도사의 영혼을 위해 기도해. 그게 다야." 그녀가 말했다. '미미, 네 안에 새로운 프루트 케이크 같은 얼빠진 일이 기다리고 있구나'라고 나는 생각했다. "그게 내가 받아들여야 할 일이라면." 내가 말했다. "그렇게 할게." 나는 버섯 동그라미 안에 서서 눈을 감고는, 그러고는, 정말로 그 작은 아일랜드 수도사의 영혼을 위해 기도했다. 그는 분명 작은 사람이었을 것이다. 그 구멍은 그렇게 크지 않았기 때문이다. 나는 그의 로자리오 묵주와 그의 성경을 생각했다. 끔찍한 추위와 눈 쌓인 그 기나긴 겨울들을 생각했다. 그리고 사자를 만났을 때 그가 느꼈을 거대한 평화를 생각했다.

승진

나는 전생에 개였다, 아주 착한 한마리 개. 그래서, 이렇게, 승진
하여 한 인간이 된 것이다. 나는 개였던 것이 좋았다. 나는 양떼들
을 지키고 몰고 다니며 가난한 농부를 위해 일했다. 늑대와 코요테
들이 거의 매일 밤 나 몰래 지나가려고 했지만, 그러나 단 한번도,
한마리 양도 잃지 않았다. 농부는 그의 식탁에 있는 좋은 음식으로
보상해주었다. 그는 가난했지만, 그러나 먹는 것은 잘 먹었다. 그리
고 그의 아이들은 학교 가지 않을 때나 들에서 일을 하지 않을 때
나와 놀아주었다. 나는 어떤 개라도 부러워할 만한 그런 모든 사랑
을 받았다. 내가 늙게 되니, 그들은 새로운 개를 한마리 구했다. 그
래서 나는 그 개에게 거래의 요령을 가르치며 훈련시켰다. 그는 빨
리 배웠고, 농부는 나를 집 안에서 그들과 함께 살게 했다. 농부 역
시 점점 늙어감에 따라 나는 아침마다 그의 슬리퍼를 가져다주었
다. 나는 서서히 매번 조금씩 죽어갔다. 농부는 이걸 알고 때때로
그 신참 개를 데리고 들어와 나를 방문하게 했다. 그 개는 톡톡 치
고 벌렁 뒤집혀 눕기도 하고 코를 비비대며 나를 즐겁게 하곤 했
다. 그러던 어느 날 아침 나는 일어날 수가 없었다. 그들은 내게 나
무 그늘 아래 시냇가에서 훌륭한 매장식을 해주었다. 그것이 나의
개로서의 삶의 끝이었다. 때때로 나는 그때가 그리워 창가에 앉아
서 운다. 나는 한 무리의 다른 고층 건물들이 내다보이는 고층에
산다. 직장에서 나는 작은 칸막이 방에서 온종일 일하고 거의 누구
와도 말하지 않는다. 이것이 내가 착한 개로 살았던 것에 대한 응
보다. 인간 늑대들은 나를 쳐다보려고조차 하지 않는다. 그들은 나

53

를 두려워하지도 않는다.

멀리서 우레와 같은 소리가

나는 텔레비전을 켜놓은 채로 카우치에 잠들어 있었다. 가끔 한 쪽 눈을 뜰 때마다 어떤 사람이 찔려 다치거나 혹은 괴물에게 잡아 먹히는 것이 보였다. 한번은, 아름다운 여자가 블라우스를 벗는 중 이었다. 그때 전화가 울렸다. 나는 그것이 텔레비전 속의 전화인 지 아니면 내 전화인지 분간을 할 수 없었다. 나는 반쯤 잠든 채 일 어나 앉아 전화기에 손을 뻗었다. "하우이." 한 여자의 목소리였다. "당신이야? 자는 것 같은 목소리인데." "응, 나 자고 있었어." 내가 말했다. 나는 하우이가 아니었다. 그러나 왠지 이 여자와 말하고 싶 은 기분이었다. "하우이, 당신이 그리워. 지금 당장 당신과 침대에 같이 있다면 얼마나 좋을까." 그녀가 말했다. "나도 당신이 그리워, 나도 당신이 지금 여기서 나하고 함께 있다면 좋겠어." 내가 말했 다. 나는 그녀의 이름을 모르는 게 정말 안타까웠다. 허니 혹은 스 위티 아니면 다른 어떤 애칭으로 그녀를 불러야 좋을지 알 수 없었 다. "당장 이리 오지 그래?" 내가 말했다. "오 당신도 알잖아, 내가 호주에 있다는 거. 그리고 여기 일은 한달 후에나 끝나. 당신과 이 렇게 오래 떨어져 있는 게 지옥 같아." 그녀가 말했다. "사랑해." 내 가 말했다. 진심이라는 생각이 들었다. "당신은 내게 이 세상 그 자 체야, 하우이. 당신이 나를 사랑한다는 것을 모르고서는 이 일을 해 나갈 수가 없어. 나는 항상 당신을 생각해. 기회 있을 때마다 당신 사진을 보고 있어. 그것이 내게 힘을 줘, 그리고 우리의 짧은 통화 도 역시 힘이 돼. 자, 이제 가서 자. 내 꿈을 꿔. 내가 키스하고 당신 을 안는 꿈을 꿔. 난 이제 가야 해. 사랑해 하우이." 그녀는 그렇게 말하고 전화를 끊었다. 이런 것을 기쁜 인사불성 상태라고 할 수 있겠지만 나는 하우이가 된 것 같았다. 정말로 그랬다. 그리고 마음 깊이, 이름 없고 얼굴도 모르는 그녀, 호주에서 계약된 일에 묶여 있는 그녀가 진짜 나를 사랑한다고 믿었다. 그리고 그녀를 위한 나의 위대한 사랑이 그녀에게 힘을 준다고 믿었다. 나는 카우치에서 아늑해져서 달콤한 잠에 떨어졌다. 그러나 그때 나는 사자 울부짖는 소리를 들었다. 나는 우리 둘의 목숨을 걱정했다. "하우이." 그녀가 소리쳤다. "구해줘." 그러나 나는 그럴 수 없었다. 나는 다른 어딘가에서 바빴다. 내 신발끈을 매느라고.

차라리 외눈박이 거인 키클롭스였더라면

아이의 왼쪽 눈꺼풀이 떠지지 않았다. 그래서 우리는 늙은 염소에게서 오줌을 조금 받았다가 그것을 얼려 작은 입방체로 만들었다. 그다음 그 입방체를 그애 눈꺼풀 위에 23분 동안 올려놓았더니 과연 눈이 떠졌다. 그리고 나서 얼마 후에, 그 염소가 죽었다. 그러나 우리는 그건 서로 상관없는 일이라고 생각한다. 그것은 그냥 자연스러운 현상으로 그렇게 된 것 같았다. 그 아이는 언제나 이상했고 그 무슨 짓을 해도 그애를 바꿀 수가 없었다. 우리는 그애를 군사학교에 보내보았다. 그러나 그것은 잘못된 생각이었다. 그는 싸움에서 이기는 작전들을 누구보다도 잘 알고 있어서 가르칠 필요도 없었다. 게다가 계속해서 총을 쏘는 바람에 군사학교에서 쫓겨났다. 우리는 사자 조련사까지 고용했다. 조련사는 그에게 불의 고리를 뚫고 뛰어넘는 것을 가르쳤는데, 조련사는 수없이 할퀸 상처 때문에 몹시 괴로워하면서 2주 만에 그만두었다. 우리는 힌두 성직자를 데려왔고, 며칠 동안 그 사람이 우리 아들 스탠리를 지켜보았고 마침내 그가 우리 아들을 메시아라고 선언했다. 우리는 스탠리를 새롭게 보기 시작했다. 슬픈 사실은, 그가 메시아일지도 모른다는 것에 우리가 동의하면서도 그를 좋아하지는 않는다는 것이다.

누구를 나는 두려워하는가?

나는 왠지 좀 찜찜한 기분이 들어서, 농사용품 판매장에 가서 그냥 통로를 오르락내리락 거닐면서 상품들을 살펴보았다. 그중에 어떤 것도 내게 필요한 것은 없었다. 그러나 사료자루와 씨앗들이 나를 안온하게 하는 효과가 있었다. 어느새 한 늙은, 반백의 농부가 갈퀴를 들고 내 옆에 서 있었다. 내가 그에게 물었다. "에밀리 디킨슨을 좀 읽어보신 적이 있습니까?" "그럼요." 그가 말했다. "내가 셈을 좀 해보면, 그녀의 시 전부를 적어도 열두번은 읽었지요. 그녀는 전혀 예측할 수 없는 사람이에요. 내 이웃 몇명과 그 시들에 대해서 말하다가 여러번 싸움에 말려든 적도 있어요. 한 녀석은 디킨슨이 자기에게는 너무 '까다롭게 얌전 뺀다'고 했지요. 그래서 내가 말했어요. '젠장, 네가 앞으로 아무리 노력한다 해도 그녀가 더 셀걸'이라고 했지요. 나는 그 녀석을 손봐준 뒤, 자리에 앉히고는 시집 『전시집全詩集』을 죽 다시 읽게 했어요. 1,775편 전부를 모두 다. 그 녀석이 마침내 말했어요. '당신 말이 맞아요, 클라이드. 아무리 해도 그녀는 나보다 더 세.' 그러고는 그는 그 말을 할 때 아기처럼 울었지요." 나는 클라이드에게 뺨을 맞은 것처럼 기가 죽었고, 그는 새 갈퀴를 가지고 계산대로 향했다. 나는 어떤 얼음 집게를 샀는데, 그것이 나를 놀랍도록 행복하게 했다. 세상에 아무런 쓸모없는 그것을 사고는.

낙타

오늘 나는 정말로 이상한 것을 우편으로 받았다. 그것은 내가 사막에서 낙타를 타는 사진이었다. 그러나 나는 낙타를 탄 적이 없고 사막에 가본 적도 없다. 나는 젤라바*를 입고 케피야**를 두르고 장총을 흔들고 있었다. 나는 돋보기로 그 사진을 살펴보았다. 그건 확실히 나였다. 나는 그 사진에서 눈을 뗄 수가 없었다. 내가 사막에서 낙타를 타는 것은 꿈꿔본 적도 없다. 내 눈 속의 광포함으로 내가 어떤 성스러운 전쟁에서 싸우고 있는 것으로 보였는데, 거기에는 죽음에 대한 공포도 없었다. 나는 아내와 아이들에게 이 사진을 감춰야 한다. 그들은 진짜 내가 누구인지 알면 안된다. 나도 알면 안된다.

* Jellaba. 아랍식 긴 옷.
** Keffiyeh. 아랍 남자들이 머리에 쓰는 것.

애도

로디는 카우치에 앉아서 마치 구슬픈 새가 그의 입속에 산다는 듯이 술을 홀짝거리고 있었다. 그는 마시는 사이사이에 침묵과 몇 마디 말을 중얼대는데, 그 말들이 참 지독하게 들렸다. 내가 그에게 알레그라가 떠나버린 이곳에서 계속 살 생각이 있느냐고 물었다. 그는 개의 형상을 한 도자기를 집더니 금이 갔는지를 살펴보았다. "이것은 산 게 아니야." 그가 말했다. "이것은 삶을 흉내 낸 것이지.""어쨌든 당신은 여기서 그 삶을 살아갈 작정인가요?" 내가 말했다. "여기? 나는 여기와 거기가 어디고, 또 저기는 어딘지 모르겠네." 그가 말했다. "당신은 여기 친구들이 있잖아요. 당신을 진정으로 염려하는 사람들이요.""사람들은 그들의 잔디와 차와 그들의 봉급 수표를 염려하지. 나는 단지 동정의 대상이구." 그가 말했다. "당신은 냉소적이군요, 로디." 내가 말했다. "지금 당장은 이해할 만하지만, 힘내도록 하고 이제 그만 하시지요. 사람들이 당신을 걱정하고 있어요.""내가 진실을 알려줄게, 크리스. 알레그라가 병원에 누워 죽어가고 있을 때, 그녀의 이 지구상의 마지막 시간 동안에 내가 무슨 생각을 하고 있었는지 알아? 나는 주차 위반 딱지를 받을까봐 걱정하고 있었다고, 그 젠장맞을 놈의 5달러짜리 주차 위반 딱지를. 그걸 믿을 수 있어, 당신?" 나는 도자기 개를 집어 들고 살펴보았다. "그래서, 주차 위반 딱지를 받았나요?" 내가 물었다. "나는 미터기에 25센트짜리 동전을 넣으러 갔지. 그리고 돌아와보니 그녀가 죽었어. 이게 우리가 어떻게 끝났는지의 얘기야. 내가 왜 어떤 사람도 믿지 않는지 알겠지." 그가 말했다. 그는 술을 홀짝거리며 허공을, 혹은 내가 허공이라고 생각하는 어떤 것을 응시했다. "로디." 내가 말했다. "알레그라는 있는 그대로의 당신을 사랑했어요." "그러나 그녀는 나를 몰랐어." 그가 말했다. "그녀는 알았어요." 내가 말했다. "그녀가 내게 모든 걸 말해주었거든요. 알레그라는 당신이 방에서 나갔을 때 내게 전화했어요. 그녀의 마지막 말은 '그가 위반 딱지를 받지 않으면 좋겠어요'였어요." 로디가 처음으로 미소를 지었다. 세상에는 큰 거짓말이 있고 그리고 작은 거짓말이 있다. 내가 한 이번 거짓말은 두가지에 다 해당되는 것 같다. 태양 빛이 갑자기 이 작은 위로의 호출을 딛고 저물어가고 있었다. 그날이 가기 전에 내가 해야 할 이런 식의 거짓말은 열두개도 더 있었다.

실버퀸

나는 노스웨스트가에 있는 농산물 판매대 옆에 차를 세웠다. "올해 옥수수는 어떤가요?" 내가 농부에게 물었다. "전에 없이 최고지요." 그가 말했다. "해마다 그렇게 말씀하시네요." 내가 말했다. "아니요, 그러지 않았는데." 그가 말했다. "그랬어요." "아니요, 안 그랬어요." "그랬어요." "난 안 그랬어요." "음, 당신은 그렇게 말했어요." 내가 말했다. "그러나, 이걸 연방법원 사건으로 만들지는 맙시다." "좋아, 그럽시다." 그가 말했다. "무슨 종자인가요?" 내가 물었다. "실버퀸이요." 그가 말했다. "이건 실버퀸이 아닌데. 내가 실버퀸을 보면 알아요. 저건 실버퀸이 아니에요." "여보슈, 난 45년 동안 옥수수를 키워왔어. 옥수수 재배에 관해서라면 젠장할 모든 걸 알고 있단 말이야. 난 자면서도 옥수수를 키울 수 있어. 당신이 태어나기 전부터 옥수수를 키워왔고, 그리고 아마 내가 죽은 다음에도 계속해서 옥수수를 키울 거요." 그가 말했다. "당신의 그 아름다운 실버퀸 열두개를 떼어서 제게 내어줄 수 있다면 정말 고맙겠습니다만." 내가 말했다. 그날 밤, 우리 애들이 모두 말했다. "이게 이제까지의 옥수수 중에서 최고야." 그리고 나도 동의했다. 다음 날나는 노스웨스트가를 다시 달리다가 그 판매대에 멈추어 내려서는 그 농부에게 말했다. "당신을 의심한 것을 부디 용서해주세요. 그게 내 성격의 지독한 결함이에요. 당신이 옳았고, 옥수수는 전에 없이 최고였어요. 우리 애들도 고마워하고, 내 아내도 고마워하고, 나도 이루 말할 수 없이 고마워요." 내가 말했다. "당신을 용서하지요. 내 아내가 용서하고, 그리고 옥수수가 당신을 용서합니다." 그

가 팔을 자기 밭쪽으로 펼치며 말했다. "네, 그렇군요. 저 옥수수,
저 옥수수들이요⋯⋯" 내가 말했다.

협곡

그 지방도로의 한쪽 면은 가파른 협곡이었다. 저 아래 작은 샛강까지 거의 150피트는 되었다. 카스와 나는 어떻게 하면 목을 부러뜨리는 고생을 하지 않고 그 아래로 내려갈 수 있을지를 궁리하고 있었다. 마침내 내가 말했다. "긴 밧줄이 필요해. 큰 나무에 그걸 묶으면 바닥에 닿게 될 거야." 우리는 마을에서 밧줄을 사서 다음 날 다시 왔다. 내가 먼저 갔다. 매듭이 풀렸다면 분명 거의 죽었을 것이다. 그러나 그런 일은 없었다. 나는 이런 일에 전혀 경험이 없는데도, 조금씩 조금씩 거의 능숙하게 내려갔다. 다음에는 카스가 나섰다. 그녀는 두개의 나무에 부딪혔고 커다란 바위에 발목을 긁혔다. 그러나 내려오는 내내 웃었고 크게 다치지 않고 온전한 몸으로 바닥에 도착했다. 우리는 거기서 흥분할 수밖에 없었다. 왜냐면 그전까지 사실상 아무도 거기를 걸었던 사람은 없었다는 걸 알게 되었기 때문이다. 우리는 사람들이 오랫동안 절벽 너머로 물건들을 집어던졌을 거라고 추측했는데, 우리의 생각이 맞았다. 우리는 여섯개의 오래된 세탁기와 한개의 낡은 타자기, 여러개의 램프, 수백개의 녹슨 양철 깡통, 약병들, 부엌 식탁, 다양한 의자들, 20년대의 자동차, 9권짜리 『지식의 책』, 멕시칸 맥고모자, 많은 신발과 책들, 사진이 든 지갑 등을 발견했다. 그 목록은 얼마든지 더 늘어날 수도 있었다. 그래도 샛강은 깨끗하고 예뻤다. 카스가 샌드위치를 가져왔기에 우리는 두개의 바위 위에 앉아서 물을 바라보면서 먹었다. "여기에 작은 역사가 있네." 카스가 말했다. "정확히 어떤 종류의 역사인지는 모르겠지만, 여전히 역사는 역사야. 사람들이 더이상 원치 않거나 필요로 하지 않는 것들을 위한 박물관이야." "상상해봐. 그들이 무덤으로부터 일어나서, 바로 지금 저 벼랑 위에 서서, 우리를 내려다보며 그들이 던져버린 것들을 살피는 것을. 그들이 뭐라고 말할까 생각해봐." 내가 말했다. "난 그들을 볼 수 있어." 카스가 말했다. "그들은 모두 맨발이야. 그래서 그들의 신발을 돌려받기를 원하지만, 그들은 너무 자존심이 강해서 그런 어떤 말도 못하지. 그들은 그냥 우리를 응시할 뿐이야."

피 흘리는 마음

한 대단한 인물이 이곳에서 약 30마일 떨어진 마을에서 강연을 할 거라고 했다. 그 강연은 이른바 "근대와 현대에 기록된 성흔 발현의 사례, 혹은 피 흘리는 마음"이라는 것이었다. 셰럴과 나는 거기 갈 일에 아주 들떠 있었다. 우리는 부실하게 표시된 교차로에서 이리저리 몇번이나 잘못된 방향으로 돌았고, 그리고 나서야 바로 제시간에 그 교회에 도착할 수 있었다. 메인 스트리트를 따라 수백대의 차가 주차되어 있었고, 줄을 선 사람들은 우리가 상상했던 것보다 훨씬 많았다. "이렇게 많은 사람들이 성흔 발현에 관심이 있다는 것을 누가 생각이나 했을까?" 내가 말했다. "온통 십자가 희생 그 자체에 관한 관심이네." 셰럴이 말했다. "너도 알다시피 사람들은 십자가에 못 박히고 싶지 않다고 말하지만 그들은 온통 거기 사로잡힌 채 여기저기 돌아다녀. 이 줄을 봐, 모두 자신에게 성흔이 발현될지 아닐지 알고 싶어해." "미쳤군." 내가 말했다. "우리가 그 때문에 여기 온 것은 아니지, 그렇지?" "너나 안 그렇지." 그녀가 말했다. "더군다나, 이 남자 이안 윌슨은, 매우 섹시하다고 하더군. 나이는 여든살이지만 말할 때마다 길고 하얀 머리카락을 앞뒤로 휘날려. 끝에 가서는 이안 윌슨이 청중들 속으로 나아가면서, 살아생전 자신들에게서 성흔이 발현될지도 모른다고 믿는 두세 사람을 만지고 그들은 실제로 눈물을 흘리지." "셰럴." 내가 말했다. "우리가 들어갈 수 있을 것 같지가 않아. 줄이 아주 길어. 더군다나, 이 사람들 중 몇몇의 표정이 무서워지기 시작했어." "어머나 애런, 넌 우리가 무엇을 할 거라고 생각했어? 미시시피강 플랫보트 위에서 강연이라도 듣게 되는 줄 알았어? 이 문제는 자신의 모든 것을 걸거나 아니면 전혀 꽝이 되는 거야. 당연히 사람들은 제정신이 아닐 정도로 겁먹지." 그녀가 말했다. "미시시피강의 플랫보트가 내게는 좋게 들리는데." 내가 말했다.

에티켓

"다락에 누가 있는 것 같은 소리가 들려." 내가 글래디스에게 말했다. "장총을 가지고 가서 확인해볼게." "오 멜빈, 다락에는 아무도 없어. 절대로 다락에는 아무도 없어." "오 그래, 지난번에는 어땠더라? 다락엔 아무도 없어용 아씨." "그때는 달랐지, 멜빈. 당신 램킨 씨에게 그렇게까지 거칠게 굴 필요는 없었어." 멜빈은 총을 가지고 다락의 낡아빠진 계단을 올라갔다. 글래디스는 멜빈이 소리 지르고 욕을 하는 것을 들었다. 그다음에는 그의 총이 뿜는 세발의 총소리를 들었다. 잠시 후 멜빈이 내려왔을 때, 그녀가 말했다. "그를 죽였어?" "또 그 망할 놈의 램킨 씨였어." 그가 말했다. "그를 죽인 거야?" 그녀가 다시 말했다. "도망간 것 같아." 멜빈이 말했다. "젠장, 어떻게 그가 도망갈 수가 있어? 위에는 창문도 없단 말이야." 그녀가 말했다. "몰라, 글래디스. 도무지 모르겠다고. 하지만 그가 거기서 보금자리를 틀고 있는 것 같아. 내가 그를 잡을 거야. 당신은 잠자코 보기나 해. 내가 그를 잡을 거야." 그가 말했다. "보금자리라고?" 글래디스가 말했다. "호, 고것 달콤하게 들리는데. 어쩌면 언제 그를 저녁식사에 초대할 수도 있겠네."

더 대단한 전투

스프링필드에 있는 수족관은 3년 전쯤에 개장했다. 그런데 어찌된 일인지 거기 갈 적당한 시간을 내지 못했다. 그러던 어느 토요일, 아무 계획도 없이, 우리는 차에 냉큼 뛰어 올라타고는 그냥 갔다. 안에 들어선 그 순간부터 나는 그곳에 강한 마력을 느꼈다. 한 물탱크에는 내 생애 본 적 없는 무시무시하고 소름 끼치는 물고기들, 긴 가시들로 뒤덮인 물고기들이 가득했다. 그리고 물론, 그것들은 초자연적인 아름다움까지 지니고 있었다. 그다음 물탱크에는 상상도 못할 만큼 최고로 밝은 색깔에, 스스로 전기를 일으켜 불을 켜대는 물고기들로 가득했다. 그리고 거기에는 거대한 뱀장어들이 있었다. 75피트의 길이의 수조를 휘젓고 다니는데, 검은 리본처럼 보였다. 로렌은 오늘밤 악몽을 꿀 것만 같다고 했다. 그러나 아주 섹시한 꿈일 거라고. 해파리도 아름다웠다. 그들의 치명적인 촉수는 매우 길고 섬세해서, 거의 말갈기의 털 같았다. 이 수족관에서 저 수족관으로, 완전한 놀라움 속에서, 우리는 손을 잡은 채 걸었다. 16피트짜리 커다란 백상어는 아주 긴 물탱크를 혼자 차지하고 있었다. 그는 쉬지 않고 한쪽 끝에서 다른 쪽 끝으로 오락가락했다. 벽의 안내문에는 대형 백상어가 보트를 공격하기도 하고, 다른 상어를 포함해 뭐든 먹어치운다고 쓰여 있었다. 우리는 거기, 넋이 나가 있는 작은 무리들 틈에 서 있었다. 그때, 설명하기 어려운 일이 일어났다. 상어가 멈춰서더니 나를 똑바로 쳐다보는 것 같았다. 그다음에는 그 녀석이 격분해서 탱크의 벽면을 몇 톤쯤의 힘을 써서 박치기하고 있는 것이었다. 몇번이고 반복해서 그러는 것이었다. 사람들이 소리 질렀고 그러자 안내원이 달려왔다. 그리고 내 팔을 잡고는 말했다. "죄송합니다만, 선생님. 나가주셔야겠습니다. 제발 빨리." 그녀는 나를 데리고 마당으로 나갔다. 로렌은 우리를 뒤따라오고 있었다. "전에는 이런 일이 없었습니다, 선생님." 그녀가 말했다. "저 상어가 당신을 알고 있는 것 같아요. 상어가 당신에게 어떤 감정을 품고 있는 것 같단 말이죠. 당신이 그냥 떠나주시는 게 우리 모두를 위해 최선이라 생각해요. 우리 수족관은 입장료를 반드시 환불해드릴 것입니다. 제발 이해해주세요." 로렌과 나는 할 말이 없었다. 그러나 떠나는 것에 동의했다. 집으로 돌아오는 길에, 우리는 즐거운 척했다. 그러나 마음 깊은 곳에서 우리는 심각하게 흔들렸다. "그래, 어쩌면 전에 내가 그의 코를 한방 주먹으로 때린 적이 있었나봐." 내가 말했다. "당신이 뭐라 하든, 그는 당신을 알고 있었어요. 어디서 보았는지는 몰라도." 그녀가 말했다.

향기로운 구름

나는 라벤더 벽지와 무늬 넣어 짠 고풍스러운 커튼이 있는 넓은 방에서 깨어났다. 빅토리아풍의 긴 소파 위에는 나를 위한 옷들이 놓여 있었다. 나를 위해 맞춘 듯 꼭 맞았다. 계단을 내려가면서도, 난 무슨 일이 생길지 예상할 수가 없었다. 한 하녀가 나를 아침식사 방으로 안내했고 내게 커피와 비스킷을 가져다주었다. 나는 창밖의 정원을 내다보았다. 잠시 후, 한 남자가 들어오더니 내가 필요한 모든 것이 다 있는지 물었다. "네 그럼요." 내가 말했다. "모든 것이 다 사랑스럽군요." "궁금한 것은 있으신지요?" 그가 물었다. "아니요." 내가 말했다. "나중에, 그웬*과 제가 마당을 둘러보실 수 있도록 안내하겠습니다." 그가 말했다. "기대되는군요." 내가 말했다. 그리고 그는 나를 거기 혼자 남겨놓고 갔다. 그웬돌린이라. 그런데 아무것도 모르면서, 어떻게 알고 싶어하는 것 이상을 아는 것인지 그것이 이상했다. 나는 그웬돌린과 사랑에 빠질 것을 알았고, 결투가 일어날 것을 알았고, 나는 이 우아한 저택이 불타 무너져내리게 될 것을 알고 있었다. 나는 거기 앉아서 기다렸다. 끔찍한 예견을 안고 무척이나 외로운 채로.

....
* Gwen. Gwendolyn의 애칭. 19세기 인기 있었던 여성 이름.

기갈

우리 사무실에 프레스턴 쿠퍼라는 새 매니저가 왔다. 내가 보기에 그는 새로운 종류의 족속이다. 그러나 나는 그가 마음에 든다. 그는 매우 저자세인 척한다. 사실 어떨 때는 그의 야망은 한껏 감긴 용수철처럼 극에 달한다. 어제 그는 내 방문을 열고 머리를 디밀더니 늘 하던 대로 이런 말을 했다. "어떻게 돼가고 있지, 모트?" "지금 볼티모어와 통화 중이에요." 내가 말했다. "제가 그들에게 말했어요. 내 계산에 의하면, 그쪽 물량을 두배로 늘려야 한다고요. 그리고 오늘 아침까지 보면, 우리가 인디애나폴리스와 세인트루이스, 시카고와 캔자스시티에서 시장을 선도하고 있어요. 밥 바일리가 방금 전화해서 트라이스타가 미네아폴리스와 세인트폴에서 모두 철수하고 있다고 했고요." "자네한테 큰 보너스가 굴러떨어질 것 같은 냄새가 나는데, 모티. 계속 밀어붙여. 그들에게 1인치도 틈을 주지 말고. 우리의 위대한 지도자 중 한 사람이 늘 말했듯이, 그들을 폭격해서 석기시대로 날려버려." 그가 말했다. 그리고 웃으면서 사라졌다. 이건 사실이다. 프레스톤이 부서에 나타난 이후 우리는 전쟁에 나선 기분이다. 우리는 진짜 다른 녀석들을 죽이러 나간다. 재밌다. 그러나 난 사실 어떤 기분인지도 모르겠다. 어쨌든 우리는 적으로부터 우리나라를 지켜내는 것에 대한 얘기를 하는 게 아니라, 감자칩에 대한 이야기를 하고 있는 거다.

셸던의 대담한 수행

셸던이 어디에선가 수신자부담 전화를 걸어 내게 말하기를 올해에는 특별히 진드기가 해로우니까 키가 큰 풀들 근처에 가지 말라고 했다. 나는 그 정보를 전해주어 고맙다고 했다. "지금 어디 있어, 셸던?" 내가 물었다. "말할 수 없어." 그가 말했다. "난 지금 비밀 임무를 수행 중이야. 내가 너에게 말한다면 그건 더이상 비밀이 아니지. 그것에 대해서는 나중에 다 말해줄게. 이제 가야 해. 키가 큰 풀에 가까이 가지 마." 사흘 뒤 그는 다시 수신자부담 전화를 걸어, 햇빛으로 나갈 때는 강한 썬크림을 바를 것을 잊지 말라고 했다. 그리고 그는 내가 엘레나 루스벨트*를 만난 적이 있느냐고 물었다. "물론 없지." 내가 말했다. "음 그런데, 그녀가 아직 살아 있어." 그가 말했다. "그들이 한 지하 폐광에 그녀를 숨겨두었어. 그녀는 38년 동안 햇빛을 못 보고 있어. 내가 그녀를 구하러 갈 거야." "행운을 빌어, 셸던." 내가 말했다. "만약 누군가 그 일을 할 수 있다면, 그건 바로 너야. 그러나 조심해." 그다음 주 그가 전화를 하지 않았기에, 난 그를 걱정했다. 키 큰 풀들에 가까이 가지 않았고 썬크림을 발랐다. 그러던 어느 날 아이스크림 가게 바깥에 앉아 있는 셸던을 보았다. 한쪽 눈이 멍들어 있었다. "어머나 세상에." 내가 말했다. "무슨 일이 있었어?" "괜찮아." 그가 말했다. "그녀는 안전해. 엘레나에게는 큰 계획이 있는데, 지금은 그것에 대해 말할 수 없어. 세상은 더 좋아질 거야. 그게 내가 말할 수 있는 전부야……" "네

---

* 미국 최초의 4선 대통령으로 유명했던 루즈벨트의 부인. 영부인이기에 앞서 미국민에게 존경받는 여성이었다.

가 돌아와서 기뻐." 내가 말했다. "난 정말로 너를 걱정했다고." "엘레나가 너를 만나기를 원해." 그가 말했다. "그녀는 새 정부에 너를 위한 매우 특별한 자리를 준비해놓았어. 강력한 잔소리쟁이지만 너도 그녀를 좋아할 거야." "엘레나 루스벨트가 나를 만나고 싶어 한다고?" 내가 말했다. "그녀의 새 정부에서 봉사하게 된다면 영광일 거야." "곧이야, 친구. 두고 보라고. 세상은 그녀의 위대한 통찰력에 의해 빛나게 될 거야." 그가 말했다. 셸던은 자기가 한 모든 말을 믿었다. 그리고 진드기에 대해서도 그가 옳았다. 그것들은 무서웠다. 그리고 엘레나 루스벨트가 이끄는 새 정부라니, 내게 굉장하게 들렸다. 나는 봉사할 준비가 되어 있었다.

반쯤 먹힌

점쟁이가 내게 조만간 많은 돈이 생길 거라는 말을 했다. 그녀는 내 성생활도 계속 잘나갈 것이며 만족스러울 거라고 했다. 그리고 내 몸도 원기 왕성할 거라고 했다. 그러나 그다음 그녀는 걱정스러운 빛을 보였다. 점쟁이는 내 가까운 미래에 어떤 큰 고양이 같은 것이 있는데 — 쿠거라고 했다 — 그 쿠거가 전혀 예상치 못한 순간에 나타나서 나를 곤혹스럽게 할 것이라고 했다. 이 말이, 당연히, 그 앞의 좋은 소식들을 소용없게 했다. 나는 그녀에게 돈을 지불하고 그 더럽고 작은 가게를 떠났다. 나는 거리의 여기저기를 살펴왔고, 지붕들도 점검해보았다. 일단 집에 와서는 조에게 키스하고 내 서재로 가 쿠거에 대해 찾아보았다. 6 내지 8피트의 길이, 160파운드. 자기 몸무게의 다섯배를 끌고 다닐 수 있고, 한번에 20피트를 점프할 수 있으며, 60피트의 높이에서 뛰어내릴 수가 있다. 나는 조에게 말할까 망설였다. 그녀가 나를 비웃을 걸 알지만. 어쨌든 나는 다시 부엌으로 가서 그녀에게 말했다. 그녀는 처음엔 무슨 말을 해야 할지를 몰라서, 날 혐오스럽게 쳐다보기만 했다. 그러더니 말했다. "점쟁이한테 갔다고? 그리고 그 쿠거에 대한 그런 터무니없는 헛소리를 믿는 거야? 지금까지 내내 나는 분별 있는 남자와 결혼했다고 생각했는데. 당신에게 무슨 일이 있는 거야, 랄프? 당신 약 먹었어? 술 취했어?" "이상한 일들이 벌어졌어." 내가 말했다. "지난주에 한 남자가 시카고에서 폭발했어. 거리를 걸어가다가, 순간적으로, 자연연소가 된 거였지. 목격자들이 있었어. 신문에 났다고. 그 지방 곳곳에서 쿠거가 나타나곤 했대. 사람들은 그걸 고양잇과 동물 혹은 산 사자라고 불렀지만. 거기에 내게 무슨 원한을 품은 한마리가 남아 있을지도 몰라." "당신 진심으로 하는 말 아니지, 그렇지? 왜냐면, 만약 당신이 그걸 믿는다면, 난 당신의 빌어먹을 피범벅이 된 운명이 극에 달하기 전에 나는 나가버릴 거야." 그녀가 말했다. 바로 그 순간 어찌나 외롭던지 이상한 소외감이 들었다. 이젠 나와 쿠거뿐이구나,라고 생각했다. 내가 말했다. "왜 이래, 조. 당신은 작은 농담도 못 받아들이나. 당신도 알잖아. 내가 결코 점 같은 건 보러 다니지는 않는다는 걸." "아니." 그녀가 말했다. "난 느낄 수가 있어, 당신은 이미 찍힌 인간이라는 걸."

줄스가 구해주러 오다

줄스가 내 스테레오를 고칠 수 있는지 와서 보겠다고 했다. 그 것은 고장난 지 몇달 되었고, 나는 음악 듣기를 간절히 목말라하고 있었다. 그는 오자마자 스테레오에만 달라붙더니, 곧바로 일을 시작했다. 그는 모든 선을 다 빼놓았다. "맥, 네가 무슨 짓을 해놓았는지 모르겠네. 엉망진창이구나." 그가 말했다. 나는 그냥 뒤에 서서 보기만 했다. 그는 참으로 기가 막혀 했다. 그래서 나는 뭐라고 해야 할지를 몰랐다. "누군가 이 전체 시스템을 고의로 파괴하려고 했어." 그가 말했다. "너 호밀빵 좀 있니?" "있지." 내가 말했다. "얼마나 필요한지?" "세조각이면 돼." 그가 말했다. 나는 그걸 그에게 가져다주었고 그는 계속해서 일을 했다. 한참 후에 그는 골프공 두 개를 요구했다. 그는 맹렬하게 일하고 있었다. "어떻게 돼가?" 내가 물었다. "잘 되어가고 있어." 그가 말했다. "치약 조금과 어쩌면 강낭콩을 좀 줄 수 있는지?" "문제없지." 내가 말했다. 스피커에서 긁히는 소리 같은 잡음이 좀 나기 시작했다. 줄스는 유능했다. 나는 그가 시간만 있다면, 나를 도울 수 있다는 걸 알았다. "마지막으로, 맥. 뒷마당에서 앤 여왕의 레이스라는 꽃을 찾을 수 있겠어?" "찾아볼게." 나는 그것을 뒤지고 뒤져서 마침내 아주 조금 찾아내었다. "그 정도면 충분해." 그가 말했다. 그리고 그는 다시 반시간 동안 계속해서 일을 했다. 그리고 세상에. 찬연한 음악이 스피커에서 쏟아지기 시작했다. 전에 없이 상쾌하고 맑은 소리였다. "고마워 줄스." 내가 말했다. "진심으로 진심으로 고마워." "이봐, 우린 언제나 음악이 있어야지! 네가 가지고 있는 이것은 매우 이상한 시스템

이야. 거의 인간과 같거나, 거의 그런 방향으로 가고 있는 거야. 넌
이것을 주시해야만 해. 만약 조금이라도 묘한 일이 생기면 전화해.
알았지?"

주운 1페니 동전

앨빈이 거리를 걸어가고 있었는데 그때 1페니 동전*이 눈에 띄었다. 그가 그것을 주우려고 서자 유모차를 밀고 오던 한 부인이 그에게 부딪쳤다. 앨빈은 앞으로 넘어졌고 이마와 양쪽 팔꿈치를 긁혔다. 그녀의 아기가 아우성치며 울기 시작했고 그녀가 앨빈에게 악악댔다. "지금 당신이 무슨 짓을 했는지 봐요." 앨빈은 간신히 일어났다. "나는 재정상 보수파인 짠돌이야. 당신이야말로 날 쓰러뜨릴 권리가 없어. 내가 진짜 피를 흘리고 있잖아. 당신의 작은 괴물은 아주 못생겼네. 사람들은 늘 아기에 대해서는 거짓말을 하는데, 그러나 난 진실을 말하고 있는 거야." 그가 말했다. 그녀는 유모차를 밀며 앨빈에게 쌀쌀맞게 헛기침을 하고는 자기 갈 길을 갔다. 앨빈은 그 시련 속에서도 동전을 악착같이 쥐고 있었다. 은행 옆, 담 위에 앉아 있던 한 남자가 일어나서 앨빈에게 말했다. "당신은 저 여자를 고소해야 돼요. 난 변호사인데 내가 무료로 당신을 변호해줄게. 보상비 중에서 약간의 수수료만 받으면 돼. 이건 재밌을 거야. 뭐라고 말 좀 해봐, 이 친구야?" "나는 변호사가 싫어." 앨빈이 말했다. "나도 싫어해." 그 남자가 말하고는 가버렸다. 앨빈이 고개를 드니 그녀가 유모차를 밀며 최대한 빨리 달려서 그를 향해 돌진해오고 있었다. 그녀는 완전히 미친 것처럼 보였다. 아기는 미소짓고 있었다. 사람들은 그녀를 피하려고 펄쩍 뛰고 있었다. 앨빈은 생각했다. 이 여자는 진짜 빠르고, 또 못돼먹었다고. 여자는 아주

---

* 미국에서 1페니 동전의 경제적 가치는 거의 없지만 행운을 가져다준다고 믿고 줍는 사람들이 있다.

끝장을 볼 때까지 멈추지 않을 작정이었다. 그래 좋아, 아주 좋다고. 에구, 우리 마을이 아주 요동을 치는군그래. 이 아름다운 여름 아침에.

거룩한 토요일

내가 상점에서 나오자, 제일 먼저 눈에 띈 것은 토끼 복장을 하고 보도에서 춤추면서, 모든 사람들에게 달걀 모양의 초콜렛을 나눠주는 한 남자였다. 낯선 이에게 사탕을 받지 말자는 것이 우선 내 마음에 떠오른 생각이었다. 그가 나를 잡아채기 전에 내 차로 가고 싶었다. 그가 나를 보고는, 내 쪽으로 깡충 뛰어왔다. "여기요, 이거 당신에게 주려고요. 빨리도 달아나는 아저씨요." 그가 말했다. "나는 그걸 원하지 않아." 내가 말했다. "나는 초콜렛 알레르기가 있어." 그는 앞발로 주먹을 만들어 내 코앞에 대고 위협하며 "가져."라고 말했다. "당신은 이걸 아이에게 줄 수도 있잖아. 그러면 아이들은 고맙다고 할 거야." "나는 아는 애들이 없고, 더군다나 거기에 비소가 들었는지 어찌 아냐고. 난 당신을 몰라. 전혀 모르는 사람이고, 네가 탈출한 죄수인지, 유아추행자인지, 살인자인지 내가 어찌 아냐고." "나는 부활절 토끼야. 이 똥구멍 같은 놈아. 당신이 부활절 토끼를 믿을 수 없다면, 당신은 참 엉망진창이지. 목구멍에 처넣기 전에 이 달걀을 받아." 그가 말했다. 나는 그의 어깨를 잡아채고는 내 차에다 대고 밀어붙였다. 토끼의 콧수염이 실룩거렸다. 그의 긴, 펄럭이는 귀가 우스꽝스럽게 보였다. "너 된통 얻어터지고 싶냐? 이 토끼놈아." 내가 말했다. "우리 맥주나 뭐 그런 걸 한잔 마시면서 얘기할 수도 있지 않을까, 그거 어때?" 토끼가 말했다. 10대 애들 두명이 모여들어 내가 다음에 무슨 짓을 할지 지켜보고 있었다. 그들은 흥분했다. 한번도 써워본 적 없는 나는, 그 토끼에게 정말로 한방 날리고 싶었다. 그러나 그 대신에, 나는 그를 차에서 끌어당겼다. 그의 앞발에서 바구니를 빼앗아 쓰레기통에 던져버렸다. "이제 집으로 가서 그 옷을 벗어버려. 네가 부활절 토끼 복장을 입고 수상쩍은 물건을 어린애들에게 나눠주지 않더라도 이 동네에는 범죄 사건들이 넘쳐나." 내가 말했다. "나는 좋은 일을 하려고 했어요." 그가 말했다. "나는 작은 위로를 주거나 자선을 하려고 한 거예요. 그게 전부라고요." "그러나 너는 토끼 복장을 하고 있었잖아. 아무튼. 그리고 너는 길에서 멍청이처럼 춤을 추었어. 어째서 누구나 다 너를 믿어야 하지?" 내가 말했다. "저 토끼 복장을 벗겨내자. 그리고 그 안에 누가 있는지 보자." 10대들 중 하나가 말했다. 토끼는 정말로 두려운 듯이 보였다. 그는 마치 막 깡충 뛰려는 것처럼, 반쯤 구부리며 웅크렸다. "안돼." 내가 말했다. "내 생각에는 그는 이번 일로 배울 것을 배웠어." 소년들은 실망한 듯이 보였다. 이제 나는 그 토끼의 안전이 걱정되기 시작했다. "차에 타." 내가 그에게 말했다. "뭐라고요?" 그가 물었다. "차에 타라고 했잖아. 너를 집에 데려다줄게." 나는 차문을 열고 운전석으로 들어가 앉았다. 토끼는 혼란스러워 보였다. 그러나 내가 시키는 대로 했다. 그는 내게 사는 곳을 말했고, 우리는 말없이 그곳으로 달렸다. 그는 낡아빠진 아파트 단지에서 살았다. 이 도시 범죄의 반은 바로 거기에서 일어나고 있었다. 내가 차를 멈추자 그는 문을 확 열었다. 그는 매우 낭패한 듯이 보였다. "뭐 하는 사람이냐? 내 말은 진짜 현실 세상에서 뭘 해서 먹고사냐고." 내가 말했다. "지금은 실직 상태예요." 그가 말했다. "매번 직업을 얻을 때마다 그 회사가 문을 닫아요. 죽음을 향한 키스, 그게 바로 나인가봐요. 누더기 엉덩이를 한 부활절 토끼로부터 이 말을 듣는 것은 우스워야만 했다. 그러나 그렇지 못했다. 내 가슴이 거의 무너지는 것 같았다. "미안해, 내가 당신의 좋은 하루를 망쳤네. 솔직히 말하자면 내가 무엇에 씌었는지 모르겠어. 어쩌면 나는 당신의 행복을 질투한 거야." 내가 말했다. "그게 토끼 복장의 대단함이지요." 그가 말했다. "이런 옷을 입으면 눈물은 안 보여요. 태워줘서 고마워요. 나를 거의 죽이려고 하더니 당신이 내 생명을 구해줬군요. 완벽한 이야기네요. 불행하게도, 난 이런 걸 이야기할 사람이 없어요." 그는 차에서 내리더니 작은 자갈 마당을 가로질러 깡총깡총 뛰어갔다. 나는 그의 얼굴조차 보지 못했고 그의 이름도 몰랐다.

정식 파티 초대

나는 마거릿 파니쉬 버릿지와 그의 남편 크넬름 오스왈드 랜슬 롯 버릿지*가 주최하는 정식 저녁 파티에 초대받았다. 나는 그들 중의 누구와도 만난 적이 없었고 내가 왜 초대받았는지 알 수가 없었다. 집사가 내가 온 것을 알리자, 버릿지 부인이 다가와서 아주 우아하게 인사했다. "당신과 함께할 수 있어서 매우 기뻐요." 그녀가 말했다. "남편 크넬름이 나중에 당신과 얘기하고 싶어해요." "나는 참을 수가 없군요.**" 내가 말했고, "제 말뜻은 그러니까, 저는 기쁘다는 말이지요." 뭔가 제대로 나오는 게 없었다. 당장 그 자리에서 벗어나고 싶었다. 그러나 버릿지 부인이 나를 끌고 가서는 그녀의 몇몇 친구들에게 소개했다. "이 이는 니콜라스와 손드라 페퍼딘이에요. 니콜라스는 스파이지요." 부인이 말했다. "난 스파이가 아냐." 니콜라스가 말했다. "아니. 당신은 스파이야, 달링. 모두들 그걸 알고 있는 걸." 부인이 말했다. "그리고 손드라는 백조와 관련된 일을 해요. 잘은 모르지만, 내가 아는 손드라는 아마 백조 짝짓기 일을 하지요." "맞아요! 난 그들이 멸종되지 않게 구해주는 거예요." 페퍼딘 부인이 말했다. "그리고 이 사람은 모데카이 라인란더예요. 당신도 그의 이름으로 짐작할지 모르겠지만, 그는 나치지요. 그의 부인 다그마 역시 나치고요. 그래도 사랑스러운 사람들이지

---

* 파티 주최자의 이름은 미국 상류계층 가문의 이름이며, 길고 이상한 발음은 거의 풍자의 의도를 보인다.
** I can't wait. '기다릴 수 없다'와 '너무나 기대하고 있다'의 중의적 의미를 가지고 말놀이를 하고 있다.

요." 그녀가 말했다. "마거릿, 당신은 우리의 새 친구에게 매우 나쁜 인상을 주고 있어요." 라인란더 씨가 말했다. "오, 이건 나의 파티예요. 그러니 내 맘대로 말할 수 있지요." 버릇지 부인이 말했다. 종업원이 칵테일을 가지고 지나갈 때 그녀가 쟁반에서 두개를 집어 하나를 내게 주었다. "당신이 마티니를 좋아하기를 바라요." 그녀는 이렇게 말하더니, 나를 거기 세워놓고 가버렸다. "내 이름은 시어도어 풀러톤입니다." 내가 말했다. "나는 타락한 재즈 음악가지요. 젊은 여자를 잡아먹고, 가능할 때마다 마약을 하지요. 그러나 대부분의 시간은 하루 종일 자고 직장은 없습니다." 그들은 서로를 바라보더니 웃음을 터뜨렸다. 나는 백치처럼 미소 지었고 술을 홀짝였다. 나는 끔찍한 파티가 될 것 같다고 생각했으나 말할 때마다 솔직하게 말을 했더니, 사람들은 나를 유쾌하게 웃기는 자라고 생각했다. 저녁식사에서 나는 카르멘 밀랑카와 고디나 바나피 사이에 앉았다. 첫번째 코스는 키위 조각에 얹어진 신선한 게살이었다. 내 것이 어쩌다가 접시에서 미끄러져 카르멘 밀랑카의 허벅지에 떨어졌다. 그녀는 매우 꽉 끼는, 짧고 까만 드레스를 입었다. 그녀는 내게 미소 지었고, 내가 어떻게 하나 보고 있었다. 나는 손을 뻗어 그 은신처에서 그것을 낚아챘다. "멋진 일격이군요." 그녀가 말했다. "표적의 중심에 명중한 것 같네요. 그렇지 않나요?" 내가 말했다. 고디나 바나피가 내게 돈 많은 여자들이 섹시해 보이느냐고 물었다. "오, 그럼요. 물론이지요. 그러나 나는 보통 가난하거나, 집 없는 부랑자들이라든가, 아니면 도망자들, 정신적으로 공허하

든가, 안 씻고, 병들고, 굶주린 여자들을 선호하지요." "오 황홀해." 그녀가 말했다. 양 다리 요리가 나왔고, 크넬름 버릿지가 건배를 들었다. "오늘밤 여기 모인 나의 좋은 친구들을 위하여. 그리고 지구 평화 발전의 위대한 성취를 위해." 나는 여전히 내가 왜, 무엇을 거기서 하고 있는지 알 수가 없었다. 나는 카르멘과 거의 친밀한 관계가 되었다고 생각하고 내 느낌을 말했다. "당신은 아마도 희생양일 거예요." 그녀가 말했다. "희생 뭐라고요?" 내가 말했다. "인간 희생양 말이에요. 신들에게, 평화를 위해 바치는." 그녀가 말했다. "내 생각에는 분명 당신이에요. 왜냐면 당신을 뺀 나머지는 내가 다 아는 얼굴들이고, 그리고 그들은 모두 친구 사이거든." "당신, 지금 날 놀리는 거야?" 내가 말했다. "아니, 우리 모두는 다양한 방법으로 평화를 위해 일해요. 그리고 일년에 한번씩 모여 이런 저녁식사를 하는 거고요." "그런데 왜 나야?" 내가 말했다. "그게 마거릿의 일이에요. 그녀는 일년 내내 그걸 연구하고는 아무도 그리워하지 않을 누군가를 집어내요. 사회에 긍정적인 영향을 미치지 않으면서, 본질적으로 이기적인 사람을. 그녀의 선택은 매우 조심스럽고 공정해요. 안됐지만 당신 차례네요. 나는 당신을 좋아할 수 있겠다고 생각하지만." 그녀가 말했다. 나는 음식을 쑤석거렸다. "꽤 괜찮은 선택이라는 생각이 드네요. 몇몇 사람들이 내 음악을 정말 좋아한다는 것을 뺀다면 말이야. 그들은 내 음악이 그들을 치유한다고까지 말하지." 내가 말했다. "그렇겠지." 카르멘이 말했다. "그러나 마거릿은 그 모든 것을 고려의 대상에 넣어. 그녀는 굉장히 철저해."

더욱 번영하는 나라

마당에 잡초를 뽑으려고 나갔을 때, 나는 거기에 야생 아기가 있는 것을 보았다. 야생 아기가 나를 보고 으르렁거려서 나는 달아났다. 그들이 이 지역에서 문제가 되고 있다는 기사를 읽은 적이 있다. 아무도 야생 아기들이 어디서 왔는지는 모르지만, 그 아기들은 믿을 수 없을 만큼 빠르고 사납다고 알려져 있다. 나는 집 안으로 돌아가서 문을 잠갔다. 나는 부엌 창문을 통해서 그것이 토마토 열두 개를 먹는 것을 보았다. 그러고는 토하더니 다시 더 먹기 시작했다. 그것은 혐오스러운 작은 괴물이었다. 내가 읽었던 기사에서는 '전염병을 막기 위해' 그들을 발견하는 대로 쏴버리라고 했다. 그 괴물은 내 꽃들을 한줌씩 먹고 있었다. 그리고 나서 놈은 흙 속에서 구르면서, 웃고 있었다. 나는 911에 전화해서 그 야생 아기를 신고했다. "집 안에 계세요. 집 밖으로 나가지 마세요." 여자가 말했다. 2분 후 집 앞 진입로에 순찰차가 왔다. 경찰들이 총을 들고 내렸다. 나는 그 살육의 장면을 보고 싶지 않아서 거실로 가 신문을 집어 들었다. 그러나 물론, 읽을 수는 없었다. 나는 잔뜩 긴장하고는 폭발음을 기다렸다. 기다리고 기다렸다. 그러나 아무 소리가 없었다. 나는 부엌 창으로 가서 살펴보았다. 경찰도 야생 아기도 보이지 않았다. 나는 집 안을 걸어다니며 창문이란 창문은 다 내다보며 밖을 살폈다. 아무것도 없고, 집 앞 진입로에는 아직도 빙빙 도는 붉은 등을 켠 경찰차만 있었다. 물론 나는 어떤 상황에서도 집을 떠나지 말라는 말을 들었다. 그러나 이건 좀 너무했다. 집에 총이 있는 것도 아니어서 길고 날카로운 부엌칼을 움켜잡았다. 정원

근처에, 풀이 핏방울로 얼룩져 있었고, 무시무시한 몸부림의 흔적도 있었다. 나는 몸을 떨면서 집 주변을 살금살금 돌아다녔다. 나는 그 야생 아기가 경찰관 두명을 잡아먹고 아주 거대해졌을 거라 짐작했다. 그렇게 푸짐한 많은 식사를 했으니 아마 졸립기도 할 것이라는 생각도 했다. 그놈이 아직도 허기진 상태는 아닐 거야. 아니면 나 혼자 헛짚고 있는 건가? 별일 없이 집을 한바퀴 돌았다. 경찰들이 현관 계단에 앉아 담배를 피우고 있었다. "난 그게 당신들 둘을 잡아먹었다고 생각했어요." 내가 말했다. "집 참 좋네." 그들 중 하나가 말했다. "그건 진짜 야생 아기는 아니었어요." 다른 한 사람이 말했다. "그냥 누가 기르기를 원하지 않았던, 그런 아기예요. 그런 애들은 십전이면 열두개를 살 정도로 흔해빠졌지요. 그들 중 대부분은 스스로 살아가는 것을 배우지만 그러나 물론, 어떤 애들은 그러지 못하고요." "마당에 핏자국은 뭐예요?" 내가 말했다. "그것이 내 발목을 한방 물었지요. 심각하지는 않고요." 그가 말했다. "그리고는 그것이 어디로 갔지요?" 내가 물었다. "그것은 너무 빨라서, 어디로 갔는지 우리도 못 봤어요. 아마 돌아올 거예요. 그러나 걱정할 만한 것은 없고요." 그가 말했다. "그러나 여기는 내 집이에요." 내가 말했다. "안전하다는 느낌을 가져야죠. 내 정원인데." "너그럽게 베푸세요." 첫번째 경찰이 말했다. "당신 집은 충분히 나눌 만큼 넉넉하잖아요. 그들은 그냥 아기일 뿐이잖아요."

미스터 잔가지 말라깽이

뚱땡이(Fatty)가 히죽이(Smiley)에게 말했다. 말라깽이(Slim)가 그를 짜증나게 한다고. 말라깽이는 히죽이에게 네 일에나 신경 쓰라고 말했다. 히죽이가 말했다. "이건 내가 해야 할 일이야. 왜냐하면 너희 말라깽이와 뚱땡이는 둘 다 나의 가장 친한 친구이니까." 뻘겅이(Red)가 말했다. "나는 뭐야, 히죽이. 나 역시 너의 가장 친한 친구 아닌가?" "물론 너도야, 뻘겅이. 나는 단지 말라깽이와 뚱땡이 사이를 좋게 하려고 했을 뿐이야. 친한 친구는 싸워서는 안 돼." 히죽이가 말했다. "나는 뚱땡이와 싸우고 있는 게 아냐. 그가 내게 싸움을 거는 거지." 말라깽이가 말했다. "너는 나를 뚱뚱한 뚱땡이라고 불렀잖아." 뚱땡이가 말했다. "음, 네가 농담도 이해할 줄 모른다면 그건 내 잘못이 아니야." 말라깽이가 능글맞게 웃었다. "그만 해, 얘들아." 히죽이가 말했다. "너희들이 노처녀들처럼 말다툼하고 있는 걸 모르겠니. 서로 악수하고 화해하지 그래. 그리고 이런 별명 부르기를 모두 그만두자고." "나도 같이 악수할 수 있을까?" 뻘겅이가 말했다. "난 뻘겅이와 악수하고 싶지 않아." 뚱땡이가 말했다. 말라깽이가 "뻘겅이는 전에 나를 키다리(beanpole)라고 불렀어"라고 했다. "나는 안 그랬어." 뻘겅이가 말했다. "나는 네가 콩나무 장대를 닮았다고 그런 거야." "너희들이 내 미소를 시들게 하고 있구나." 히죽이가 말했다. "지금 우리가 어떡하다 이렇게 됐는지 봐." 뚱땡이가 말했다. "히죽이의 미소가 시들어 처지는 날은 나쁜 날이야." 말라깽이가 덧붙였다. "나는 결코 미소 지은 적이 없어." 뻘겅이가 한숨 쉬었다. "자 서로 좋게 화해하자, 말라깽이.” 뚱땡이가 제안했다. “그래 좋아.” 뚱땡이와 악수하며 말라깽이가 말했다. “더 높은 곳의 진리를 추구하는 전사는 늘 탐색하고, 찾고, 끌어안고, 결코 회피하지 않아. 왜냐하면 영혼은 사랑으로 형성되어 있기 때문이고 우리는 사랑을 향해 영원히 행진하니까.” 히죽이가 말했다. “와.” 뻘겅이가 말했다. “놀라워라.” 뚱땡이가 말했다. “너 괜찮아? 히죽이?” 말라깽이가 물었다. “약간 힘이……” 히죽이가 말했다. 그러고는 다리를 휘청하더니, 실신했다. 뻘겅이가 끽끽 울며 주위를 돌면서 뛰었다. “괜찮아질 거야.” 뚱땡이가 말했다. “그는 그 긴 행진을 위해 단지 쉬고 있는 거야.” “행진을 하면 다리가 아파.” 말라깽이가 말했다. “난 더이상 어떤 긴 행진도 하지 않을 거야. 더구나 히죽이가 그 말을 했을 때, 그는 제정신이 아니었어.” “야, 미스터 척척박사(Mr. know-it-all).” 뚱땡이가 말했다. “게을러빠진 아줌마 같은 놈아(Mrs. Lazy), 행진을 하기엔 너무 잘나신 녀석아(Mr. Too-good-to-march), 잔가지 같은 미스터 말라깽이야(Mr. Twiggy).”

침입자들

자정 무렵이었는데, 나는 무언가 마당에 있다는 것을 직감하였
다. 아무 소리도 들을 수는 없었지만, 그게 바로 느껴졌다. 구름 낀
밤이어서, 구름을 뚫고 별빛이 보이지는 않았다. 이따금씩 약간의
달빛이 슬쩍 뚫고 내려왔다. 나는 손전등으로 이리저리 비추면서
마당을 돌아다녔다. 이따금씩 개구리가 울었고, 다른 야행성 동물
들이 급히 나뭇잎 위로 달아났다. 나는 근처에 뭔가 다른 것이 있
다는 게 느껴졌다. 마침내, 내 손전등 불빛이 마당 맨 끝에 서 있는
한 남자의 얼굴을 잡아냈다. 그가 나를 놀라게 한 것보다 내가 더
그를 놀라게 한 것 같다. "당신 여기서 뭐 해?" 나는 다소 거친 소
리로 말했다. "아내가 나를 쫓아냈어요. 나는 갈 곳이 없어요. 나는
저 길 아래 트레일러에 살아요. 내 이름은 데릴이에요." 그가 말했
다. "음, 그거 좀 안된 이야기구먼, 데릴." 내가 말했다. "그러나 내
가 만일 총이 있었다면 당신을 쏠 수밖에 없었을 거야. 나는 밤에
낯선 사람이 내 땅에서 어슬렁거리는 것을 도저히 가만둘 수 없거
든." "그럼요, 이해하지요." 그가 말했다. "여기, 당신이 내 총을 가
져가도 좋아요." "너 총이 있어?" 내가 말했다. "이건 합법적인 거
예요." 그가 말했다. "나는 경비원이거든요. 당신이 이걸 가져도 좋
아요. 자 어서, 나를 쏴요." "데릴, 맙소사. 나는 당신을 쏘는 것에
관심 없어." 바로 그때 달이 나왔고, 그래서 나는 그의 얼굴을 볼 수
있었다. 그는 한낱 어린애였고, 분명 울고 있었다. "나는 그녀를 사
랑해요." 그가 말했다. "그러나 그녀의 이상은 크고, 나는 그녀에게
충분치 못한가봐요." 그 여자는 근처에 있었다. 그녀가 살그머니

우리를 향해 다가오는 것이 느껴졌다. 그녀 역시 총이 있는지 혹은 화해를 하려고 그러는 건지 알 수는 없었다. 나는 데릴에게 속삭였다. "그 총 내놔."

의무에 묶여서

나는 백악관으로부터 전화를 받았다, 그것도 대통령이 직접, 내가 그의 사적인 부탁 하나를 들어줄 수 있는지 묻는 전화였다. 나는 대통령을 좋아했기에 말했다. "물론이지요, 각하. 당신이 원하는 무엇이든 하지요." 그가 말했다. "아무 일도 없다는 듯 그냥 행동하시오. 정상적으로 행동하라고. 그렇게 해준다면 더이상 바랄 것이 없소. 그렇게 할 수 있겠소, 레온?" "아 네. 그러지요, 각하. 당신 뜻대로 하지요. 정상적으로요. 그게 내가 하고자 하는 바예요. 입 다물고 있을게요. 고문당한다 하더라도요." 즉각 '고문'이라고 말한 것을 약간 후회하면서 내가 말했다. 그는 내게 여러번 고맙다고 하고 전화를 끊었다. 나는 대통령이 직접 내게 전화했다는 사실을 누구에게든 말하고 싶어 죽을 지경이었다. 그러나 그럴 수 없다는 것을 알고 있었다. 평소대로 행동해야 한다는 갑작스러운 압력에 나는 죽을 지경이었다. 도대체 무슨 일인지, 무슨 일이 일어나고 있는지 알 수가 없었다. 나는 어제 텔레비전에서 대통령을 보았다. 그는 한 농부와 악수하고 있었다. 만약 그가 가짜 농부라면 어쩌지? 나는 우유를 좀 사야 했는데 갑자기 밖에 나가는 것이 두려웠다. 나는 내가 뭘 입고 있는지 점검해보았다. 나는 내게 '정상'으로 보였다. 그러나 정상이 되려고 애쓰는 쪽으로 보이는 것도 같았다. 그것은 정말 의심스러웠다. 나는 문을 열었다. 그리고 둘러보았다. 뭔 일이 일어나고 있는 거야? 전에 한번도 본 적 없는 차가 내 차 앞에 주차되어 있었다. 그 차는 정상으로 보이려고 애쓰고 있었다. 그러나 난 안 속아. 만약 우유가 필요하다면, 가서 사야만 한다.

그렇지 않으면 사람들이 무슨 일이 일어나고 있다고 생각할 것이다. 나는 차를 타고 급히 길을 나섰다. 나는 모든 나무와 잡풀 뒤에서 작은 속도측정기들이 팡팡 터지는 것을 느낄 수 있었다. 그러나 분명한 것은, 그들은 나를 정지시키지 말라는 명령하에 있었다. 나는 가게에서 커스틴을 만났다. "헤이. 무슨 일 있어, 레온?" 그녀가 말했다. 그녀는 굉장히 멋진 미소를 지었다. 나는 그녀에게 거짓말 하는 게 싫었다. "아무 일 없어. 단지 고양이에게 줄 우유를 좀 사려고." 내가 말했다. "네가 고양이를 키우는 줄 몰랐네." 그녀가 말했다. "내 말은 커피라고 말하려던 것이었어. 네 말이 맞아. 난 고양이가 없어. 나는 가끔 커피를 고양이라고 말하지. 이건 그냥 사적인 농담이야, 미안." 내가 말했다. "너 괜찮아?" 그녀가 물었다. "아무 일도 없어, 커스틴. 너에게 맹세해. 모든 것은 정상이야. 대통령이 농부와 악수를 했어. 진짜 농부와. 그게 뭐 그렇게 대단한 일인가?" 내가 말했다. "나도 봤어." 그녀가 말했다. "하지만 그 남자는 확실히 농부는 아니었어." "응, 나도 알아." 나는 이렇게 말하며 기분이 나아졌다.

일곱가지 소스를 친 천국의 바닷가재

중국 식당에서 나온 후에 내가 데이너에게 말했다. "안에서 뭔가 이상한 것 눈치 채지 못했어?" "응, 거기 뒤쪽에서 한 남자가 사무라이 무사 같은 옷을 입고 우리를 죽일 것처럼 쳐다보고 있었어." "맞아. 그러나 우리는 수년간 그 집을 다니고 있잖아. 그들은 우리를 알고 있고. 난 우리가 거길 빠져나올 수 없게 될까봐 걱정했어. 무슨 일이 있는 걸까?" 우리는 빠르게 걸어 첸의 식당으로부터 멀어지고 있었다. "그들은 인질로 잡혀 있는 것인지도 몰라. 어쩌면 어떤 중국 마피아 같은 게 그들을 잡고 있는 것인지도 모르고." 그녀가 말했다. "우리가 경찰서로 가야 하는 것 아닐까. 그들이 우리를 미쳤다고 생각할지도 모르지만." 내가 말했다. "첸씨네는 정말 좋은 사람들이야. 만약 그들에게 무슨 일이 있다면 정말 끔찍할 거야." 그녀가 말했다. 우리는 둘 다 걸음을 멈췄다. "그리로 돌아가자. 내가 장갑이나 뭐 그런 것을 잃어버렸다고 말할게. 첸씨네 중의 한 사람에게 말해보자." 내가 말했다. 데이나도 동의했다. 우리가 안으로 들어가자 첸 부인은 평소에 짓던 그 큰 미소를 지어 보였다. 나는 그녀를 옆으로 끌어당겨 귀에 대고 속삭였다. "부인, 무슨 문제 있어요? 도움이 필요해요?" 그녀는 심히 당황스럽게 보였다. "아니, 아니요. 우리는 아주 괜찮아요. 왜 그런 질문을 하죠?" 그녀가 말했다. "저 뒤에 있는 사무라이 무사." 내가 말했다. "그가 우리를 죽일 것 같다고 생각했거든요. 우리는 당신들이 위험에 처해 있다고 걱정했어요." 데이너가 덧붙였다. "오!" 그녀가 말했다. "저건 우리 아들이에요. 대학에 있다가 집에 와 있어요. 어찌나 덩치가 큰

지. 저애는 집에 있을 때 제대로 차려입는 걸 좋아해요. 그는 학교에서 유일한 중국 애잖아요." 내가 쳐다보았더니 그가 뒤쪽 방에서 살인자의 눈을 하고 우리를 노려보고 있었다. "음, 우리는 모든 것이 괜찮은지 확인하고 싶었을 뿐이에요. 미안해요. 그런 오해를 해서." 데이너가 말했다. 우리는 인사를 하고 그 식당을 떠났다. 마음속에서 믿을 수 없는 슬픔이 느껴졌다. 우리는 차로 돌아오는 내내 아무 말도 하지 않았다. 그러다가 데이너가 말했다. "우리가 할 수 있는 게 아무것도 없을 것 같아." "그들은 그들의 운명에 복종하고 있는 거야. 운명과 싸우기는 어렵지. 그들의 세계에서는 그런 것이 고귀하고 현명한 일일 거라고 나는 믿어. 우리는 그냥 손님일 뿐이야. 우리는 아무것도 모르고 앞으로도 절대 알 수 없을 거야." 내가 말했다. "집에 가자. 첸 부인은 우리가 우는 것을 원치 않을 거야."

샤일로*

월요일에, 미스 프랜시스는 그녀가 가르치는 6학년 학생들에게 그녀가 곧 결혼하게 될 거라고 말했다. 학생들은 매우 기뻐했고, 그녀의 결혼 계획에 대해 많은 질문을 했다. 그들은 남북전쟁에 대해서는 한마디도 언급하지 않았다. 화요일에, 그녀는 늦게 들어와서 눈물을 닦으며, 결혼식은 없을 거라고 말했다. 학생들은 집단적으로 한숨을 내질렀다. 그들은 수업시간 내내 그녀를 위로하려고 했다. 아무도 애퍼매톡스**에 대해서는 말하지 않았다. 수요일에는, 결국 그녀의 결혼식을 하게 될 것이며, 그것도 원래 계획보다 더 크고 화려하게 거행할 거라고 말해서 모두를 놀라게 했다. 학생들은 기뻐하면서 박수를 쳤다. 그들은 모든 자세한 사항들을 알고 싶어했다. 그녀는 칠판에 웨딩드레스를 그렸고, 그들에게 결혼 음식과 음악에 관한 모든 것을 얘기했다. 꼬마 로리는 교실 뒤에 앉아서 듣고 있었다. 그러나 그가 본 것은 게티즈버그의 산마루에서 있었던 피켓의 공격***이었고, 무차별 폭력과 살육이었고, 말이 총에 맞고 쓰러지는 장면과, 도합 51,000명의 죽음이었다. 4개월 뒤, 267단어로 이루어진, 4분 동안의 링컨의 위대한 연설이 게티즈버그 묘지에서 있었다. 로리는 그 연설을 완전히 외우고 있었고, 연설을 혼자

* Shiloh. 남북전쟁에서 가장 치열했던 전투가 벌어진 곳이자 북군이 남쪽으로 진입하여 전쟁을 승리로 이끈 계기가 되었던 곳. 테네시주 남서쪽에 있다.
** Appomattox. 애퍼매톡스 법원 건물에서 남군이 북군에게 무조건 항복하여 남북전쟁이 종식되었다.
*** Pickett's charge. 남군 사령관 휘하 피켓의 보병 군단이 북군 포병 군단의 공격을 받아 막대한 희생을 치렀던 일로 남북전쟁의 가장 중요한 사건 중의 하나다.

중얼거릴 때는 거의 눈물을 참을 수가 없었다. 그때 레베카 크로더스가 미스 프랜시스에게 그녀가 처녀인지 아닌지, 적절치 않은, 무례한 질문을 했다. "옛날 옛적에 멀고 먼 나라에서." 미스 프랜시스가 대답했다. 로리는 전쟁터 옆에 야영 천막을 친 그녀를 그려보았다. 초조하게 그녀의 남자를 기다리는 그녀, 결코 돌아오지 않을 그 남자를.

인터뷰

미스터 파젠다라는 한 남자가 내게 전화를 걸어 자기는 정보원인데 내게 몇가지 질문을 하고 싶다고 말했다. 나는 어떠한 질문을 받더라도 기꺼이 대답하겠노라고 했다. "당신은 제럴딘 모르간이라는 이름을 가진 여자 분을 아십니까?" 그가 말했다. "글쎄요, 그냥 몇번 그녀를 만났을 뿐인데요." 내가 말했다. "그렇다 하더라도, 당신은 그녀가 나라를 기꺼이 배반할 거라고 생각하시는지요?" 그가 물었다. "음, 그래요. 내 생각에 그녀는 기꺼이 그럴 것이라고 생각합니다." 내가 말했다. "당신은 그녀가 살인을 할 능력이 있다고 생각합니까?" 그가 말했다. "그녀에 대해 약간 아는 바에 의하면, 내 생각에, 그녀는 확실히 그럴 능력이 있다고 생각합니다." 내가 말했다. "그녀가 대통령을 해치기도 할까요? 만약에 그녀에게 기회가 주어진다면요." 그가 물었다. "이미 말한 것처럼, 그녀에 대해 거의 모르지만, 그러나 난 그녀가 그런 기회를 이용할지도 모른다는 상상을 하게 되네요." 내가 말했다. 그다음 나는 덧붙였다. "나는, 미스 모르간이 곤경에 처하는 것을 바라지 않아요. 왜냐하면 정말로, 그녀가 걸레이고 또 주정뱅이 같은 모습으로 나타난다 해도 나는 그녀를 아주 좋아하거든요." "오 아니, 아니에요, 샌더슨 씨. 미스 모르간을 여기 정보국에서 채용할까 고려 중이었는데, 당신의 답변은 큰 도움이 되었습니다."

전생에서

지난주 한 파티에서 고든이라는 남자가 내게로 오더니 전생에
나를 알고 있었다고 말했다. "당신은 목동이었어요." 그가 말했다.
"오 그래요." 내가 말했다. "그거 멋지게 들리네요." "사실은," 그가
말했다. "당신은 목동인 척하는 깡패 두목이었어요." "내가 그런
일을 했을 것 같지는 않은데요." 내가 말했다. "아니요, 했는 걸요.
그러나 당신은 여섯 아이와 두명의 아내에게는 매우 잘했어요."
"두명의 아내라고?" 내가 말했다. "당신은 다른 사람을 시켜서 온
갖 살인을 하게 했어요." 그가 말했다. "그러니까 내가 바탕은 좋은
사람이었다는 얘기죠, 그렇죠?" 내가 말했다. "누군가 당신을 배반
할 때를 제외한다면요. 그때, 세상에 무서워라. 당신은 못하는 게
없었어요. 손가락을 자르고, 눈깔을 파냈지요." 그가 말했다. "당
신, 정말로 똥바가지 같은 허풍쟁이군." 나는 그의 눈알을 파낼 것
같은 자세를 취했다. 그는 뒤로 펄쩍 물러나면서 무서워했다. "분
명 당신이 그 사람 맞군요." 그가 말했다. "모든 게 오래전의 일이
야." 내가 말했다. 그리고 내 손을 그에게 내밀었다. "갑시다. 내가
한잔 사줄게." "그러나 그 이야기들은 내가 그냥 만들어낸 건데."
그가 말했다. "난 만들어낸 게 아닌데." 내가 말했다.

얼마 전만 해도 젖소들이 반추하던 곳

새 건물들이 도시 여기저기에서 올라가고 있었다. 커다란 빌딩들은 무엇이 어찌 될지 전혀 모르겠고, 그것이 나를 겁먹게 했다. 그리고 이상한 것은 아무도 그것들에 대해 언급하지 않는 것이다. 단 한마디도. 마치 그들이 그 빌딩들을 보지도 못하는 것처럼. 그리고 신문에도 그것에 대해서는 언급이 없었다. 하루는 내가 9번 도로를 운전하고 가는데 거기 세개의 빌딩이 올라가고 있었다. 이틀 뒤에는 여섯개가 있었다. 며칠 뒤에는 아홉개가 되어 있었다. 그것들은 포자처럼 퍼지고 있었지만 그 크기는 거대했다. 모두 개성이 없었고, 디자인도 없었다. 그리고 거의 완성되어갈 때쯤에는 은밀함, 보안, 익명성이 그들의 주된 목적이라는 것이 명백해졌다. 그들 회사의 이름을 알리는 어떤 간판도 없었다. 어떤 구인 광고도 없었다. 차 한대도 드나들지 않았다. 그것은 찍소리 하나 없이 도래한 신세계인 것 같았고, 그리고 마치 누군가는 우리가 그에 관해서 아무것도 모르는 것이 상책이라고 생각하는 것 같았다. 마스크를 쓴 사람들이 티타늄 펜치를 가지고 그 어두운 복도를 조용히 미끄러져 통과하고 있었다.

비버 마을

비버의 새로운 댐 덕분에 폴리 씨의 마당이 침수되었다. 그는 화가 나서 경찰에 전화했다. 경찰관 크로더스가 거기 서서 고개를 흔들고 있었다. "이거야말로 진정한 아름다움이네요, 안 그래요?" 그가 말했다. "그러나 내 마당이 침수되고 있어요. 그리고 곧 우리 지하실도 물에 잠길 거예요." 폴리 씨가 말했다. "음, 거기에 관해선 우리가 할 수 있는 일이 아무것도 없네요. 비버는 보호동물이에요. 만약 당신이 그들 중 한놈의 털끝이라도 건드리거나 한다면, 당신은 꽤 큰 벌금을 물거나, 어쩌면 감옥에서 시간을 보내야 할지도 모르지요." 크로더스가 말했다. "비버 한마리가 인간보다도, 우리 가족 전체보다도 중요하단 말이요?" 폴리 씨가 말했다. "난 그렇게 말하지 않았어요. 그 법을 내가 만들지는 않았어요. 난 단지 그 법을 시행하는 것뿐이에요. 당신도 알겠지만, 비버들은 자신들이 댐을 쌓고 있다고 생각지 않아요. 그건 그들의 집이에요. 비버들도 역시 아내들이 있고 애들이 있어요. 조부모, 고모, 삼촌 들이 있지요. 잘은 모르지만 어쩌면 작은 비버 텔레비전까지 있을지도 몰라요. 그들을 그냥 놔둡시다, 폴리 씨. 그들을 그냥 놔두자고요." 경찰관 크로더스가 자리를 떴다. "수류탄 하나를 저 복판에다 던지면 모든 게 끝날 텐데." 폴리 씨가 말했다. 크로더스가 멈춰서 폴리의 눈을 똑바로 쳐다봤다. "우리는 사백년 동안 살육한 후에야 마침내 비버와 평화롭게 공존하게 됐어요. 그들이 행복하고, 그러면 우리도 행복하죠. 그들은 열심히 일하고 있고, 총명하기도 하고 그리고 강해요. 그런 것들이 무슨 문제가 되나요, 폴리 씨?" "그러나 우리 마당이 물에 잠기고 있어요." 폴리 씨가 말했다. "제발 부탁인데, 당신이 비버라고 생각해봐요. 그게 바로 비버가 아닌 우리가 하는 일이거든요." 크로더스가 말했다.

사생아

남쪽에 있는 한 작은 마을에 늑대를 낳은 여자가 있었다. 음, 엄밀히 말하자면 늑대는 아니었고, 분명 늑대라고 볼 수 있는 측면이 있는 아이였다. 그는 털투성이 주둥이와 털에 덮인 뾰족한 귀를 가지고 있었다. 그 여자의 이름은 바네사 홀츠였고, 이 일에 관해서 질문을 받았을 때, 그녀가 어떤 늑대와 애정관계가 있었음을 시인하였다. 그녀가 언덕을 걷고 있었는데, 어느 순간, 그녀는 추적당하고 있는 것을 알아챘다. 그녀는 사건의 전후관계에 대해서는 혼동하고 있는 것처럼 보였다. "그는 아름다웠고 그리고 내게 부드럽게 대했어요. 그는 정말로 나를 사랑하는 것 같았어요." 이게 그녀가 말한 전부였다. 경찰과 의사들은 당황했고, 아이는 감시하에, 특별한 격리실에 혼자 가둬놓았다. 이례적인 상황의 배경을 조사하는 과정에서, 경찰은 내가 2년에 걸쳐 그녀와 데이트했다는 사실을 알아냈다. 그들은 나를 조사하러 왔다. 나는 내가 그녀를 무는 것을 그녀가 좋아했다고 시인했고, 그들은 그것이 무슨 중요한 일인 것처럼 받아들였다. 그다음 나는 그들에게 내가 "일부분은 늑대"라고 말하는 것을 그녀가 좋아했다고 말했다. 이 말은 그들을 정말로 흥분시켰다. 나는 그 아이가 내 아이일 수도 있다고 생각한다고 말했다. 그들이 말했다. "당신의 일부분은 늑대인가요?" "그렇다 해도, 아마도 아주 약간, 십팔분의 일 정도는 늑대지요." 내가 말했다. "이상한 일은 아니지." 경찰관 폴락이 말했다. 경찰관 길버트도 말했다. "나도 십이분의 일은 늑대인데, 그리고 나도 항상 아내를 무는데." "음, 이 사건은 이제 해결됐다고 봐야겠는걸." 폴락이 말했다. "그 아이는 어떡하고?" 내가 말했다. "만약 미스 홀츠가 늑대떼에 한패로 합류한다면, 그것은 그녀가 알아서 판단할 일이지. 자 지금, 내가 보기에는, 그녀 마음이 그쪽으로 기울고 있는 것처럼 보이는군. 이런 일은 우리가 어떻게 할 수 있는 일이 아니야." 길버트가 말했다. "그럼 나는 어떻게 하지?" 내가 말했다. "당신은 그런 자질이 없는 것 같은데." 이빨을 드러내고 문밖으로 걸어 나가면서 폴락이 말했다.

졸음에 겨운 방문

나는 물 한모금을 마시고 방 안을 둘러보았다. 그림들, 의자들, 소파, 램프, 모든 게 정상이었다. 어떤 남자가 구석에 서 있는 것을 제외하고는 말이다. 그는 위협적인 존재는 아니었다. 사실상, 그는 거의 웅크리고 있었고, 주위와 섞여 어울리려고 하고 있었다. 나는 다가가서 그의 키를 가늠해보았다. 그는 나비넥타이를 하고 약간 떨고 있었는데, 나보다는 작은 남자였다. "여기서 뭐 하고 있지?" 내가 말했다. "그냥 쉬고 있어요." 그가 말했다. "나는 굉장히 먼 거리를 여행했기 때문에 휴식이 필요해요." "좋아. 조용히 있으면서 램프 같은 걸 깨뜨리지 않는다면, 약간의 휴식은 당신을 활기차게 해줄 거야." 내가 말했다. "고맙습니다. 선생님." 그가 말했다. 그리고 나는 내 할 일을 했다. 집을 정리하고 물건들을 치우면서, 구석에 있는 그 작은 사람에 관해서는 완전히 잊었다. 나는 그와 같은 방에서 그를 인식하지 못한 채 꽤 상당한 시간 동안 앉아 있었다. 그다음, 나는 책에서 눈을 떼고 고개를 들었다가 화들짝 놀랐다. "당신 여기서 뭐 하는 거야?" 내가 말했다. "아직도 쉬고 있어요." 그가 말했다. "오, 그렇지. 미안해, 내가 방해했다면." "전혀 그렇지 않아요." 그가 말했다. 나는 책을 읽으려는 자세로 다시 돌아갔고, 그것은 잔인한 미스터리 소설이어서 나는 깊이 빠져들었다. 그래서 다시 고개를 들었을 때 나는 비명을 질렀다. 그 작은 남자도 역시 비명을 질렀다. "당신 여기서 뭐 하는 거야?" 내가 소리쳤다. "나는 휴식을 취하려고 했는데, 그게 불가능한 것처럼 보이네요. 지치고 쉬지도 못한 상태이지만 난 떠나야 할까봐요." 그가 말했다. 부끄러움과 연민의 물결이 나를 덮쳤다. "오, 제발 용서해줘."
내가 말했다. "약속할게, 내가 더 잘 할게. 저녁식사를 같이하자고.
그리고 오늘 저녁은 내 침대에서 자도 돼. 내가 제일 걱정하는 것
은 당신 건강이야." "아무도 나를 쉬지 못하게 하네요. 당신도 다른
사람과 다를 바 없어요. 당신이 좋은 의도를 가지고 있다는 걸 알
아요. 난 지구를 돌아다녔고 항상 같은 일이 벌어져요. 난 누구도
다치게 하고 싶지 않아요. 사실, 잠시라도 잘 수만 있다면, 난 위대
한 사랑을 베풀 수 있고 대단한 선행도 할 능력이 있는데. 난 이해
할 수가 없어요. 전혀 이해할 수가 없다고요." 그가 말했다. 그다음
그는 방을 걸어 나가서 부엌문을 열었다. 난 의자에서 벌떡 일어나
그를 뒤쫓아갔다. 그러나 그는 밤의 어둠 속으로 사라졌다. 내 자신
이 원망스러웠다. 도대체 내가 그걸 어떻게 알 수나 있었겠는가?

엘리시움*

마을에서 멀지 않은 한 목초지 안 사과나무 아래 나는 앉아 있었
다. 그때 나는 파랑새를 보았다. 요즘, 적어도 이 근처에서, 파랑새
를 보는 것은 드문 일이어서 나는 흥분했다. 그것은 내 머리 위를
돌더니, 내 위에 있는 나뭇가지에 앉았다. 근처에서 또다른 파랑새
를 보았을 때, 나는 이런 행운에 꿈꾸는 것 같았고, 그게 나를 미소
짓게까지 했다. 한낮의 태양이 나를 예상치 못한 낮잠 속으로 빠뜨
렸다. 내가 얼마나 오랫동안 졸았는지는 알 수 없으나, 깨어나보니
수십마리의 파랑새가 획획 날아다니며 내 주변으로 내려앉고 있었
다. 나는 기쁨에 어지러웠고 믿을 수가 없었다. 꿈에서조차 이런 섬
세한 색조의 날짐승의 회합은 본 적이 없었다. 그들은 내게 추근대
는 것 같았고, 내 머리와 어깨 위에 떼 지어 몰려들며 날개 끝으로
내 뺨을 스쳤다. 그들은 매우 장난스럽고 친근해서, 그들 중의 몇마
리가 내 머리 위에 앉았을 때는 놀랍지도 않았다. 나는 거기 최면
상태로 앉아 있었다. 그러나 내 앞에서 푸른 안개를 뚫고, 무슨 일
이 벌어지고 있었는데, 그게 훨씬 더 이상한 일이었다. 두 남자가
은빛 낙하산복을 입고 방독 마스크를 쓰고는 내 쪽을 향해 언덕을
오르고 있었다. 그들은 등에 전력 장치함을 메고, 긴 호스인지 혹은
화염 방사기인지 알 수 없는 무엇을 들고 있었다. 파랑새들은 계속
해서 내 눈앞에서 퍼덕거렸다. 그리고 갑자기 나는 환각을 불러일

---
* Elysium. 그리스 신화에 등장하는 사후의 낙원으로 신에 의해 선택된 자들, 바르
  게 산 자들, 영웅적인 행위를 한 자들이 생전에 즐겼던 일을 하며 축복되고 행복
  한 삶을 산다고 믿었던 곳.

으키는 공포에 사로잡혔다. 육중한 기계장치를 가진 그 남자들은 내 쪽으로 계속 터벅터벅 걸어왔다. 내 심장이 뛰고 있었다. 그때 갑자기, 귀청 떨어질 정도로 끔찍한, 뭔가를 빨아들이는 소리가 났다. 거의 15초쯤 지속된 그 소리는, 그러나 훨씬 더 길게 느껴졌다. 그 남자들이 마스크를 벗었고, 주변이 고요해졌다. "영혼흡입자들." 그들 중의 하나가 말했다. "뭐라고?" 내가 물었다. "그들은 파랑새처럼 보이지만, 사실은 영혼흡입자들이야. 네 머리 위에 있던 그것들이 네 영혼을 빨아들이고 있었어. 우리가 적절한 시간에 잡은 것 같긴 한데. 어쩌면 그것들이 네 영혼의 한 부분을 가져갔을지도 몰라." 그가 말했다. "만약 네가 그걸 알고 싶거든, 영혼을 얼마나 잃어버렸는지 측정할 수 있는 장치가 저 아래 본부에 있어." 또다른 사람이 말했다. 나는 여전히 어리둥절 방향을 잃은 느낌이었다. 나는 일어섰다, 그러나 다리가 후들거렸다. 나는 그들에게 내가 여기 있는지 어떻게 알았느냐고 묻고 싶었지만 그러지 않았다. "난 괜찮을 거요." 내가 말했다. "그리고 일을 잘 처리해준 것에 감사하오." 난 걷기 시작했다. 그 새들이 때 이른 죽음을 맞기 직전 잠시 동안이었지만, 일부이기는 하나 내 영혼이라는 것이 그들 파랑새 안에 깃들었다는 사실이, 말로 표현할 수 없을 만큼 나를 전율케 했다. 나는 불가사의한 것으로 가득 찬 바람 속에서 방종한 풍선이 된 것 같은 느낌이었다.

우리는 왜 자야만 하는가

어느 밤 안개 낀 들판 한가운데서 하비를 만났다. 우리는 어떤 계획이 있었는데, 나는 그것이 무엇이었는지 거의 잊고 있었고, 단지 거기서 그를 만나기로 되어 있다는 것만을 알고 있었다. 우리는 각자 작은 갈색 종이 백을 가지고 있었다. 나는 안개 속에서 하비를 거의 알아볼 수 없었다. 그는 유령처럼 보였다. "그 종이 백 속에 뭐가 있냐?" 내가 말했다. 그는 그 백을 들어 눈에 가까이 대고 들여다보았다. "그냥 몇개의 단추와 안전핀과 유리 눈알* 하나." 그가 말했다. "젤리빈도 약간 있을 수도. 확실하지는 않지만." "그래, 우린 준비가 다 된 것 같은데." 내가 말했다. "네가 가져오기로 한 것들은 가져왔니?" 그가 물었다. 나는 내 백 안을 들여다봤다. "모르겠는데." 내가 말했다. "내가 가진 것은 고무 밴드 몇개와 크레용 하나, 해바라기 씨 조금과 나침반 같은 것인데." "아주 좋아." 그가 말했다. "여기서 백 야드쯤 되는 곳에 큰 소나무 하나가 있어. 안개 너머로 그 나무 꼭대기를 볼 수 있을 거야. 그곳을 향해 가자." 자정이 지나 있었고, 나는 졸렸지만, 그러나 우리가 갖게 될 재밋거리를 생각하면서, 나 자신을 깨우려고 했다. 하비는 재밋거리 만드는 데 특별한 재주가 있었다. 우리는 걷기 시작했다. 그러나 내 다리가 무거웠다. 나는 마치 납이 든 자루 같은 다리를 질질 끌고 있었다. "이봐 친구, 왜 그러는 거야?" 하비가 말했다. "너를 따라갈 테니, 내 걱정은 하지 마." 내가 말했다. 나는 하비를 시야에서 놓쳤다. 그리

* glass eye. 수면 부족, 혹은 마약의 영향으로 반짝임를 잃거나 충혈된 눈을 말하기도 한다.

고는 바위에 걸려 넘어져서 두 팔을 패대기치면서, 허공에다 종이 백을 놓쳐버렸다. 나는 무릎을 꿇었고 필사적으로 기기 시작했다. 해바라기 씨들을 찾을 수는 없을 것이다. 그건 확실하다. 그러나, 다른 것을 찾아낼 찬스는 있었다. 쿵쿵거릴 수 없을 뿐이지 나는 거의 눈먼 개와 같았다. 나는 기고 기다가, 마침내 텅 빈 백을 찾아냈다. 마음속에서 기쁨과 절망이 번갈아 왔다. 하비는 가버렸다. 나는 들을 수도, 그를 볼 수도 없었다. 그는 이미 나를 잊어버렸다. 나는 계속 그를 찾으면서, 잠과 싸우면서, 살아 있으려는 희망을 가지려고 노력했다. 등이 아프고, 팔을 다쳤다. 내 손가락들이 미친 수사관처럼 풀을 훑어 걸러냈다. 마침내 내가 나침반를 찾아냈을 때, 그것은 어떤 악취 나는 끈적끈적한 것이 묻어 있었고 고약한 죽음의 냄새가 났다. 나는 그것을 다시 만지는 것이 겁이 났다, 그래서 힘닿는 대로 빨리 기어서 달아났다. 나는 집에 가고 싶었다. 내 침대에서 자고 싶었다. 그때 달이 나오기 시작했다. 나는 일어나서 몸을 폈다. 하비는 거기 서 있었다. "거스. 괜찮아. 나도 모든 것을 잃어버렸어. 언젠가 우리는 이 일을 해낼 거야. 내가 바로 막 결승선에 다다랐을 때 큰 사슴 무스가 나를 받아버린 것 같아. 나는 유리 눈알을 잃어버린 건 정말 싫어. 그건 어릴 때부터 간직한 내 행운의 부적이었어." 그가 말했다. "안됐구나." 내가 말했다. "그러나 큰 사슴 무스가 널 받아버렸다는 것은 네 인생에 축복을 내렸다는 뜻이겠지." "그렇다면 그것으로 충분한 가치가 있네." 그가 말했다.

결코 그를 해칠 생각은 없었어

우리 집 창문 쪽으로 바짝 붙어 그 헬리콥터가 돌고 있을 때 나는 2층 서재의 책상 앞에 앉아 있었다. 한 남자가 헬리콥터 창밖으로 상체를 내밀고 나를 향해 뭔가 소리쳤는데, 물론 나는 한마디도 알아들을 수가 없었다. 난 창 쪽으로 가서 창문을 열었다. 그러나 여전히 엔진의 굉음과 프로펠러 도는 소리 때문에 무슨 말을 듣는다는 것은 거의 불가능했다. 나는 계속해서 소리쳤다. "뭐라고요? 알아들을 수가 없어요." "소년을 보내줘." 그가 말했다. "난 소년을 데리고 있지 않아요." 내가 말했다. "그를 놔줘." 그가 말했다. "여기엔 소년이 없다니까요." 내가 말했다. "당신은 뭔가 잘못 알고 있는 것 같아요. 소년이라곤 없다니까요." 내가 소리쳤다. 그들은 마침내 날아가버렸고 그들 중 하나가 내 쪽으로 손을 흔들었다. 난 다시 일을 시작했으나, 뭔가 좀 혼란스러웠다. 집중력을 회복하기까지 한참 시간이 걸렸다. 나는 아마존으로의 여행을 계획하고 있었고, 내가 통나무 카누의 노를 젓는 나를 그려보고 있을 그때, 한 작은 소년이 거기서 둥지를 틀고 있는 것도 보았다. 소년은 이따금 잠자다가, 또 가끔은 우리 근처에 있는 커다란 물뱀을 가리켰다. 소년은 나와 매우 친밀한 것처럼 보였지만, 사실 나는 그가 누구인지 모르고 있었다. 날이 가고 밤이 가서 수주일이 지났다. 우리의 식량이 줄어들었다. 열대우림은 상상할 수 없는 소리로 가득했고, 날카로운 소리와 고함소리 때문에 밤새 거의 잠을 잘 수 없었다. 그 소년은 용감했지만 말을 거의 하지 않았다. 그는 커다란 갈색 눈으로 나를 응시했다. 그가 자기 목숨을 내게 맡겼는데도, 나는 우리가 거기를 어떻게 빠져나갈 것인지, 혹은 왜 거기에 와 있는지를 점점 더 알 수가 없었다. 어떤 순간에는 여러명의 벌거벗은 인디언들이 입으로 쏘는 화살을 가지고 물가에 서서 우리가 지나가는 것을 쳐다보았다. 나는 도움을 청하고 싶었지만, 그러나 소년이 다칠까봐 그러지 못했다. 날이 매우 덥고 습해서 난 거의 헛소리를 할 지경이었다. 소년은 졸면서 그 최악의 시간을 보냈다. 나는 그를 납치한 기억이 없다. 하지만 그는 어디서 왔는가? 악어들이 우리를 노려보았다. 게으른 눈으로. 그러나 그들은 게으른 게 아니라, 교활하다. 나는 악어들이 맥이나 개미핥기를 순간에 낚아채는 것을 본 적이 있다. 한번의 실수로 그것들의 점심밥이 되는 것이다. 어딘가에 우리가 식량을 보충할 수 있는 강변마을이 있을 것이다. 그러나 지나고 보니, 지도는 믿을 만한 것이 아니다. 이 소년은 누구의 아이일까? 나는 결코 그를 해칠 생각은 없다. 그는 아름답다. 그러나 우린 표류하고 있다. 나는 힘이 없다. 확실히 소년도 그렇다는 것을 알고 있다. 그것이 내내 우리의 운명이다. 태양, 강, 그리고 지나고 나면 밤. 그다음엔 아무것도 없다. "괜찮아." 소년이 말했다. "나는 당신과 있는 게 좋아. 우린 지금 즐거우니까."

빵모자 속의 송어

내가 생선 가게에서 걸어 나오고 있는데, 그때 자전거를 탄 한 남자가 빠르게 달려와서 나를 거의 칠 뻔했다. 그는 멈춰서 사과하려고 하지도 않았다. 그래서 나는 장바구니에서 송어 한마리를 꺼내 그의 머리로 던졌으나, 가까스로 빗나갔다. 나는 그를 쫓아 달려가서는 또다른 송어를 던졌다. 이번에는 목표를 명중시켜, 그는 주차된 차 쪽으로 넘어졌다. 그는 간신히 일어섰고, 무척 아파했다. 그의 자전거는 찌부러져 엉망이 되었다. 그 송어는 약간 헹구기만 하면 될 정도의 상태로 그 옆에 놓여 있었다. "도대체 너 무슨 짓을 하고 있는 거야?" 그가 말했다. "네가 나를 거의 죽일 뻔 했잖아." "아저씨는요, 저 뒤에서 나를 거의 칠 뻔 했다고요." 내가 말했다. "너는 내 자전거를 부숴놨잖아." 그가 생선을 본 것은 바로 그때였다. "세상에, 미쳤군! 너 생선으로 나를 쳤어." 그가 말했다. "그 생선 돌려주세요. 그건 내 저녁거리예요." 내가 그에게 다가가자 그는 두려워하는 것 같았다. 그는 빵모자 태모센터를 쓰고 있었는데, 그것이 나로 하여금 그를 다시 또 치고 싶게 했다. "설마, 너 나를 또 치려고?" 그가 말했다. "나는 단지 그 생선을 원할 뿐이에요." 내가 말했다. "내 모자에서 생선 냄새가 나." 슬프게 생선을 쥐고서 그가 말했다. "당신의 자전거에 관해서는 미안해요." 내가 말했다. "아마 고칠 수 있겠지." 그가 말했다. "오랫동안 길들여서 내겐 소중한 거야." 그의 바지와 코트는 낡아빠졌고, 신발도 수명이 다 된 것이었다. "모든 수리 비용은 제가 책임져야 할 것 같네요." 내가 말했다. "제가 반드시 책임질게요." 그는 그 바보 같은 모자를 고쳐 쓰면서 눈물을 글썽였다. 그가 옷소매로 눈을 닦았다. "너 첫번째 물고기로는 나를 맞추지 못했지, 안 그래?" 그가 말했다. "뭐라고요?" 내가 말했다. "그 첫번째 물고기 말야. 나를 지나쳐 날아가는 것을 봤어. 난 아주 흥분했다고. 뭔가 큰 것이 위로 솟는 줄 알았어. 마치 완전히 새날이 도래한 것 같이 말이야. 그리고 다음엔, 철썩. 내가 이 자동차로 나가떨어졌지." "오 그래요. 첫번째 것으로는 못 맞췄지만 두번째 것으로는, 완전하게, 명중시켰지요." 내가 말했다. "너는 가끔 늙은 사람들을 생선으로 치냐?" 그가 말했다. "어르신이 처음이에요." 내가 말했다. 그는 잠시 돌이켜 떠올려보더니 말했다. "아마도 우리는 축하를 해야 할 것 같구나. 이 특별한 계기를 기념하기 위해서." 이것이 제이콥 페이버샴과 나의 우정이 어떻게 시작됐는지의 이야기다.

황홀경

우리들이 제일 좋아하는 식당에서 저녁식사를 하는 중에 다니엘라의 한쪽 젖가슴이 그녀의 블라우스를 이탈하였다. 나는 그게 보기 좋았고 그래서 아무 말도 안했다. 웨이터 역시 그걸 보기를 좋아했고, 그냥 미소만 지었다. 식당의 다른 손님들은 안 보려고 했으나 남자들 중 몇 사람은 도저히 안 볼 수가 없었다. 다니엘라는 그녀의 젖가슴에 어떤 자부심을 갖고 있으니까, 아마 그것이 우연한 사고는 아니었을 것이다. 내가 그녀에게 무슨 말이든 해야만 한다는 것을 알면서도 나 역시 정말로 흥분되어가고 있었다. 이건 마치 전에는 이 여자를 만난 적이 없는 것 같은 생각을 하게 했다. 공적인 상황에서의 유방 노출은 뭔가 명명할 수 없는 신비스러운 측면이 있다. 내가 말했다. "필레토 트레 페페*가 특별하게 맛있는 오늘 밤이네요." 나는 그녀의 젖가슴을 바라보았다. 그것은 마치 막 말을 시작하려는 것 같았다. "그 뇨끼**가 맛있었어요." 젖가슴이 말했다. "네가 특별히 아름답게 보이는 밤이구나." 내가 말했다. "밖에 나와서 사람들을 보니 참 좋네요." 그것이 말했다. 다니엘라는 이미 황홀경 혹은 어떤 종류의 혼수상태로 들어갔고, 그래서 그 젖가슴이 그걸 떠맡았다. 웨이터가 계산서를 주러와서는 다니엘라의 가슴에게 말했다. "오늘 밤 당신을 봐서 아주 좋았어요." 가슴은 홍

---

* fileto tre pepe 혹은 filetto ai tre pepi. 생선 혹은 살코기에 세가지 후추를 뿌린 이탈리아 음식.
** gnocchi. 감자 혹은 곡식가루로 만든 반죽에 달걀 혹은 치즈가루를 뿌려 만든 쫄깃한 식감의 이탈리아 음식.

조를 띠고, 양초의 불빛 속에서 부드럽게 흔들리고 있었다.

히스토리컬 소사이어티

릭이 나를 끌고 히스토리컬 소사이어티라는 모임에 갔다. 그는 거기서 지난 5년간 활동적인 회원으로 활약하고 있었다. 참석한 사람들은 대략 20명 정도였는데, 그들 중 대부분은 80대였다. 우리 마을에서 250년 전에 일어난, 아직 해결되지 않은 한 살인사건이 있었던 것 같은데, 이 노인네들이 그 사건을 이제 와서 해결해보려고 하는 것이었다. 그들은 의심스러운 듯 나를 노려보았다. 마치 내가 뭔가에 연루되었을지도 모른다는 듯이. 한 작은 노부인이 격노해서 말했다. "그건 그 매춘부, 메히타블 님스였어요. 그녀가 베노니 스티븐스를 살해한 거예요. 그녀는 그 남자와 3년간 관계를 가졌는데 그 남자는 여전히 자기 부인을 떠나지 않았지요. 당신이 그녀의 편지들을 읽어보면, 그녀의 분노가 고조되는 것을 느낄 수 있을 거예요. 그에게 다른 적들은 없었어요. 사람들은 단지 여자가 그렇게까지 잔인할 수 있다고는 믿지 않았을 뿐이지요." "오, 엘리자베스. 당신은 모든 것에 섹스를 적용하는군요. 사람들은 다른 이유 때문에도 살인을 하지요. 돈 문제라든가. 그가 강도를 당했을 수도 있지만 우리는 잘 모르지요. 어쩌면 주변에 돈이나 금이, 아주 많은 사람이었을 수 있어요. 기록이 그런 점을 우리에게 말해주지는 않아요." 흰 턱수염을 가진 노인이 말했다. 릭은 내가 이것에 흥미를 느끼는지 아닌지를 보기 위해 흘끗 나를 쳐다보았다. 나는 미소로 답해주었다. "마르타 프렌치는 메히타블 님스와 관계를 맺었어요. 누구든 이 일에 흥미가 있으시다면, 내가 덧붙여 말해보지요. 비위가 약하신 분들은 조심스레 방을 나가야 할지도 몰라요."

엘리자베스는 승리의 기색을 하고 덧붙였다. "그리고 베노니 스티 빈스 역시 마르타하고 잤지요. 이제 누가 그를 죽였다고 생각하는 지요?" 크고 하얀, 빵 모양으로 묶은 머리에 연필을 가로질러 꽂은 한 여자가 말했다. "내 생각에는 당신이 그를 죽인 것 같은데요, 엘리자베스." 그녀가 자기 자신의 극악함에 낄낄 웃었다. "오, 아니에요. 나는 베노니를 아주 존경했어요. 그는 명백히 대단한 호색한이 었어요. 나는 오늘 여러분과 기꺼이 나누려고 했던 이야기 그 이상을 알고 있어요." 엘리자베스가 거드름을 피우며 말했다. "내가 보기에는 마르타 프렌치에게도 혐의를 두어야 마땅한데요." 릭이 말했다. "아니, 아니요. 그녀는 그렇게 합의된 방식에 매우 행복해했어요. 난 확신할 수 있어요. 그녀는 그녀의 애인 둘 다를 사랑했어요. 글쎄요, 둘이라고 말해서는 안되지요. 왜냐하면 더 많이 있었으니까. 홀슨 대위 그리고 프러리 신부님과 캐서린 둘케임, 몇몇만 대자면요. 그녀는 매우 관대한 여자였어요." 엘리자베스가 말했다. 사람들은 엘리자베스를 노려보고 있었다. 마치 그녀가 250년 전 사람들의 침대에서 일어난 일들에 대해 너무 많이 알고 있다는 듯이. 엘리자베스는 거기 앉아서 허공을 응시하고 있었다. 자기의 지식에 대해 과도하게 자만하면서. "자네는 어떻게 생각하나, 젊은이?" 누군가 내게 물었다. "베노니의 아내일 수도 있다고 생각합니다. 아무도 그녀를 언급하지 않았지만." 내가 말했다. "맞아. 그녀는 오랫동안 고통스러웠어." 레이스 칼라가 달린 옷을 입은 노부인이 말했다. "오랜 고통이었다고." 몇몇 다른 사람들이 반복했다. "참 영

리한 젊은이네." 누군가가 말했다. "우리 이제 커피와 도넛을 먹을
수 있을까." 누군가 말했다. 몇몇은 졸고 몇은 코를 골았다. 릭이 내
게로 와서 말했다. "너 여기 합류해서 회원이 될래? 우리는 매달 세
번째 수요일에 만나는데." "이 사건을 연구하기 위해서는 터무니
없이 많은 시간을 써야만 할 것 같은데." 내가 말했다. "너 농담해?
사람들은 그냥 모든 걸 꾸며냈을 뿐이야." 그가 말했다. "아니야."
내가 말했다. "그건 모두 사실이었어. 그리고 범인은 베노니의 아
내가 맞아. 내 인생을 걸고 장담하지."

야생 칠면조

내가 부엌 싱크대에 서서 접시 몇개를 닦고 있는데, 그때 문 두드리는 소리가 났다. 창밖을 내다보았으나, 거기엔 아무도 없었다. 그러나 노크 소리는 계속되었다. 나는 밑을 내려다보았다. 그랬더니 거기에 야생 칠면조가 나를 쳐다보고 있었다. 그것은 분명 키가 4피트쯤은 되었고, 내 눈을 똑바로 쳐다보고 있었다. 그다음 그는 다시 부리로 문을 찍어댔고, 나는 반사적으로 문을 열었다. 그는 방 한가운데로 걸어 들어와서는 말했다. "골골골 골골골 골골골." 나는 마른 시리얼 한 대접을 내고 또다른 대접에 물을 부어주었다. 그는 시리얼을 먹어보더니 좋아하는 것 같았다. 그는 너댓번 찍어먹고는 물 두어모금과 함께 깨끗이 삼켜버렸다. 그다음 그는 푸른 머리로, 그리고 붉고 하얀 얼룩덜룩한 목을 보이며 나를 올려다보았다. 그는 시리얼을 다 먹더니 내게 고맙다는 듯이 그 거대한 날개를 퍼덕거렸다. 녹진주빛으로 다각도에서 빛나는 깃털은 방 안을 마술적인 빛 속에서 번질거리게 했다. 내가 거실로 들어가자, 그가 나를 따라왔다. 내가 의자에 앉았더니 그는 카우치의 등받이로 뛰어 올랐다. 그는 최고로 온순하고, 거의 간청하는 눈빛으로, 이렇게 말하는 것 같았다. "다음에 당신이 무엇을 하기를 원하든 간에, 나는 괜찮아요. 난 당신의 손님이니까요. 우리는 방금 전에 만났을 뿐이지만, 일생 동안 당신을 알고 지낸 것 같은 기분이에요. 오랜 친구여, 새 친구여, 좋은 친구여." "골골골 골골골 골골골." 내가 말했다. 그는 대답하지 않았다. 그러나 머리를 돌려 텔레비전을 응시했다. 꺼져 있는 텔레비전을. 우리는 거기서 꽤 오랜 시간을 침묵

속에 앉아 있었다. 때때로 우리는 눈을 마주쳤고, 그리고 저 고대의 아득한 복도들을 어슬렁거렸다. 약간은 두려워하며, 또 약간은 경외의 심정으로. 그리고 나서 우리는 잠긴 문에 맞닥뜨려서 돌아서게 된 것이다. 칠면조는 어떤 단서를 찾기 위해, 그 방을 살펴보았다. 아름다운 꽃병들과 대접들, 그림들과, 어떤 잃어버린 문명의 허접쓰레기들. 그러나 그 모두가 분명 매우 낯설게 보였을 것이다. 시간이 그렇게 흘러갔다. 나는 내 안에서 굉장한 고요함을 느꼈다. 우리는 알려지지 않은 나라의 한 섬에 있는 나무 안에서 자고 있었다.

평화의 탑으로의 길 안내

한 여자가 문을 두드리더니 자신을 로렌 플로커지라고 소개했다. "방해해서 죄송한데요." 그녀가 말했다. "여기에서 평화의 탑으로 어떻게 가는지 묻고 싶어서요." "여기서 멀지 않아요." 내가 말했고, 그녀에게 방향을 가르쳐주었다. "불교신자들이 나를 노예로 삼으려 하거나 아니면 뭐 다른 짓을 하진 않겠지요, 그렇지요?" 그녀가 말했다. "그들은 그따위 짓은 하지 않을 거예요." 내가 말했다. "그러나, 내가 틀릴 수도 있지요." 그녀가 목을 길게 빼고 내 부엌을 둘러보려고 했다. "내 가장 친한 친구 중 하나가 태국에 있는 한 왕자의 노예예요. 그녀가 해야만 하는 일들을 당신은 믿지 못할 거예요." 그녀가 말했다. "물 한잔 마셔도 괜찮을까요? 여기는 불타오르는 것처럼 덥네요." "들어오세요." 내가 말했다. "얼음물을 좀 드릴게요." "여기 있으니 훨씬 더 시원하네요." 그녀가 둘러보면서 말했다. "틀림없이 당신은 혼자 살지요. 정말이지 남자가 사는 집 같네요." "음, 사실 내겐 노예가 하나 있어요." 내가 말했다. 로렌 플로커지의 눈에 불이 켜졌다. "정말이에요?" 그녀가 놀라서 소리 질렀다. "그럼요." 내가 말했다. "노예를 부리지 않을 때는 지하실에 사슬로 묶어두고 있어요." "그거 말 되네요." 그녀가 말했다. "말해봐요. 동시에 하나 이상을 부렸던 적이 있나요?" "오 그럼요. 한 백명까지 부렸었지요. 그러나 그것은 굉장한 혼란을 가져왔어요." 내가 말했다. 로렌은 이제 멋대로 집 안을 거닐고 있었다. "오, 그게 문제가 될 수도 있을 거라는 생각이 드네요." 그녀가 말했다. "불쌍한 여자들이 평화의 탑에서 끔찍할 정도로 비참하게 산다고 들었어요.""중들은 그들을 잔혹하게 부리죠." 내가 말했다.
"대나무 막대로 때리면서요.""당신은 당연히 당국에서 그것에 대
해 무슨 조치를 취해야 한다고 생각하겠지요." 그녀가 말했다. "경
찰은 중들을 두려워해요. 중들은 경찰을 몽환의 상태로 몰아넣고
는 그들을 딱정벌레로 변환시켜버릴 수도 있지요." 내가 말했다.
그녀는 내 소파 위로 쓰러졌다. 한숨을 쉬면서 그녀가 말했다. "나
는 그냥 세계평화를 위해 기도하려고 거기 가는 거예요.""그들 모
두가 그렇게 말하지요." 내가 말했다. 로렌 플로커지는 기진맥진
해 보였다. 그리고 나는 그녀가 내 앞에서 울어 버릴까봐 두려웠다.
"내 말 들어요." 내가 말했다. "거기 탑에 여자들은 없어요. 그들이
어쨌든 중인데 그럴 리가 있나요. 그리고 나 또한 지하실에 노예를
가둬두지는 않아요. 나는 단지 당신과 좀 장난치려고 한 거예요."
"당신 나랑 좀 놀고 싶어요?" 그녀가 말했다. "아니, 아니요. 그런
식의 의미는 아니고요." 내가 말했다. "당신은 나를 포로로 잡았어
요. 공정하고 당당하게." 그녀가 말했다. "나는 당신을 포로로 잡지
않았어요." 내가 말했다. "당신이 뭐라고 했건 상관없이, 나는 여기
있어요. 그 낡아빠진 시원한 물 한잔의 수법에 홀랑 넘어갔어요."
그녀가 말했다. "물 한잔을 청한 건 당신이에요." 내가 그녀에게 상
기시켰다. "그것을 나에게 준 건 당신이지요. 당신이 나를 사악의
굴 속으로 유혹했어요." 그녀가 말했다. "평화의 탑은 정말로 사랑
스러운 곳이에요. 그래서 내 생각에 당신은, 지금 당장 거기를 방문
해야만 해요." 내가 말했다. "당신 소원대로, 주인님." 그녀가 말했

다. 그녀는 일어나서 천천히 문 쪽으로 가면서 허리 굽혀 인사하고 또 인사하기를 반복했다.

규칙들

한 남자가 상점에 들어와서 말했다. "스테이크 두쪽를 사고 싶어요. 각각 10온스쯤 되는, 반 인치 두께의 스테이크를 부탁합니다." 내가 말했다. "손님, 여기는 사탕 가게예요. 우리 가게에 스테이크는 없어요." 그가 말했다. "감자 두개와 아스파라거스 한묶음도 주세요." 내가 말했다. "죄송합니다만 여기는 사탕 가게라니까요, 손님. 우린 사탕만을 취급해요." 그가 말했다. "난 기다려도 괜찮아요." "그러면 몇년이 걸릴 텐데요." 내가 말했다. "나는 시간이 많아요." 그가 말했다. 그가 기다리는 동안, 한 여자가 들어와서 말했다. "모자는 어디에다 진열했나요? 크고, 깃털 달린 붉은 모자가 있다면 좋겠는데." "대단히 죄송합니다만, 여기는 사탕 가게예요." 내가 말했다. "우리는 모자를 취급하지 않아요." "그렇다 하더라도, 난 그것을 보고 싶어요." 그녀가 말했다. "그게 나한테 꼭 맞을지도 몰라요." "우린 오직 사탕만 취급합니다." 내가 말했다. "어쨌든, 그것은 내게 꼭 맞을지도 몰라요." 그녀가 말했다. "만약에 당신이 머리 위에 막대 사탕 하나를 꽂고 싶다면, 붉은 색으로 좀 찾아볼 수는 있습니다." 내가 말했다. "그것 참 사랑스럽겠네요." 그녀가 말했다. 그리고 이번에는, 또다른 남자가 들어와서는 총을 꺼내 들었다. "있는 돈 다 내놔." 그가 말했다. 내가 말했다. "죄송합니다, 여기는 사탕 가게입니다. 우리는 손드는 일 같은 것은 하지 않습니다." "하지만 내겐 총이 있어." 그가 말했다. "네. 나는 총을 볼 수 있어요, 손님. 그러나 그것은 여기서는 통하지 않아요. 여기는 사탕 가게예요." 내가 말했다. 그가 구석에 서 있는 남자와 여자를 보왔다. "그럼 저 사람들은? 내가 저들에게 손 들라고 해도 될까?" 그가 말했다. "오, 아니요. 유감스럽지만, 그럴 수 없을걸요. 그들은 사탕 가게 방어계획 아래 보호됩니다. 비록 엄밀히 말해서, 자기들이 사탕 가게에 있다는 사실을 모른다 하더라도 말입니다." 내가 말했다. "좋아, 적어도 나는 당신들이 사탕 가게에 있다는 사실은 알고 있지. 난, 단지 여기 이런 특별한 규칙이 있다는 사실을 몰랐을 뿐이야. 내가 최소한 젤리빈을 좀 가질 수는 있을까? 돈은 내고 살 테니, 걱정 말고." 그가 말했다. 내가 그에게 젤리빈을 내주고 있을 때, 또다른 남자가 총을 들고 걸어 들어와서는 "나는 권총 강도다"라고 말했다. "현금 몽땅 내놔." 첫번째 도둑이 말했다. "여기는 사탕 가게다, 바보야. 그들은 '손 들어'를 하지 않아." "무슨 뜻이야, '손 들어'를 하지 않다니?" 두번째 도둑이 말했다. "그건 규칙에 위배되는 거야." 첫번째 도둑이 말했다. "나는 그런 규칙이 적힌 책을 읽은 적이 없어. 그런 게 있는지조차 몰랐다고." 두번째 도둑이 말했다. "키세스 초콜렛이나 땅콩 과자 좀 어떠세요? 아웅다웅을 전환하기를 바라면서, 내가 말했다. 그는 권총 장착용 어깨띠에 총을 집어넣고는 유리 케이스를 세심하게 살펴보았다. "초콜릿 씌운 체리 반 다스면 나를 매우 행복한 남자로 만들 거야." 그가 말했다. "그것이 사탕 가게가 존재하는 이유지요." 내가 말했다. 두 도둑이 사탕을 우적우적 깨물면서 서로 아는 그들 친구에 대해 떠들면서 함께 떠났다. 그리고 그때 보니타 스놋과 헬리사 델핀이 들어왔다. 헬리사는 크고 깃털 달린 붉은 모자를 쓰고 있었다. 구석에 있던 여자가 앞으로 튀어나왔다. "저거야, 저게 바로 내가 원하는 모자야." 헬리사의 머리에서 모자를 확 잡아당겨 벗기면서 그녀가 말했다. 헬리사가 그녀의 모자를 도로 뺏으면서 부인의 팔을 잡고 바닥으로 그녀를 밀쳤다. 보니타는 몰트 밀크 알사탕을 한봉지 주문했다. 구석에 있던 남자가 여자를 부축해 일으켰다. "저건 내 모자야." 여자가 남자에게 작은 소리로 말했다. "저 여자가 내 모자를 쓰고 있어." 헬리사가 함께 저녁을 먹자고 나를 초대했다. 내가 말했다. "좋아요!"

웬델*

우리는 들어본 적도 없는 한 작은 길을 운전하고 있다는 걸 알
게 되었다. 양 옆에는 빽빽한 숲이 있었고, 커다란 바위들이 튀어나
와 있는 험난한 지대였다. 더구나 우리를 놀라게 한 것은, 그 안쪽
에 집들이 지어져 있다는 사실이었다. 어두운 숲 때문에 집들은 거
의 눈에 띄지 않았다. 우리는 여기가 어디인지도 모른 채, 계속해
서 상당한 거리를 이런 식으로 운전했다. "이 사람들은 누구지? 그
들이 일을 하기는 한다면, 어디서 일을 하지?" 케이틀린이 말했다.
"그들은 일을 안해." 내가 말했다. "그들은 사냥하고 고기 잡고 혹
독한 겨울을 지내기 위해 많은 장작을 패지." 우리는 달리고 달렸
다. 길을 잃었어도 행복했다. 한 온전한 세계가, 우리 도시에서 그
렇게 멀지 않은 곳에, 내내 우리에게서 숨겨진 채 남아 있었다. 마
침내 웬델*이라고 이름 붙은 작은 마을에 왔다. 그곳에는 잔디밭이
딸린 매력적이고 오래된 집들이 있었다. 야외 음악당과 정자를 갖
춘 커다란 마을 광장도 있었다. 케이틀린이 차를 빼서 갓길에 주차
하라고 내게 말했다. 우리가 처음으로 본 것은 아기 여우를 어르
며 거리를 내려가고 있는 한 여자였다. 그녀는 아기 젖병으로 여우
를 먹이고 있었다. 내가 케이틀린에게 말했다. "이곳에는 뭔가 좀
이상한 게 있는데, 이게 좋아." 우리는 밀짚모자에 하얀 양복과 조

----

* Wendell. 미국 매사추세츠주 프랭클린 카운티(Franklin County)에 있는 마을.
1745년 처음 사람들이 들어와 살기 시작하였으며, 2010년 기준 인구 858명이 거
주하는 아주 작은 마을이다. 고립된 삼림지대로 오래전부터 사람들이 주로 호수
에서 고기를 잡고 사냥하며 살고 있다.

끼를 입고 벤치에 앉아 있는 한 늙은 남자를 지나쳤다. 그가 말했다. "우리 마을에 방문객이 왔네. 우리 작은 마을에서 즐기기를 바라요." 우리는 미소 지었고 계속 걸었다. 우리는 둘 다 목이 말랐다. 그래서 마을의 유일한 상업건물인, '더 도브'라고 이름 붙은 한 잡화점으로 향했다. 그곳은 내 어린 시절의 물건들, 오래전에 사라져버린 물건들로 가득했다. "이곳은 기괴하네." 나는 케이틀린에게 속삭였다. "난 이곳이 사랑스러워." 그녀가 말했다. 상점 주인이 우리의 모든 행동거지를 보고 있었다. "여기 물건들을 잔뜩 사서 신자. 이걸로 한몫 잡을 수 있어." 내가 말했다. "아니야. 그러지 마, 맥스. 그러면 의심스럽게 보일 거야. 그냥 마실 거나 좀 사자. 그리고 여기를 나가자." 그녀가 말했다. 우리는 골동품이 된 음료수를 찾아냈고 그것들을 카운터로 가지고 갔다. 남자가 말했다. "어디서 온 사람들입니까?" 난 그에게 대답했고 그가 말했다. "듣도 보도 못한 곳이네." "여기서부터 기껏해야 15마일 남쪽인데요." 내가 말했다. "들어본 적도 없어." 그가 말했다. 우리는 그 가게를 떠나 마을 광장으로 향했다. 한 무리의 아이들이 우리를 보더니 그들이 하던 짓을 멈추었다. 그들이 걸어오더니 우리를 둘러싸고 침묵 속에서 쳐다보았다. 마침내, 그들 중의 하나가 말했다. "당신들은 여기 사람이 아니네요. 그런데 당신들은 뭐예요?" "우리는 미래에서 온 사람이야." 내가 말했다. "우리는 너희에게 해를 끼칠 의도는 없어. 우리는 너희가 그곳에 도달했을 때 모든 게 괜찮을 거라는 말을 하러 온 거야." "그러나 우리는 웬델에서 그냥 살아요. 우리는 어디에도 가지 않아요. 여기서는 아무것도 안 변해요. 밴드는 매주 금요일 밤마다 연주해요. 그들은 금요일 밤마다 같은 곡을 연주하지요. 우리는 같은 놀이를 하고 또 하지요. 우리는 결코 그것들에 싫증내지 않아요. 그건 세상에서 제일가는 놀이예요." 아주 귀여운 소녀가 말했다. "우리가 큰 실수를 저질렀네, 미안해. 행성을 잘못 찾아왔네. 하던 것 계속 하렴." 내가 말했다. 우리는 우리의 차를 찾아냈고 원시의 어둠을 향해 속도를 냈다.

살아남는 자들

나는 관계자들과 재빨리 몇 통의 전화를 했다. 그리고 마당을 몇 바퀴 돌면서, 나무 아래, 집의 토대, 잔디의 상태까지 점검해보았다. 거기엔 어제는 볼 수 없었던 이상한 버섯 하나가 있었고, 굴뚝새의 둥지가 떨어져 있었는데, 바람이 없었기 때문에 매우 의심스런 생각이 들었다. 나는 그것을 적어두었고, 다시 안으로 들어갔다. 나는 헨리 퍼텍에게 전화해서 보고를 했다. 그는 내게 그다음 단계를 진행하라고 말했다. 나는 닭 보리 수프의 캔을 따서 끓이기 시작했다. 나는 손전등으로 내 침대 밑을 살펴보았다. 밤에 나를 질식시키려고 작당하고 있는 먼지 녀석들. 나는 수프를 부어 2분 동안 식게 놔두었고, 그 옆에 조심스럽게 짭짤한 크래커를 몇개 놓았다. 그것을 다 먹고 나서, 나는 저스틴 내드워니에게 전화해 진행 상황을 말했다. "넌 아직 그 문제의 덤불에서 벗어난 게 아니야." 그가 말했다. "난 바로 그 한가운데 있어" 내가 말했다. 저스틴은 음험하고 꿰뚫어보는 마음을 가지고 있었다. 나는 부엌의 찬장을 샅샅이 뒤졌다. 구 오프*라고 불리는 제품은 언제나 아주 편리했다. 그리고 괜찮은 실타래 하나, 이쑤시개, 압핀들, 방수 처리제, 해충 타르 제거제, 뾰족한 펜치, 강력 테이프. 나는 내 준비성에 그럭저럭 안심이 되었다. 나는 대럴 판차에게 전화했다. 그는 내가 계획보다 엄청나게 뒤쳐져 있다고 말했다. 해가 지고 있었다. 나는 카트리나 카즈다에게 전화해서 내가 계획보다 엄청나게 뒤쳐져 있다고 말했다.

----

* Goo-Off. 가정용 세제의 상표.

그녀가 말했다. "그러리라고 예상했지만, 그렇다고 용서되는 것은 아니지." 나는 욕실로 들어가서 체중계를 문질러 윤을 냈다. 나는 코를 풀었다. 거울을 들여다보았다. "너는 팀의 취약한 연결고리야." 내가 말했다. "너는 모든 사람에게 실망스러운 존재야." 그다음 나는 거실로 가서 텔레비전을 켰다. 뉴스 앵커가 말했다. "이 잔인한 범죄에서 살인자에 관한 단서는 여전히 없습니다." 나는 몸서리치며 텔레비전을 껐다. 나는 카우치에 놓인 쿠션 밑을 살펴보았다. 60센트, 빗 하나, 펜 하나, 브로드웨이 뮤지컬 입장권 쪼가리 두 장. 나는 브로드웨이 뮤지컬에 가본 적이 없다. 나는 마셜 에런스탐에게 전화를 걸었다. 그는 움직이지 말라고, 즉각 팀 전원을 보내겠다고 했다. 내가 말했다. "그런데 마셜, 나 졸려. 내일 아침까지 기다리면 안될까?" "네가 위험을 감수하겠다면." 그가 말했다. "그러나 나는 책임 못 져, 이 친구야." 우리는 서로 잘 자라는 인사를 했다. 나는 펠리사 뒤부아에게 전화해서 잘 자라고 했다. 그녀는 내 임무를 완수했는지 물었다. 내가 말했다. "오 펠리사, 내가 완벽하다고 하기는 어려울 것 같아. 내가 할 수 있는 만큼만 할 뿐이지. 내가 설명할 수 없는 게 있어. 하지만 우리를 해치려고 하는 자가 있다고는 생각지 않아, 안 그래?" "꿈에서부터 떨어지는 것들이 있어. 그리고 가끔 바람이 불어 그것들을 흩날리게 하고. 그러면 넌 다른 사람들의 꿈의 조각들을 바로 네 집 안에서 찾게 되는 거야." 그녀가 말했다. "난 오늘 아침 내 침대에서 미 해군 항공모함 엔터프라이즈호 진수식 기념 메달을 발견했어. 그건 굉장히 아름다워.

그러나 아무에게도 말하지 마, 조슈아." "입 꼭 다물고 있을게. 잘
자, 펠리사." 내가 말했다.

대회*

광장에서 무슨 대회 같은 것이 열리고 있었다. 어떤 사람이 확성기에 대고 삼백명쯤 되는 사람들을 향해 연설하고 있었고, 그 사람들은 환호하며 뭔가를 소리치고 있었다. 나는 슬슬 그쪽으로 흘러가서 무슨 일인지 알아보기로 했다. 연사가 말하고 있었다. "내 세 살짜리 아들도 염소에게 발길질은 안해요." 나는 군중 속으로 섞여들었다. 한 여자가 소리쳤다. "당신, 머리에 굉장히 큰 체리파이를 얹고 있네요!" 그러자 한 열두어명의 다른 사람들이 말했다. "맞아. 그래." 그가 계속했다. "그리고, 다음엔, 개가 우리 집 소파를 뜯어 먹었지요. 우리가 그 개를 발로 찼을까요? 아니, 우린 안 그랬지요." 어떤 사람이 소리쳤다. "성인군자들이 그때는 실수를 했네요." 연사가 말했다. "나는 작은 쨋쨋 새들도 다니기 무서워하는 곳까지 내려간 적이 있어요. 한번은 주머니 속에서 화가 난 독사를 발견하기도 했지요. 그러나 난 그 노선을 갔어요. 난 가려진 먹구름에 삥하고 부딪혔지요." "그러고도 당신은 결코 자신의 길을 잃지 않았겠지." 여럿이 소리 질렀다. 나는 조금씩 연단 쪽으로 나아가고 있었다. 흥분은 잘도 전염됐다. "만약 당신이 타고 있는 후라이팬에 침을 뱉으면, 확실히 지글지글 하겠지. 그런 다음엔 사라지겠지. 그러면 당신에게 남는 게 뭐가 있겠어? 지글거리는 기억만이 있겠지. 그러나 곧 그것 또한, 사라지겠지. 당신은 전보다 더 처량해질 거야." 그가 말했다. "네놈의 오리궁둥이가 폭죽 위에 앉아 있는 거

---

* rally. 대회, 집회 등의 의미에 더해 "야유하다"라는 중의적 의미가 있다.

야." 내가 소리쳤다. 연사가 말을 멈추고 방금 그 말을 한 사람이 어디 있나 찾으려고 했다. 군중들도 두리번거렸고, 나 역시 찾고 있는 것처럼 행동했다. 연설이 중단되고 상당한 시간이 흐른 후에, 그가 계속했다. "그토록 기적적인 손재주로 먼지버섯 같은 역사를 움켜잡는 긴 손톱의 털투성이 손들을 우리는 아직까지 목격한 적은 없었지." 사람들이 미쳐갔다. 사람들이 서로 이마를 맞부딪치기 시작했다. 나도 부딪히고, 부딪힘을 당했다. "오늘 아침 이 집회를 위해 연설을 준비하는 동안 개미 한마리를 삼킨 것은 우연은 아니었지요. 나는 그 개미를 삼키기를 원했어요." 그가 말했다. 사람들이 부딪치기를 멈추고 이제 그들 중의 많은 사람이 눈물을 닦아내고 있었다. 나는 인정해야만 했다. 그는 힘 있는 연사였다. "그리고 우리는 이제 막 작은 골칫거리를, 그리고 또한 큰 골칫거리를 앞에 두고 항해하려는 참이지요. 그리고 우리는 반딧불이들을 볼 수 있지요. 이미 우리를 잊어버린 반딧불이들을, 따분한 날에 공원에서 돌아오는 멍청한 애들처럼 자기 날개를 치는 반딧불이들을. 그리고 그것은 아름답지요. 당신들은 그게 정녕 얼마나 놀라운지 볼 수 없단 말입니까?" 그가 말했다. "우리는 그 멍청한 애들을 사랑해." 어떤 사람이 소리쳤다. "반딧불이들이 트랙터를 몰 수는 없지." 또다른 사람이 소리쳤다. "그 돼지에게 무슨 일이 생긴 거야?" 내가 말했다. 내 옆에 있는 남자가 짜증이 난 것처럼 보였다. "돼지는 없어." 그가 말했다.

애런 노박의 사건

내가 집에 돌아와보니 자동응답기에 녹음된 메시지가 이렇게 말했다. "애런 노박, 넌 죽을 줄 알아. 내 말 들려? 넌 죽었다고." 그 남자의 말은 그냥 하는 말이 아닌 것 같았다. 다행스럽게도 나는 애런 노박이 아니고, 그런 이름을 가진 사람이라곤 알지도 못한다. 나는 경찰에 전화했다. 그들이 즉시 어떤 사람을 보냈는데, 그는 경찰관 로텔로였다. 그는 그 메시지를 여러번 들었다. "당신이 애런 노박이 아닌 게 확실한가요?" 그가 두번이나 물었다. "내 이름은 오언 놀란이에요." 내가 말했다. "음, 그 이름이 내게는 애런 노박과 아주 비슷하게 들리는데." 그가 말했다. "이건 정말로, 분명히 실수일 겁니다." "그러나 이 남자는 애런 노박을 죽이려고 해요. 당신이 이 사건에 어떤 조치를 취해야 하지 않나요? 당신은 애런 노박을 찾기 위해 전화번호부를 조사할 수 있잖아요. 그리고 나서 그에게 전화를 거세요." 내가 말했다. "그것 참 굉장히 좋은 생각이네." 그가 말했다. "그리고 나서 내가 그를 찾아갈 수도 있고, 그러면 문제의 핵심에 도달할 수 있을지도 모르지." 그가 내게 악수를 하고는 말했다. "당신 덕에 많은 도움을 받았어요, 미스터 노박." 내가 말했다. "노박 아니고 놀란이요." "내 자동응답기 테이프를 당신이 가져가야 되지 않을까요? 그러니까, 그것을 분석할 수 있도록요." 내가 말했다. "물론이지요." 그가 말했다. "바로 그걸 당신에게 부탁하려던 참이었어요. 당신은 아주 유능하네요. 혹시 경찰에서 일해볼 생각은 없었나요?" "거의 항상 그 생각을 하지요." 내가 말했다. 바로 그때, 전화가 울렸다. 우리는 둘 다 얼어붙어서

전화기를 바라보았다. "당신이 받아봐요." 내가 말했다. "그러나 이
건 당신의 전화잖아요." 그가 말했다. "그 남자를 어떻게 다룰지는
당신이 더 잘 알 텐데." 내가 고집했다. 벨이 네번째 울렸을 때 경찰
관 로텔로가 전화기를 집어 들었다. "여보세요." 그가 말했다. 그러
고는 그는 한참 동안을 듣고 있었다. 그는 손으로 수화기를 덮더니
내게 속삭였다, "애런의 엄마예요. 그녀가 말하기를 그녀가 당신에
게, 그러니까 그에게, 파이를 구워준대요. 그래서 지금 바로 왔으면
하네요. 내가 뭐라고 해야 하나요?" "그녀에게 말해요. 당신은 데
이트가 있어서 늦게까지 집에 못 갈 거라고." 내가 말했다. "엄마."
그가 말했다. "내가 데이트가 있거든요." 그녀의 대답을 듣는 경찰
관 로텔로는 아주 비참해 보였다. 그는 손으로 수화기를 덮었다.
"그녀가 말하기를 만약 만나는 여자가 매춘부 레다 맥켄리라면, 그
녀가 나를, 그러니까 애런 노박을 다시는 안 보겠다고 하네." 그가
말했다. "내가 뭐라고 말해야 하나?" "그녀에게 안젤라 스위프트라
고 하는 새 여자와 데이트한다고 말해요. 그리고 분명히 엄마가 정
말로 그녀를 좋아할 거라고 말해요." 내가 말했다. 애런의 엄마는
그를 전화기에서 놓아주지 않았다. 그녀는 그가 엄마를 사랑하지
않는다고 말했다. 그래서 그가 말했다. "아니요, 엄마. 당신은 나의
전부예요. 정말로. 난 엄마를 위해서 무슨 일이든 할 거예요." 그러
자 그녀가 말했다. "나는 아침에 새들에게나 이 파이를 줄 거야. 지
금까지 네가 날 사랑한 것보다도 새들이 더 나를 사랑하지." 어느
순간엔가, 나는 전화기를 그의 손에서 낚아채고는 말했다. "우라

질, 엄마. 엄마는 지금까지 늘 훌쩍이고 징징대기만 했잖아. 무료급식소에나 가서 일하는 게 어때. 자신을 불쌍히 여기기보다는 다른 누군가를 도와서 봉사하는 일이나 하라고." 그리고 나는 전화기를 꽝 내려놨다. 경찰관 로텔로가 나를 쳐다보았고 그의 얼굴에 느긋하게 미소가 떠올랐다. "대단하네요." 그가 말했다. "나는 절대 그럴 수 없었을 거야. 밤새도록 그 우라질 년이 계속 내게 그 전화로 떠들도록 내버려뒀을 거라고." "애런 노박에 관해서는 어떻게 하려는데?" 내가 말했다. "방금은 잠깐 내가 애런 노박이라고 생각했어." 그가 말했다. "애런 노박은 심각한 상황에 처해 있을 수도 있어." 내가 말했다. "애런은 아마 그럴 만한 일을 했겠지." 그가 말했다. "커피 마실래?" 내가 말했다.

반역자

나는 북쪽으로 두시간 정도를 운전하여, 흰 페인트로 항복이라는
글자를 써놓은 붉은 창고가 있는 곳까지 달렸다. 그다음엔 한 자
갈길로 우회전을 해서 수 마일을 계속 달렸다. 다섯번째 교차로에
서, 좁은 진흙길로 좌회전을 했다. 그 길은 비에 씻겨 많이 소실되
었다. 그래서 나는 느릿느릿 달팽이처럼 조심스럽게 길을 따라갔
다. 젖소 몇마리가 내게 미미한 관심을 보였다. 말 몇마리와 당나귀
한마리도 나를 쳐다봤다. 마침내 길이 강 앞에서 끊겼다. 나는 차에
서 내려 주위를 둘러보았다. 멋진 장소였다. 커다란 단풍나무 몇그
루 뒤에 작은 오두막이 있었다. 나는 걸어가 문을 두드렸다. 그리
고는 20달러짜리 지폐를 문 밑으로 밀어넣었다. 문이 열렸다. 그러
나 안이 너무 어두워서 한 사람의 윤곽만을 간신히 알아볼 수 있었
다. "들어와요, 들어와." 나직한 목소리가 말했다. "당신 기억나. 당
신 전에도 여기 왔었지." 나는 문간에 들어서기 위해 몸을 구부려
야만 했다. 그는 분명 80파운드가 넘지 않을 정도의, 작고 마른 늙
은 남자였다. "스파지아리 씨." 내가 말했다. "당신에게 방해가 되
는 건 아닌지." "무슨 그런 말씀을." 그가 말했다. "이따금 누군가가
나를 방해하지 않는다면, 나 자신이 여전히 살아 있는지 아닌지 내
가 어떻게 알까? 다른 인간을 본 지가 일년이나 지났어. 그리고 그
게 바로 당신이었다고 생각하는데." 나는 여전히 그를, 혹은 그밖
의 어떤 사물도 제대로 분별해낼 수가 없었다. "너그럽게도 이렇게
시간을 내주셔서 참 감사합니다." 내가 말했다. "사사프라스 차 한
잔 마시는 게 어떤가?" 그가 물었다. "오, 네. 당신은 특별히 맛있는

사사프라스를 만드시지요." 내가 말했다. 그는 나를 의자로 안내했고 나는 의자에 앉아 편안해졌다. 그가 내 맞은편에 앉았을 때, 내가 말하기 시작했다. "스파지아리 씨, 지난번에 제가 여기 와서 많은 질문을 한 후에, 당신이 실제로 알베르 까뮈의 소설 몇편을, 그리고 어쩌면 에세이 책 한두권도 썼다는 것을 제게 털어놓으셨습니다. 작년 한해 동안, 난 상당한 조사를 해왔고 이런 결론에 이르렀습니다. 그것은, 사실 당신이 까뮈의 책 전부를 썼고, 또 당신이 그에게 모든 중요한 아이디어를 제공했다는 것입니다." 내가 말했다. "음, 당신이 알다시피, 나는 알베르를 사랑했지. 내 필생의 사랑이었어. 내가 만일 그를 유명하게 만든다면, 내가 그에게 얼마나 필요한 사람인지를 그가 알게 될 거라고 생각했어. 그러나 그는 나를 단지 꼭두각시처럼 다뤘을 뿐이야. 말하자면, 내가 그에게 새 원고를 가져가면 잘했다고 머리를 한번 쓰다듬었을 뿐이지. 그는 노벨상을 탔을 때도 고맙다는 말조차 안했어. 그러고는 그렇게 자살을 해야만 했지." "그리고 이제 그가 죽은 지 이렇게 여러해가 지났어요. 당신이 써준 책들을 그가 출판하도록 허락한 것에 대해 화가 나나요?" 내가 말했다. "오, 절대 아니야. 나는 그런 식의 생각 따위는 결코 하지 않아. 나는 단지 내가 알고 있는 당대의 지적 속물들과 부적응자들이 듣고 싶어했던 것을 썼을 뿐이야. 진실을 알고 싶다면 내가 말해주지. 내 인생에서 가장 자랑스러운 일은 1976년 프랑스 니스에서 소시에떼 제네랄 은행을 강탈해서 구백만 달러의 현금과, 금과 보석을 갖고 달아났던 것이지." 그가 말했다. "그게

당신이었어요?" 내가 믿어지지 않아서 물었다. "그게 나였어." 그
가 말했다. 우리는 침묵 속에서 사사프라스를 다 마셨다. "저는 머
지않아 다시 올 거예요." 내가 말했다. "한번 더 장난을 친다는데,
너무 늦을 건 없겠지." 그가 말했다. 나는 그와 악수를 했다. 그러나
그의 몸의 나머지 부분은 어둠 속에서 희미했다. "당신과 함께 일
하게 된다면 영광일 것입니다, 선생님." 내가 말했다.

하프

한 천사가 안토니오의 피자 가게 밖에서 하프를 연주하고 있었다. 월터 컬리건과의 약속 시간에는 이미 늦은 참이었다. 그는 나를 십년 안에 부자로 만들어줄 바로 그 남자였다. 모르는 사람들이 멈춰 서서 그녀의 연주를 듣고 있었다. 그들은 모두 얼굴에 꿈같은 미소를 띠고 있었다. 그 천사는 길고 하얀 팔로 마치 그들의 영혼을 어루만지듯이 하프를 연주하고 있었다. 그녀는 자신의 연주가 얼마나 그들을 기분 좋게 하는지 알고 있었고, 이것이 그녀를 굉장히 즐겁게 한다는 걸 모두가 알 수 있었다. 그 음악은 내가 지금까지 들었던 것과는 전혀 달랐다. 그것은 올라가고 내려가고 소용돌이치고 지그재그로 나아가며, 그 심장부에 늘 침묵을 안고 있었고, 음절 마디 마디에 영원성이 누벼져 있었다. 그녀가 여기서 뭘 하고 있는지는 내 자신에게 물어야만 했다. 그러나 내게 정말로 그 대답이 필요한 것은 아니었다. 점점 더 많은 사람들이 모여들었다. 이 돌연한 환희에 깜짝 놀라서 모두들 입을 다물어버렸다. 그 천사의 팔이 현 위에서 미친 듯이 헤엄치고 있었다. 나는 생각할 수가 없었다. 내 이름조차 기억해낼 수 없었지만 나는 행복했다, 만일 이 말이 맞다면. 나는 한번도 경험한 적 없는 행복을 누리고 있었다. 물론, 나는 그녀와 사랑에 빠졌다. 그녀와 단둘이 있기 위해서라면, 혹은 그녀가 하는 말을 그냥 들을 수만 있다면, 무엇이든 내놓을 수 있을 것만 같았다. 군중들이 차도에까지 넘쳐 내려와서 교통체증이 일어났다. 기마경찰이 달려와서는 이 사태를 조사하고 있었다. 그러나 경찰 역시 곧장 넋을 잃고 만 것처럼 보였다. 모든 사람이 그녀와 사랑에 빠졌다. 여자들, 아이들, 늙은 남자와 젊은이들도. "그녀는 내 거야." 내가 소리쳤다. "말도 안되는 소리, 그녀는 내 거다." 누군가가 외쳤다. 그때, 그 소동이 일어났다. 내가 팔이 닿는 곳에 있는 아무에게나 닥치는 대로 주먹을 날리기 시작했다. 그리고 나는 왼쪽, 오른쪽, 뒤쪽에서 두드려 맞고 있었다. 경찰이 지원을 요청하며 소리를 질렀고, 야경봉으로 마을의 착한 시민들을 두드려 패기 시작했다. 혼돈의 한가운데서, 나는 내 이름을, 월터 컬리건과의 약속을, 내 미래에 쌓일 재산을 기억해냈다. 누군가 내 코를 부러뜨렸고, 나는 피를 흘리고 있었다. 나는 이 난투극을 뚫고 나아가려고 했다. 그때 길가 쪽에 그 천사가 넘어져 있는 것을 보았다. 그녀는 멍 들었고 울고 있었다. 내가 그녀를 구해야 한다는 걸 알았다. 나는 솟아나는 힘으로, 사람들을 옆으로 밀쳐냈다. 하나하나, 마침내 내가 그녀의 손을 잡아 일으켜 세울 때까지. "이런 일이 매번 일어나요." 그녀가 말했다. "정말로 이걸 포기해야 할까봐요. 그러나 난 하프 연주를 사랑해요. 그리고 사람들을 사랑해요. 음악은 그저 그들을 치료하고, 평화를 가져다주는 데 뜻이 있는데. 당신을 봐요. 피를 흘리고 있어요." 그녀는 깊고 걸걸한 목소리를 갖고 있었다. 천사 같은 천사가 아니라 마치 술집의 천사 같았다. "음, 그게 아마 우리가 버틸 수 있는 것 이상의 평화였겠지요." 내가 말했다. 경찰은 이제 군중을 다 해산시켰다. 하프는 손상되지 않은 채 혼자 서 있었다. "우리 할아버지가 저 하프를 내게 주었지요." 그녀가 말했다. "아름답지 않아요?" "그것은 빛에 떠다니는 황금배 같아요." 내가 말했다.

쿵푸 댄싱

나는 혼자서 극장에 갔다. 그 극장은 거의 텅 비어 있었고, 예닐곱 사람이 여기저기 흩어져 앉아 있었다. 나는 뒷줄 중앙에 편안하게 자리를 잡았다. 쿵푸 영화가 상영되고 있었는데, 그것은 「용의 여인 돌아오다」라는 제목으로 내가 전에 여러번 본 것이었다. 그 영화 전체가 내게는 하나의 꿈과 같았다. 나는 치고 때리는 모든 동작을 다 외워 알고 있었다. 그리고 특히 오늘 밤 이 영화가 시작될 때는 난 몽환의 상태로 빠져들었다. 나는 움직일 수 없었고 겨우 숨을 쉴 뿐이었다. 스크린에서 무슨 일이 일어나고 있는지 알 수가 없었다. 그러나 눈을 감자, 나는 속사포 같이 떠들어대는 중국말을 거의 알아들을 수가 있었다. 나는 그들이 나에 관해 얘기하고 있다고 생각했다. "그는 착한 소년이야, 안 그래?" "오, 그렇지. 그는 매우 착한 소년이야." "우리가 이런 착한 소년에게는 강아지 한마리를 줘야 해." "유감이지만, 선생. 우리는 강아지들을 몽땅 먹어버렸네." 그러자 나는 곧 종이 용을 타고 푹신한 흰 구름 속 높이, 공중에 날고 있었다. 그리고 높고, 거친 산들과 시냇물이 흐르는 골짜기를 내려다보고 있었다. 한떼의 거위가 우리를 지나칠 땐, 나는 손을 뻗어 그것들을 거의 만질 수도 있었다. 그들은 서둘렀다. 그들은 가야 할 시간에 맞추어 돌아가려고 애쓰고 있었다. 내가 팔을 뻗어 용의 목을 감싸자, 용이 불을 내뿜었다. 그렇기는 하나 친구에게 하듯 호의적이었다. 이제 그는 불이 붙었다. 우리는 찬 공기를 뚫고 서서히 떨어지기 시작했다. 나는 분명 죽을 테지만, 두려워하지는 않는 것 같았다. 누군가 혹은 무엇인가가 내 팔을 밀었다.

145

용에게서 나를 떼어내려고. "안돼." 내가 말했다. "이건 이렇게 벌어지기로 되어 있었던 일이야." 그러나 그것은 나를 점점 더 세게 밀어냈다. 내가 막 떨어지려고 하는데, 용기가 나지 않았다. "일어나." 어떤 목소리가 들렸다. "우리는 극장 문을 닫을 거야." 나는 허리를 펴고 눈을 떴다. 청소부가 빗자루를 들고 서 있었다. 나는 졸음이 몰려왔고 그래서 어디가 어디인지 몰랐다. 나는 극장에 온 것조차 기억이 나지 않았다. "미안해." 내가 말했다. "당신 여기서 밤을 지내는 거야? 갈 곳이 없어?" 그가 말했다. "아니, 난 갈 곳이 있어." 내가 말했다. "네 머리를 덮어줄 지붕이 없기 때문이라면, 내가 너를 도와줄 수도 있어." 그가 말했다. 나는 그의 눈을 쳐다보았다. 눈동자가 붉게 타고 있었다. 나는 일어나려고 했다. 그러나 난 약에 취한 것 같은 기분이었다. "난 괜찮아." 내가 말했다. "다리가 좀 흔들릴 뿐이야. 제안은 고마워." 난 두발짝을 내디뎠다. 의자 등받이를 잡고 균형을 맞추면서. 청소부의 눈이 나를 뚫을 듯이 이글거렸다. "난 전에도 여기서 너를 여러번 보았어. 그리고 너는 항상 자고 있었어. 너는 집이 없지, 안 그래?" 그가 말했다. "난 좋은 집이 있어." 내가 말했다. "집이 어디에 있는데?" 그가 말했다. "내가 너에게 그걸 말할 필요는 없지." 내가 말했다. "넌 거짓말을 하고 있어. 넌 네 등에 걸친 옷밖에 가진 게 없지. 아마 돈도 안 내고 극장으로 기어 들어왔을 거야. 난 경찰을 부를 수도 있어, 그거 알아?" 그가 말했다. 그는 빗자루를 들고 서서 통로로 나가는 길을 막고 있었다. "난 그냥 집에 가고 싶을 뿐이야." 내가 말했다. "내 용이 불에 타서 난 아주 높은 데서 땅으로 떨어져내렸어. 난 힘이 없어." 내가 말했다. "넌 정신병원에서 쫓겨난 미친 사람들 중의 하나야, 안 그래? 그게 바로 너라고." 그가 말했다. "나를 보내줘. 그러면 당신을 다치게 하지 않겠어." 내가 말했다. 그의 붉은 눈이 나의 얼굴을 훑었다. 그가 나를 녹여버릴 것 같은 힘을 갖고 있다는 생각이 들었다. 마치 내가 양초로 만들어진 것처럼. "네가 여기 숨을 수 있다고 생각하지만, 난 지금 너를 잡았어." 그가 말했다. "네 말이 맞아. 난 단지 가난하고, 미쳤고, 집도 없는 남자야. 그리고 이제 네가 나를 잡았어. 그런 너 자신이 그렇게 자랑스럽냐?" 내가 말했다. "난 단지 외로울 뿐이야. 그게 다야." 그가 말했다. 그러고는 울기 시작했다. 난 앞으로 몇발짝 나가 그를 끌어안았다. 집으로 운전해 돌아오는 길에, 난 도대체 세상 어디에 내가 있었는지 알 수 없었다.

특별한 보호

늦은 밤이었다. 달린과 내가 막 잠자리에 들 준비를 하고 있는데 경찰이 우리 집 문을 두드렸다. "별일 없나요?" 경찰 중의 하나가 내게 물었다. "왜요. 별일 없는데요, 경찰관님. 우리는 퇴근하고 와서 저녁을 만들어 먹고 텔레비전을 좀 보았지요. 그리고 지금은, 잠자리에 들려던 참입니다." "당신들은 참 좋겠군요." 경찰관 스터지가 말했다. 그는 가늘고 긴 콧수염에 키가 큰 사람이었다. "무슨 뜻으로 하는 말씀인지요?" 내가 말했다. "음, 우리는 아직 근무 중인데, 당신들은 곧 포근한 잠자리에 들려고 하니까요." 그가 말했다. "우리가 좀 둘러봐도 괜찮을까요?" 경찰관 킴벌이 말했다. "한번 돌아본다고요? 도대체 뭐 때문에요?" 내가 말했다. "무슨 비정상적인 일이 있는지 조사해보려고요. 우리가 찾아낼 것들을 보면 당신은 놀랄걸요." 그가 말했다. "내가 장담하건대 모든 것이 아주 정상이에요. 이런 시간에 한번 둘러본다는 것은 심각한 사생활 침해라는 생각이 드네요." 내가 말했다. 그들은 커다란 손전등으로 그들이 서 있는 곳으로부터 부엌까지를 온통 비추고 있었다. "그런데, 저녁식사로 뭘 먹었나요?" 경찰관 스터지가 말했다. "비프스튜요. 그게 이런 일과 무슨 관계가 있는지 난 모르겠네요." 내가 말했다. "당근, 감자, 양파, 샐러리?" 그가 물었다 "나도 모르겠네. 아, 그것들 다 먹었어요. 달린이 요리했어요. 그녀는 대단한 요리사예요." 내가 말했다. "나도 그녀가 그럴 것이라 장담해요." 경찰관 킴벌이 말했다. "몇몇 사람들이 그녀의 요리솜씨에 대해 내게 언급한 적이 있어요." "그냥 우리가 잠시 둘러보게만 해주세요." 경찰관

스터지가 말했다. "나는 무척 피곤하지만, 들어오세요. 너무 오래 걸리지 않기만을 바랄 뿐이에요." 내가 문을 열면서 말했다. "잠깐, 달린이 놀라지 않게 가서 당신들이 들어왔다고 알릴게요." 내가 말했다. 달린은 이미 침대 속으로 기어 들어가 있었다. "난 나이트가 운을 입고 있어." 그녀가 말했다. "그들이 여기로 들어오지 못하게 해." "당신은 좋은 집을 가졌네요." 킴벌이 말했다. "커다란 텔레비전, 편안한 소파, 멋진 양탄자들. 잘살고 있군요, 델라니." "아, 고마워요. 그래요, 우리는 우리가 소유한 것들로 행복하지요. 이것들을 갖기 위해 열심히 일하기는 했지만." 내가 말했다. "이것들 중 어떤 것도 훔친 장물은 아니겠지요, 그렇지요?" 스터지가 말했다. 그는 모조품 명나라 도자기 꽃병을 손에 들고 있었다. "난 당신 질문에 대답하기 전에 내 변호사와 이야기하고 싶군요." 내가 말했다. 그들은 서로를 쳐다보더니 그다음엔 나를 돌아보았다. "농담이었어요." 내가 이렇게 말하자 그들이 크게 웃음을 터뜨렸다. "오, 나도 알아요. 경찰관 유머." 스터지가 말했다. 그리고 그들은 좀더 웃었다. 달린이 목욕 가운을 입은 채 침실에서 나왔다. "여기서 무슨 파티를 하는 것 같은 소리가 들리네요." 그녀가 말했다. "법을 집행하는 두 경관님을 위해, 비프스튜를 좀 데울까요?" "참 친절하시네요, 델라니 부인." 킴벌이 말했다. 그들은 그렇게 머물면서 늦은 밤의 식사를 했다. 그들이 진정 누구든 간에 우리가 그들을 먹일 차례였던 것이다. 그들은 굿바이라고 말하면서 진심으로 우리에게 감사했고, 모든 것이 정상처럼 보인다고 안심시켰다. "실제론 아닌데." 내 대답에 그들이 얼어붙었다. "경찰관 유머." 내가 말했다. 그들이 웃으며 넓적다리를 쳤다. "지금껏 만났던 경찰 중에서 가장 좋은 사람들 같아." 달린이 말했다. "이제 의심할 여지없이 우리는 특별한 보호를 받게 될 거야." 내가 말했다. "무엇으로부터 보호받지?" 그녀가 말했다. "나도 몰라." 내가 말했다. "가서 자."

구두수선공의 조수

구두수선공이 내 구두를 쳐다보고 있었다. "당신 이 신발을 신고 는 1마일 이상은 못 갈 거요." 그가 단호하게 말했다. "그러나 난 최 소한 2마일은 더 가야만 해요." 내가 말했다. "당신, 이 신발로는 절 대 못 갈 거요." 그가 말했다. 그 가게 안에는 원숭이가 한마리 있었 다. "저건 당신 조수요?" 내가 말했다. "아니, 그는 내 상관이요." 구 두수선공이 말했다. "그의 고국, 폴란드에서 왔지요." "폴란드 원 숭이라, 이 근처에서 그런 원숭이는 벼룩만큼이나 흔하지요." 내 가 말했다. "걸어봐요. 1마일을 걷고 나면, 그다음엔 죽을 거요." 그 가 말했다. "2마일이라니까." 내가 말했다. "나는 2마일을 갈 거예 요." 내가 말했다. 원숭이가 뛰어오르더니 내 얼굴을 향해 날카로 운 소리를 질렀다. "물론 나는 당신에게 기꺼이 어떤 중고신발을 팔 의향이 있소. 그건 내가 수선한 신발들인데, 원래 주인들이 찾 아가지 않아서 수공비와 재료비에 관한 손해를 내가 고스란히 뒤 집어썼지. 쓰레기 같은 놈들. 그들 중 몇몇은 정치인들이고 거물 들도 있어. 그러나 난 여섯 애들과 마누라를 먹여 살려야 하는, 민 스크에서 온 작은 구두수선공일 뿐이지. 그들이 내게 무슨 관심이 나 있겠어?" 그가 말했다. "나는 그런 정치인의 신발을 신고는 1마 일도 안 걸을 거요." 내가 말했다. "미안합니다." "다들 그렇게 말 하더군. '정치인'에 관한 부분은 언급을 피해야겠어." 그가 말했다. "음, 나는 이제 가야겠네요. 이 신발 신고 그대로 가면서 기회를 잡 을 거예요." 내가 말했다. "행운을 빌어요." 그가 말했다. "당신은 결코 끝까지 가지 못할걸요." 그때 원숭이가 뭔가를 말했다. 그러나 알아들을 수 없었다. 나는 맞는 방향이라고 생각하는 쪽으로 걷기 시작했다. 구두 밑창의 가죽이 얇아지는 것을 느낄 수가 있었다. 말로 표현할 수 없는 슬픔이 나를 덮쳤다. 나는 길을 잃어서는 안 된다. 진정으로 어떤 것도 잃을 수는 없다. 열두살쯤 된 한 소년이 나를 세우더니 담뱃불을 빌릴 수 있는지 물었다. 난 울기 시작했다. 그랬더니 그가 내 배를 주먹으로 쳤다. "당신 참 한심한 인간이네." 그가 말하고는 달아났다. 나는 풀 더미에 앉아 내 처지를 돌이켜봤다. 어쩌면 이게 그 원숭이가 말한 것이었는지도 모르겠다. 그는 그것을 폴란드말로 했을 뿐이다. 나는 그렇게 멀리 온 것은 아니었다. 그러나 내 구두는 이제 내게 다른 것처럼 보였다. 그것은 매우 낡고 부패한 정치인의 구두처럼 보였다. 끝내 찾아가지 않을 그 정치인의 구두처럼. 난 더 나은 마음가짐을 가지려고 이 생각을 빨리 떨쳐버렸다. 나는 일어나서 털어버리고 걷기 시작했다. 거의 활기차게. 나는 내 자신이 군인이라고 상상했다. 그랬더니 다소 터무니없게도 이것은 나를 행복하게 했다. 난 내 구두가 새것이고 반짝이게 윤을 낸 것이라고 상상했다. 내가 오는 것을 보고 사람들이 옆으로 비켜섰다. 나는 노래를 흥얼거렸다. 난 세상을 구할 임무를 띠고 있었던 것이다. 난 내가 정말로 어디로 가려 했는지 잊어버렸고, 용기와 열정으로 아주 가득찼다. 내 발은 이런 명분을 증명하기 위해 피범벅 덩어리가 되었다. 한 노인이 소리를 지르며 창피한 줄 알라고 했다. 한 여자가 자기 눈을 가리고 달아났다.

특별한 손님

굴뚝을 타고 늙은 산타클로스가 왔는데, 그것은 이상한 일이었다. 왜냐하면 뜨거운 7월 어느 날의 정오였기 때문이다. 그는 그을음으로 뒤덮여 있었다. "음, 이거 굉장히 놀라운 일인데." 내가 말했다. "당신은 저 굴뚝 좀 청소해." 그가 말했다. "우린 당신이 일년 중 이런 시간에 오리라고는 예상을 못했지요." 내가 말했다. "혹시 맥주 한 캔 가진 거 없나, 있어?" 그가 말했다. "이런 옷 속에 들어 있으면 얼마나 더운지 당신은 믿지 못할 거야." "물론, 제가 맥주 한 캔 드릴 수 있지요." 내가 말했다. 내가 돌아오자, 그가 말했다. "어쨌든 난 지금 도대체 어디 있는 거야?" 내가 그에게 말해주었는데 그는 매우 혼란스러워 보였다. "오늘이 며칠인지 아나?" 그가 말했다. 내가 그에게 말해주었더니 그는 어리둥절해 보였다. 그는 맥주를 한잔 죽 들이켰다. "난 이걸 인정하기 싫은데, 실은 지금이 몇년도인지 확실히 알 수가 없어." 그가 말했다. 내가 그에게 말해주었다. 그랬더니 그는 아주 한참 동안 그것에 관해 생각에 잠겼다. "또 한잔 마실 수 있나?" 그가 말했다. 내가 돌아오자 그가 말했다. "내가 왜 이런 옷을 입고 있는 거지? 밖이 더운데." "당신은 북극에 살잖아요. 여기에는 크리스마스 때만 내려오기로 되어 있어요." 내가 말했다. "오, 그렇지." 그가 말했다. "미세스 클로스가 죽고 난 거기서 외로웠어. 여기로 내려와 살고 싶어. 여기처럼 멋진 작은 집에서." "돈이 좀 있으신지요. 혹시 좀 저축한 것이라도?" 내가 말했다. "난 파산했어." 그가 말했다. "모든 걸 다 줘버렸다고. 난 아무것도 없어." "당신은 일거리를 찾을 수 있어요." 내가 말했다. "나는 너무 늙었어. 더군다나 뭘 어떻게 해야 하는지 몰라." 그가 말했다. "우리에게 남는 방이 있어요. 지금은 애들이 나가 살아서요." 내가 말했다. "당신이 여기서 살 수도 있어요. 짬짬이 생기는 일을 도우면서요." 그가 주위를 둘러보았다. "맥주 한 캔 더 마실 수 있을까?" 그가 말했다. 난 그에게 맥주 하나를 가져다주었다. "나는 단지 이 낡은 옷을 좀 벗고 싶을 뿐이야. 이 빌어먹을 수염을 밀고. 너무나 더워." 그가 말했다. 그는 정말로 비참해 보였다. "음, 제 면도기를 빌려 쓰세요. 그리고 어쩌면 우리는 쇼핑센터에 있는 미스터 빅 상점에서 당신의 여름옷들을 찾아낼 수 있을 거예요." 내가 말했다. "난 피골이 상접할 지경이야." 그가 말했다. "내 몸에는 살이 전혀 없어. 난 몇달 동안 먹지를 못했어. 아니 몇년 동안인지도 모르겠네." 그가 말했다. "음, 내 옷 중에서 당신에게 맞는 게 있을지도 모르겠네요." 내가 말했다. "그게 좋겠네." 그가 말했다. "난 소란 떠는 사람들을 만나지 않고 거리를 걸을 수 있다면 좋겠어." 또 한 캔의 맥주를 마신 후에 산타는 면도를 하고 내 셔츠 하나와 헐거운 면바지를 입어보았다. 그는 수척하고 늙은 남자였는데, 대부분의 시간을 그의 방에만 있었다. 그는 북극에서의 옛날 생활을 기억하지 못하는 것 같았다. 그래서 아내 질과 나는 그것을 절대 언급하지 않았다. 그는 가을에 낙엽을 긁어모으는 걸 좋아했다. 이유는 모른다. 질은 그를 위해 스웨터를 하나 떴는데, 그것을 산타에게 주자 그는 울었다. 그리고 그가 그녀에게 키스했다. 내가 말했다. "거기까지만 해."

영혼을 점검하는 여행

나는 내 영혼을 점검하는 여행길에 올랐다. 기름 묻은 걸레가 도처에 있었고, 나사도 하나 빠져 있었다. 경첩은 바람에 건들거리고, 페인트는 벗겨지고, 금이 간 창 유리, 물은 뚝뚝 떨어지고, 막힌 하수구, 밤중에 먼지 새끼들은 몸을 비튼다. 그렇게 나쁠 것은 없다. 그건 여전히 날아다닐 것이다. 약간의 삐걱거림과 몸서리침. 나는 천년 전에 내 목숨을 걸고 싸웠던 것을 회상한다. 나무 위의 천사가 나를 놀라게 했다. 한마리 뱀이 나를 삼켜버렸고, 그리고 나는 수년 동안 그런 식으로 여행을 했다. 날은 어두웠고 갈증을 느꼈다. 그리고 깨어났더니, 나는 한 도시에 있었다. 나는 달아났다. 나는 빌딩의 측면을 기어 올랐다. 사람들이 소리쳤다. 총알들이 발사됐다. 나는 파티에서 샴페인을 마시고 있었다. 누군가의 생일이었다. 콜비 필립스가 연설을 했고, 그러자 불이 나갔다. 누군가 내게 키스했다. 나는 산속에서 늑대들에게 쫓기고 있었다. 바람이 사나웠다. 나는 어디에 가는지 알 수 없었으나, 터벅터벅 걷고 있었다. 나는 절벽에서 떨어졌다. 날아가는 것 같은 느낌이었다. 정말로, 나는 날고 있다고 믿었다. 내가 팔을 뻗쳤더니, 그 기류가 나를 들어 올렸다. 늑대들이 울부짖고 있었다, 왜냐하면 울부짖는 것은 늑대들이 아주 잘하는 짓이니까. 늑대들의 저녁식사가 공중으로 떠서 갔다. 별빛이 나타났고, 보름달이 불 밝혀 아래의 작은 마을들을 비추고 있었다. 나는 집으로 가고 있었다. 내 마음은 기뻤다. 사랑하고 일하고, 일하고 사랑했다. 그 밤 내내 커다랗게 흐느끼는 소리가 있었다. 이게 다 무엇을 뜻하는 것일까? 지도를 연구하고, 식물들에 이름을 붙이고, 끝도 없는 철길의 궤도, 매, 자전거, 지팡이, 가면 들, 엽서와 종이 클립과 립스틱 자국 들. 그리고 너는 결코 돌아오지 않는다. 그 수플레*는 대성공이었고, 그의 죽음은 놀라울 것도 없고, 전화는 부리나케 울리고, 장난감들은 잔디밭에 사방으로 흩어져 있고, 개와 맞먹을 만큼 큰 개구리에, 경찰차는 빗속을 천천히 미끄러져 돌고 있고. 이봐, 어떻게 지내, 네 이빨은 어때, 누가 신문을 훔쳐갔나, 미안해, 내가 잊었어, 난 하나도 못 봤어, 거기 지하실에서 도룡뇽이 네 이름을 부르고 있어, 그녀는 못을 좀 사려고, 드릴 하나와, 외바퀴수레, 갈퀴와 토끼를 사러 가게에 갔어, 영혼의 대저택은 아주 오래됐어, 그래서 슬프게도 수리가 필요해. 거대하고 바람이 부는 방들을 가로질러 한 노래가 여전히 머뭇거려. 희미한 중얼거림 혹은 흥얼거림으로, 영원히, 어제였던가, 아니 다시는 들리지 않아.

---

* souffle. 달걀 흰자를 거품 낸 것에 재료를 섞고 부풀려 오븐에 구워낸 요리.

아비새*

한 아비새가 오늘 아침 나를 깨웠다. 마치 다른 세계에서 깨어나는 것만 같았다. 내가 뭘 하기를 기대하는지 알 수가 없었다. 나는 지시를 기다렸다. 누군가 전화해서 플로리다로 공짜 여행 가기를 원하는지 물었다. 내가 말했다. "물론이죠, 오늘 갈 수 있을까요?" 유니폼을 입은 한 남자가 와서 나를 리무진에 태웠다. 그리고 정신을 차려보니 주차장을 가로질러 오는 한 악어에 의해 내가 쫓기고 있는 것이었다. 한 무리의 사람들이 모여서 나를 응원했다. 물론 이런 일이 실제로 일어나지는 않았다. 나는 여전히 자고 있었다. 나는 출근하고 싶지 않았다. 나는 아비새가 무엇을 말하고 있는지 알고 싶었다. 그것은 깊이를 알 수 없는 공포로 물든 황홀경의 소리로 들렸다. 한가지는 확실했다: 적어도 그들은 탈세 은닉처에 대해 말하는 것은 아니었다. 전화벨이 울렸다. 나의 직장 상사였다. 그녀가 말했다. "지금 어디야?" 내가 말했다. "나도 몰라요. 나를 둘러싼 것들이 뭐가 뭔지 모르겠네요. 내가 납치된 것 같아요. 만약 그들이 당신에게 여러가지 요구를 해도, 들어주지 말아요. 이게 내 전문가로서의 충고예요." 바로 그때 아비새가 거대한 원을 그리며 솟아올라 빙빙 돌고 야단법석을 치며 소리를 질렀다. "세상에, 당신 괜찮아?" 내 상사가 말했다. "우리가 다시 못 만나게 될 경우라도, 아그네스. 내가 늘 당신을 사랑하고 있었다는 것을 당신이 알았으면 해." 내가 말했다. "뭐라고?" 그녀가 말했다. "무슨 말을 하고 있

---

* loon. 북미의 큰 새로 물고기를 잡아먹으며 사람의 웃음소리와 같은 소리를 낸다. 얼간이, 미치광이라는 뜻도 있다.

는 거야?" "안녕, 내 사랑. 당신의 영원한, 충성스러운 종이었던 나를 기억해줘." 내가 말했다. "당신이 나를 사랑했다고?" 그녀가 말했다. 내가 말했다. "그래." 그리고 전화를 끊었다. 나는 다시 잠들려고 노력했다. 그러나 납치당했다는 생각이 나를 흥분하게 만들었다. 나는 거울을 보면서 고문의 흔적을 찾았다. 나는 아비새가 울 때마다 비명을 지르고 고통 속에서 얼굴을 일그러뜨렸다. 그들은 내 머리통을 자르려 했고 그리고 그것을 말뚝 위에 놓으려 했다. 나는 그들이 하는 얘기를 엿들었다. 그들은 매우 합리적으로 보이는, 심지어, 호감이 간다고까지 말할 수 있는 사람들이었다.

새로운 산

드웨인과 내가 산길을 따라 하이킹을 하고 있었는데 갑자기 길이 갈라졌다. 내가 드웨인에게 말했다. "우리 지금 어느 쪽을 선택해야 하나?" "글쎄, 오른쪽 길은 푸른 악마의 스윙어 클럽으로 가고 왼쪽 길은 숲속의 작은 교회로 향하네." 그가 말했다. "난 하이킹을 좋아하는데." 내가 말했다. "나는 여기에 구원을 받거나 유혹당하기 위해 온 게 아니야." "우리는 그것들을 피해 돌아서 갈 수도 있어." 그가 말했다. "우리는 동물 만져보기 공원이 있는 북쪽으로 향할 수도 있어. 길을 꺾어 돌아가면 미국 농업교육진흥회 아이스링크 쪽으로 가고, 경사지를 내려가면 바스크족의 묘지와 군대의 연병장을 지나지." "나는 산에서 그냥 하이킹만 할 거라고 생각했어. 자연과 친해지면서, 새들과, 어쩌면 사슴, 그런 것 모두를 보면서." 내가 말했다. 드웨인이 말했다. "네가 지난번에 여기 오고 난 후 얼마나 됐지?" 나는 기억할 수가 없었다. 조금 지나서, 우리는 남북전쟁의 불런 전투*가 재현되고 있는 목장을 지났다. 뻔히 질 줄 알면서, 나는 북군을 응원했다. "이거 정말 우울하네." 내가 드웨인에게 말했다. "산에서 사는 삶이란 게 그런 면이 있어." 그가 말했다. 남군 쪽 아이들 몇몇이 우리에게 돌을 던져서 우리는 그걸 피해 달아나야 했다. 나는 이제 다음에 무슨 일이 있을지에 대한 걱정으로 가득했다. 사슴 한

---

* Battle of Bull Run. 불런 전투 또는 매너서스 전투(Battle of Manassas)는 미국 남북전쟁 중 있었던 전투이다. 1861년 7월과 1862년 8월에 같은 장소에서 두번 벌어졌고, 모두 남군이 승리하였다. 불런 전투는 북부에서 붙인 이름이며, 남부에서는 매너서스 전투라고 부른다.

마리가 우리를 지나 달려갔다. 사슴의 옆구리에는 스텐실로 뭔가가 찍혀 있었다. "뭐라고 쓰여 있는 거야?" 내가 드웨인에게 물었다. "브루노에게 한표를이라고 쓰여 있어. 브루노는 우리 지역 대표 의원이야. 이 산의 소유자이기도 하고." 그가 말했다. "그거 좋은데. 나는 확실히 그에게 투표할 거야." 내가 말했다. "오, 잭. 그렇게 쉽게 반응하지 마. 너는 여기 와본 적도 없잖아, 젠장. 게다가 너는 브루노가 누군지도 모르고. 산은 많은 사람들에게 기쁨을 주는 거야. 난 상관 안해. 내 말은 그러니까, 네가 여기서 무엇과 마주칠지 결코 알 수가 없다고. 이런 것은 항상 변하는 거야. 지난주에 나는 사무라이 전사에게 공격을 당했어. 정말로 재미있었어." 그가 말했다. 내가 구식이라는 느낌이 들었다. 말하자면 대홍수 이전 사람이라고 할 정도로. "너 알지? 내가 너의 어떤 점을 좋아하는지, 잭? 넌 그렇게 빌어먹을 대홍수 이전 사람이야." 드웨인이 말했다. "그렇지 않아." 내가 말했다. "난 그렇게 먼 옛날로까지 가지는 않아." 우리는 시어도어 루즈벨트의 동상을 지나갔다. 그것은 아주 잘 만들어져서, 아주 진짜 같았다. 그 곁에 너무 가까이 선다면 ― 난 이걸 당하고서야 알았는데 ― 그가 주먹으로 우리를 번개처럼 쳐 날릴 것이다. 그래서 나는 절벽 끝 너머로 날아간 것이다. 내가 정말로 떨어지고 있는지 아니면 가상공간에서의 모의추락인지는 알 수가 없었지만. 어느 쪽이든 간에, 비명을 지르는 게 당연해 보였고, 사람들은 아직도 비명을 지른다. 그렇지 않은가?

붉은 흙

근처 대학에서 온 고고학 팀이 우리 집 뒷마당을 파는 것을 허락해줄 수 있느냐고 물었다. 그래서 내가 안된다고 했다. 그들은 일이 끝나면 현재 상태로 잔디를 복원해주겠다고 약속했지만 나는 안된다고 했다. 그들은 대학에 돈이 없어서 보상금을 줄 수는 없으나, 그들이 내게 불편함을 끼치는 댓가로 개인 돈 오천 달러를 기꺼이 제공하겠다고 했다. 그래도 나는 안된다고 했다. 그 이후 나는 그들로부터 아무 말도 못 들었다. 왜 우리 마당에 그렇게 관심이 있는지 그들은 내게 결코 말해주지 않았다. 그리고 나는 물어볼 생각도 안했다. 나는 몇달 동안 그것 말고 다른 생각을 할 수 없었다. 거기에 고대 마야의 도시가 묻혔는지, 아니면 잉카, 에트루리아, 바이킹의 도시가 있다는 것인지? 그 어떤 것일 수도 있다. 나는 그 바로 위에 앉아 있다. 며칠 밤은 그것들에 대한 생각이 너무 많아서 거의 견딜 수가 없었다. 나는 그 희생자들의 비명소리를 들을 수 있었다. 나는 재규어 신이 냉철하게 황금 옥좌에서 지켜보는 것을 볼 수 있었다. 내가 어떻게 잠들 수가 있겠는가? 나는 이걸 누구에게도 말할 수 없었고, 경찰에 전화를 걸 수도 없었다. 나는 그들에게 해가 될지도 모른다는 두려움에 집에 사람들이 오는 것도 원치 않았다. 내 친구들은 내가 병들었다고 생각해서 내게 과일 바구니를 보냈다. 하긴, 나는 병이 든 것이나 마찬가지였다. 입맛을 잃었고 점점 약해졌다. 끝도 없이 목을 베는 참수와 사지 절단이 나를 멍청한 상태로 만들었다. 나는 재규어 신의 하인이 되었다. 물론 수천명 하인 중의 하나다. 그러나, 나는 그의 눈의 고요한 아름다움을 볼 수 있을 만큼 그에게 가까이 다가가게 되었다. 어떻게 내가 그의 존재 이유를 의심이나 할 수 있겠는가. 밤에는, 나는 거대한 공동 침실에서 다른 하인들과 함께 잤다. 우리들은 천사들만큼이나 평화로웠다. 바람이 불면 미세한, 붉은 흙이 기어 들어와 마루를 덮는다. 나는 우리가 그 안에서 날마다 조금씩 더 파묻히고 있는 꿈을 꾼다. 우리는 우리의 많은 임무들을 해낸다. 그러나 흙은 우리 위에 조금씩 쌓인다. 그 자체로, 그것은 아름답다. 그것이 만드는 파문은, 마치 시간의 휘파람 같았다. 아무도 그 사실을 말하지 않는다. 이런 식으로 가는 게 최선이다. 한 농부의 딸이 나를 보고 미소 지었다; 그리고 그녀는 사라졌다.

길 잃은 거위들

우리 집 진입로로 걸스카우트들이 걸어오는 것을 보고 나는 벽장으로 가서, 그들의 문 두드리는 소리가 잠잠해진 한참 후에까지 숨어 있었다. 그걸 뭐라고 불러야 할지는 모르나, 나는 걸스카우트에 대해 불합리한 공포심이 있다. 그거 말고는, 나는 아주 정상이라고 생각한다. 사브리나가 내게 전화해서 그녀의 금붕어가 죽었다고 말했다. 그녀는 실제로 흐느껴 울고 있었다. "얼마나 오랫동안 금붕어를 키웠어?" 내가 물었다. "단 일주일이야. 그러나, 아직도 나는 그를 사랑해. 우리 엄마의 비열한 고양이 때문에 나는 어린 시절 내내 금붕어 한마리 키우는 걸 절대로 허락받지 못했다고. 그리고 이젠 이런 일이 벌어진 거지." 그녀가 말했다. "바로 나가서 또다른 금붕어를 살 수 없어?" 내가 말했다. 그녀는 전화를 끊었다. 내 생각에 그것은 상당히 무신경한 말이었으나, 난 친절하게 하려고 그렇게 한 것이었다. 난 사브리나의 엄마를 알고 있다. 그리고, 그것은 사실이다. 그녀가 사브리나 혹은 다른 누구보다도 더 그 고양이 미피를 사랑했다는 것. 살찐 못생긴 고양이였다. 나는 신기한 도구들의 카탈로그를 훌훌 넘기고 있었다. 내가 필요로 하는 것은 하나도 없으나, 모두 내가 갖고 싶은 것들이었다. 그때 전화가 다시 울렸다. 이번에는 내 옛 친구 요아킴이었다. 그는 야생마를 길들이는 일을 했었는데, 그다음엔 한동안 뜨내기 생활을 했다. 나는 요아킴이 돈을 많이 버는 자기 길을 찾아내기 전까지는, 늘 한편에 그에 대한 특별한 마음을 지니고 있었다. 그런데 이제는 그가 나를 죽도록 지겹게 한다. 그러나 나는 그에게 이걸 말할 수는 없다. 그는 우리 집에서 함께 농구 게임을 보기를 원했다. 그러나 나는 보고서를 작성하느라 늦게까지 일하고 있다고 말했다. 요아킴은 현재 내가 실업자라는 것을 알지만 내게 아무 말도 안할 정도의 양식은 갖고 있었다. 내가 아는 사브리나로 말할 것 같으면, 그녀는 아마 이름도 없는 그 금붕어를 위해, 교회 음악과 꽃과 양초들을 갖추어 정성스러운 장례식을 거행할 것이다. 그녀는 나를 초대할지 말지 고민할 것이고, 결국에는 나를 초대하지 않을 것이다. 좋다. 나는 물고기 장례식은 싫다. 나는 토오꾜오의 탈선한 젊은이들에 관한 신문기사를 읽었는데, 그 젊은이들이 어떤 새로운 약을 먹으면 그들이 성공한 기업의 중역이 된 것 같은 느낌을 준다는 이야기였다. 그래서 온갖 종류의 말썽을 일으키는 대신에 그들은 밤새도록 깨어 있으면서 거래를 한다는 것이다. 경찰 대변인은 그 약을 승인한다고 말했고, 그 약이 인격형성에 도움이 되리라고 생각한다고 했다. 범죄가 줄어든다. 그 아이들은 아침에 골목에서 깨어나고, 그리고 자신이 누구인지를 모를 것이다. 아마도 그것은 나를 위한 약일지도 모른다. 뭔가가 나를 위해서도 효력을 발휘할 것이다. 늘 그렇다. 내가 오늘 본, 길 잃은 저 거위들 중의 하나가 바로 나 같다. 하늘을 빙빙 돌면서, 거위들은 더이상 애초의 계획을 기억하지 않는다. 그러나 그들은 어딘가에서 연못 하나를 발견한다, 아주 좋은 연못이다. 그래서 그들은 거기 머물고 그것을 집이라 부른다. 이런 것이 뭐가 그렇게 슬픈가? 오 확실히, 이것은 전통을 깨는 일이다. 그리고 그들은 자기들이 어디에 있는지 거의 모른다. 그러나 그들은 자기 방식대로 행복하다. 그들은 주변을 돈다. 이따금씩 그냥 그들이 날 수 있다는 것을 보여주기 위해서만 돈다. 그러고는 연못으로 다시 돌진한다. 그리고 둥글게 활강한다. 당당함을 보이며. "무슨 일이야?" 그들 중의 하나가 말한다. "입 닥쳐." 다른 누군가가 말한다.

집으로 가는 먼 여행

지니는 지난 8년간을 덕 폰드 까페에서 웨이트리스로 일해왔다. 그리고 그동안 꽤 이상한 인물을 여럿 만났다. 그러나, 지난주에는 이상한 그 모두를 능가하고도 남을 만한 사람이 나타났다. 그는 죽은 사람이었다. 그는 발을 질질 끌고 들어와서는 칸막이 자리에 무너지듯 앉았고, 머리조차 제대로 가누지 못했다. 그녀는 그에게 물 한잔과 메뉴판을 가져다주었다. 그는 물잔을 두 손으로 움켜쥐고, 그의 메마른 입술로 천천히 가져갔다. 물의 반은 그의 더러운 푸른 정장에 흘러내렸으나, 그는 상관하지 않는 것처럼 보였다. "아, 정말 맛있는데." 가늘고 쉰 듯한 목소리로 그가 말했다. 지니가 그에게 또 한잔을 부어주었고, 그는 즉시 마셔버렸다. 비록 그의 눈은 거의 텅 비었지만, 그는 깊은 감사의 표시를 담아 그녀를 바라보았다. 그리고 그는 흥분해서 메뉴판을 살펴보았다. "더블 치즈버거와 특대 감자튀김 주세요." 그가 말했다. 그녀는 주문서를 요리사 데니스에게 전달했다. 그러나 죽은 고객에 관해서는 아무런 말도 하지 않았다. 그녀는 그의 물잔을 여러번 채워주었고, 그때마다 그는 그녀에게 고맙다고 했고, 미소를 지으려고 했다. 그의 음식이 마침내 준비되자 그녀는 그것을 가져왔고 그는 경외의 눈으로 그것을 바라보았다. "드세요." 그녀가 말했고, 그가 대답했다. "그럼, 그럼요. 물론 먹을 거예요." 그녀는 카운터로 돌아가서 그가 몇분 만에 그것을 게걸스레 몽땅 먹어치우는 것을 바라보았다. 그녀가 그의 테이블을 치우러 갔을 때 그가 말했다. "똑같은 것으로 한번 더 먹고 싶어요. 가능한가요? 그렇게 못하는 어떤 규정 같은 게 있나요?" "물론 그런 건 없지요." 그녀가 말했다. "바로 나올 거예요."
그녀는 주문서를 데니스에게 전달했고, 그리고 방금 자리에 앉은
다섯 식구인 한 가족의 주문을 받았다. 그들에게는 죽은 사람이 보
이지 않아서 그녀는 다행스럽게 생각했다. 그가 두번째 식사를 마
친 후, 그녀는 그에게 어떤 디저트를 먹고 싶은지를 물었다. "오,
네. 참으로, 그것 훌륭하겠네요." 그가 말했다. 그는 애플파이 한개
와 바닐라 아이스크림 세주걱을 원했다. 그는 목소리를 다시 되찾
았고, 그의 눈은 약간 번득이기까지 했다. 그녀가 디저트를 가져다
주었을 때, 그는 그녀에게 깊은 감사를 표했고, 손을 뻗어 그녀의
손에 대었다. 그녀는 놀라 얼어붙었지만 곧 제정신을 차렸고, 그의
손을 잡았다. "이름이 무엇인지요?" 그녀가 말했다. 그가 그녀에게
미소 지었다. "내가 이제 먹어도 될까요?" 그가 말했다. "물론이지
요. 제가 무례했군요." 그녀가 말했다. 그러고는 카운터로 돌아갔
다. 지니는 다섯 식구인 그 가족에게 음식을 가져다주었다. 그들은
갑자기 매우 요란하고 성가셔 보였다. 그녀는 아주 조용하고 감사
할 줄 아는, 죽은 남자와 함께 있는 것이 훨씬 더 나았다. 그가 디저
트를 끝내자, 지니는 그에게 계산서를 가져다주었는데, 그는 그것
을 오랫동안 들여다보았다. 그는 주머니를 몽땅 뒤졌으나 소용이
없었다. "그럼 됐어요." 지니가 말했다. "걱정 말아요." "내가 너무
나 배가 고파서 돈에 관한 것을 생각 못했네요. 내가 몹쓸 짓을 했
네요." 그가 말했다. "아니, 아니에요. 이 음식을 당신에게 준 것이
영광이에요. 당신은 그것이 필요했어요. 내가 알 수 있었어요." 그

녀가 말했다. "그런데 당신, 갈 데는 있어요?" 그가 그것을 떠올리자 그의 얼굴이 고통스러워 보였다. "모든 사람은 갈 곳이 있지요. 나도 찾아낼 거예요. 어떻게 찾을지는 몰라요. 그러나, 어쩌면 내게 무엇인가 나타나겠지요. 나는 그냥 계속 걸어갈 거예요. 누군가가 나를 알아볼지도 모르지요." 그가 말했다. "당신은 그저 힘을 되찾아야 했던 거예요." 지니가 말했다. 그가 우뚝 섰다. "말로 다 할 수 없이 너무 고마워요." 그가 말했다. 그리고 그녀와 악수했다. 그녀는 창가에 서서 그가 거리를 걸어 내려가는 것을 쳐다보았고, 지나가는 사람들의 얼굴도 뚫어지게 살펴보았다. 그는 누군가의 아버지이거나 남편이거나 혹은 그 누구이겠지만, 그러나 그는 보이지 않을지도 모른다.

왕국이 오다

어느 날 밤, 저녁을 먹고 났는데 에이미가 임신했다고 내게 선언했다. 결혼 생활 3년 동안 우리는 아이에 대해서는 언급한 적이 없었기 때문에 나는 놀라서, 정말로 어떤 기분인지를 생각해낼 때까지 꾸며낸 반응을 보일 수밖에 없었다. "이거 정말 굉장하군, 에이미." 내가 말했다. "우리가 부모가 될 거라니. 당신은 나를 세상에서 가장 행복한 남자로 만들었어.""이건 놀랄 만한 사건이라 할 수 있지, 안 그래? 그러니까 내 말은 이것이 우리가 의도했던 바는 아니었지만." 그녀가 말했다. "아마도 이것이 최상의 길이었을 거야. 우리가 의도하지 않았기 때문에, 정말 이렇게 돼야만 했다는 걸 증명하는 거야." 내가 말했다. 이후 몇주 동안, 나는 조그만 아기를 돌보는 우리의 모습을 그려보고자 애썼다. 나는 끔찍하게 끽끽거리는 털 없는 아기 새를 볼 수 있었고, 점안기를 가지고 아기 새를 향해 기어가고 있었다. 점안기는 곧 비수로 바뀌었다. 에이미는 마치 괴물상像처럼 카우치 등받이 위에 앉아, 으르렁거리며 쉿쉿 소리를 내고 있었다. 대체로 이것이 내가 상상할 수 있는 부모로서의 우리 모습이었다. 우리는 아무에게도 우리의 희소식을 알리지 않았다. 우리는 이 일에 대해 말도 꺼내지 않았다. 에이미가 진찰을 받으러 갈 때도 나에게 간다고 말조차 하지 않았다. 우리는 어떤 매우 비현실적인 영역을 통과해 항해하고 있었다, 그리고 아기는 우리의 죽음의 배의 선장이었다. 나는 항상 텔레비전으로 야구를 보았다. 응원하며, 미친 사람처럼 소리 지르며. 그때 나는 사실 누가 경기를 하고 어떻게 되어가고 있는지에 대해 전혀 모르고 있었다. 그것은 아기가 만들어낸 내 인생의 빈 공간을 엉망으로 채우려는 것이었다. 에이미가 나와 함께 거기에 앉아 있었고 가끔씩 "나쁜 녀석들, 죽여버려"와 같은 말들을 소리쳤다. 그리고 나를 흘긋 보고는 거의 교태스럽게 미소를 지었다. 내가 자기를 좀 자랑스러워하기를 바라면서. 실제로 나는 그녀가 자랑스러웠다. 한주 한주 지날수록 그녀는 부풀어올랐다. 나는 그녀의 배를 하나의 피냐타 게임*으로 생각했다. 그리고 어느 날 내가 적당한 눈가리개를 하고 막대기로 그것을 친다면, 아주 멋진 사탕과 과일과 선물들이 쏟아져나올 것이라 생각했다. 에이미는 코끼리 머리 같은 걸 뒤집어쓰고 집 안 구석구석을 돌 때마다 큰 소리로 으르렁거렸다면 어울렸을 것이다. 그렇게 그녀는 거대해졌다. 나는 그녀를 숭배하고, 동시에 두려워하기 시작했다. 그녀에게 차와 쿠키를 가져다줄 때마다 나는 절을 했다. 그녀는 말없이 이것을 복종의 제스처로 받아들였다, 마치 그것이 그녀의 당연한 권리라는 듯이. 그녀는 여왕이었다. 그리고 나는, 그녀의 천한 종이었다. 나는 많은 의무를 수행하는 데 굉장한 자부심을 갖고 있었다. 나는 그녀를 목욕시키는 것 빼고 모든 것을 했다. 그것은 전적으로 전문업자들에게 하청을 줘야 할 별개의 작업이었다. 아기가 이런 일과는 어떤 관계가 있는지를 우리가 둘 다 잊고 있다고 나는 생각했다. 지금까지 하던 일만 해도 할 일은 너무 많았다. 나는 굉장히 크고, 보석으로 장식된 귀부인을 위한 가

---

* pinata game. 미국 내 스페인어권 사회에서 아이들이 파티 때 눈을 가리고 장난감과 사탕이 가득 든 통을 막대기로 쳐서 넘어뜨리는 놀이.

운을 만들려고 바느질을 했다. 밤새도록 빵을 구웠다. 요리를 했다. 맛있는 음식들을 사러 다녔다. 나는 그녀의 중요한 무도회를 위해 전속 기사 노릇을 했고, 여러시간 동안 차 옆에서 기다리며, 나 자신을 깨어 있게 하려고 별을 세고 있었다. 한번도 나 자신에 대해 연민을 느낀다거나 나의 헌신에 의문을 가져본 적도 없었다. 그러던 어느 날, 그녀가 내게 말했다. "제이슨, 나오는 것 같아." "뭐가 나와?" 내가 말했다. "아기." 그녀가 말했다. 나는 멍해졌다. 나는 문자 그대로 그녀의 말을 파악할 수가 없었다. 우리의 최근 생활은 너무나 장대했다. 비록 나는 단순한 종에 불과했지만. "그러나 황후님." 내가 말했다. "이 집에는 아기를 위한 자리가 없는데. 더군다나, 나는 시간이 없는데요. 내 시간은 몽땅 당신의 요구를 만족시키는 데 바치고 있고요. 내가 이렇게 말하는 걸 용서해주신다면, 당신은 요구사항이 많아요. 아기가 나의 이 불쌍한 낙타 등을 부숴버릴 것 같네요." "그것은 그렇다 치고." 그녀가 말했다. "아기가 나온단 말이야." 그날 밤, 나는 불길한 예감으로 가득했다. 나는 징기스칸 야만족이 우리의 작은 왕국을 폭행하고 약탈하기 위해 산을 넘어 달려오는 말굽소리를 들을 수 있었고, 나는 자비를 달라고 외쳤다. 그러나 그런 것은 없었다. 단지 그때부터 작은 아기가 있었을 뿐이다.

전통적인 치료법

내가 병원에서 풀려나왔을 때, 나를 기다리는 사람은 아무도 없었다. 병원은 내가 거의 알지 못하는 도시의 한켠에 있었다. 거리는 조용했고, 거의 황폐했다. 나는 랜드마크를 찾기 위해 지평선을 살폈지만 실패했다. 나는 슬픔에 잠긴 프리미안가를 걸어 내려가기 시작했다. 널빤지로 막은 가게들, 문신 가게, 전당포, 점집, 말일 순복음 敎회가 있었다. 나는 계속 걸었다. 얼마 후, 마당에서 아이들이 놀고 있는 작은 집들이 나타났다. 그다음에는, 점점 더 큰 집들이 나타났다. 작은 나무들이 다듬어져 있고, 좋은 차들이 진입로에 서 있었다. 그러나 여전히 나는 아무것도 알 수가 없었고, 아무도 나에게 말을 걸지 않았다. 어쩌면, 내가 여기 사는 게 아니라는 생각이 들었다. 나는 저택들 중 한 집의 계단을 올라가 초인종을 울렸다. 만약 누군가가 응답한다 해도 무슨 말을 해야 할지는 몰랐다. 나는 재차 벨을 울렸다. 아무도 대답하지 않아서 문의 손잡이를 돌려봤다. 놀랍게도 문이 열렸고, 나는 안으로 곧장 들어갔다. "나 집에 왔어." 나는 소리쳤다. 아주 커다란 집이었고, 사랑스러운 나선의 계단이 한쪽에 있었고, 귀족들이나 사용할 만한 식당이 있었다. 이상하게도, 순간적으로 이게 내 집이라는 느낌이 들었다. 나는 냉장고를 들여다보았고, 당장의 허기는 해결할 수 있을 만큼의 먹다 남은 구운 닭고기를 찾아냈다. 나는 아이스티 한잔을 따라가지고는 이 방 저 방으로 걸어다녔다. 내 완벽한 취향에 감탄하면서. 벽난로 위의 선반에 있는 액자 속 가족사진은 내게 많은 기억들을 떠올리게 했다. 나는 한참 동안 서서 그것들을 들여다보았다. 내가 발자국 소리를 들었을 때 나는 몽상에 잠겨 있었다. 나는 허둥댈 새도 없이, 한 아이, 거의 예닐곱살쯤 되는 한 소년과 마주쳤다. "누구세요?" 소년이 물었다. "나는 너의 아버지다." 내가 말했다. "아니요, 아버지가 아니에요." 그애가 말했다. "그럼 나는 너의 삼촌이다." 내가 말했다. "아니요, 삼촌도 아니에요." 그애가 말했다. "그러면 나는 누구니?" 내가 말했다. "당신은 도둑이에요." 그애가 말했다. "아니, 난 도둑이 아니야." 내가 말했다. "그럼 당신은 살인범이에요." 그애가 말했다. "아니, 아니야." 내가 말했다. "당신은 배관공이나 전기기사처럼 보이지는 않는데요." 그애가 말했다. "그 어느 것도 아니야." 내가 말했다. "난 방금 병원에서 나와서 길을 잃었어." "그 말로도 여전히 우리 집에 나타난 당신을 설명할 수는 없어요." 그애가 말했다. "네 이름이 뭐냐?" 내가 물었다. "내 이름은 헌터예요." 그애가 말했다. "음 사실은 애 헌터, 나는 형사야. 나는 매우 심각한 혐의를 받고 있는 너의 아버지를 조사하는 중이야." 내가 말했다. "당신이 그 망할 놈을 체포하기 바라요." 그애가 말했다. "나는 우리가 그를 감옥에 오래 가둬둘 수 있는 모든 증거를 다 갖고 있다고 생각해." 내가 말했다. "좋아요." 헌터가 말했다. "나는 가서 우유를 좀 마실 거예요. 좀 드릴까요?" "고마워, 그러나 난 아이스티를 마셨는데." 내가 말했다. 나는 앞문의 손잡이에서 내 지문을 문질러 없앴다. 그리고 조용히 문을 닫았다. 그 저택들을 지나자 점차로 수수한 집들이 나타났다. 여자들이 유모차를 밀고 있었고, 버스들이 털털거리며 길을 가고 있었다. 늙은 남자들이 벤치에

173

앉아 신문을 읽고 있었다. 나는 한 사람 옆에 앉아서 말했다. "로커스트가를 찾는데, 도와주실 수 있나요?" "당신은 로커스트가에 있어. 로커스트가는 세계의 끝까지 이어지지. 당신이 충분히 오래 살게 되면 모든 것이 로커스트가가 돼. 당신 뭐야? 돌았어? 아니면 뭐야?" 그가 말했다. "그렇군요." 내가 말했다. "실례했습니다. 내가 교각에 매달려 있는 건지, 비행기에서 뛰어내린 건지, 순간적으로 아찔한 현기증이 있었어요. 그러나 지금은 정신을 차리고, 갈 길을 가는 중입니다. 귀찮게 해서 미안해요." 나는 이제 내가 어디에 있는지 알게 되었다. 나는 거의 집에 다 왔다. 나는 무너져내리는 돌더미 아래 바닷가 절벽에 사는 것이었다. 아, 아름다운 바다여!

민중들이 사는 방식

5분마다 매번 경찰차가 확성기로 우리에게 밖에 나오지 말라고 말하면서 다녔다. 내가 아멜리아에게 말했다. "밖에 무슨 일이 일어나고 있는지 알고 싶어 죽을 지경이야." 그녀가 말했다. "그것이 바로 그들이 저러고 다니는 이유라고. 그런 것 같지 않아?" "바깥 날씨는 멋진 것 같은데. 어떤 악귀들이 밖에 잠복하고 있는 것처럼 보이지는 않아. 모든 것이 피어나고, 푸른 하늘에, 사랑스러운 하얀 구름에." 내가 말했다. "바로 그런 때에 그들이 공격하지." 그녀가 말했다. "누가?" 내가 말했다. "젠장 내가 그걸 어떻게 알아?" 그녀가 말했다. "어떤 종류의 유령은, 경찰에게만 알려져 있고 경찰에게만 보이지." "음, 그거 어처구니없네. 왜 내가 경찰을 믿어야만 하나. 자, 만약에 경찰이 산 사자가 제멋대로 이 동네에 나다닌다고 우리에게 말한다면, 그 사건은 내가 이해하고 존중할 수 있을 만한 것이지." 내가 말했다. "나는 시내까지 걸어갈 거야." 아멜리아는 나를 말리려고 하지 않았다. "저녁식사 때까지는 오는 것으로 알고 있을게." 그게 그녀가 한 말의 전부다. 경찰차가 오는 소리를 들을 때마다 나는 나무나 덤불 뒤에 숨었다. 어느 누구도 운전을 한다거나 걷는다거나 자기 집 마당에서 일하거나 하지는 않았다. 내가 겁쟁이들과 같은 마을에 함께 살고 있다는 생각이 나를 슬프게 했다. 그래도 새들은 노래하고 있었고, 그것이 나를 유쾌한 곡조로 휘파람을 불게 했다. 피하고 숨고 그러는 것은 내가 꺼려하지 않는 게임이었다. 만약 내가 걸리면 벌을 받는다는 생각은 했지만, 경찰들이 괴물들은 아니지. 그들이 내 새끼손가락을 자른다거나 그 비슷

175

한 짓을 하지는 않을 것이다. 그들은 나를 눈 멀게 하지도 않을 것이다. 그들은 그냥 내가 볼 수는 없는 것들을 두려워할 뿐이다. 또 다른 순찰차가 오는 소리를 들었을 때 나는 작은 시냇물 위에 있는 다리를 건너고 있었다. 거기에는 숨을 데가 없어서 본능적으로 난간을 넘어 물속으로 뛰어들었다. 물은 그렇게 깊지는 않았다. 다만 몇개의 돌들에 부딪혀 발목을 삐었다. 나는 경찰차가 지나갈 때까지 차가운 물속에 웅크리고 있었다. 발목이 지독하게 아팠다. 나는 다리 아래 둑으로 기어 올라갔다. 울고 싶은 심정이었다. 나는 또다른 순찰차가 공포스러운 메시지를 크게 쏟아내면서 다가오는 것을 들을 수 있었다. 내가 다음에 무슨 짓을 하게 될지 그게 두려웠다. 나는 얼굴에 묻은 진흙을 닦아내려고 했다. 나는 다리 아래에서 내 몸을 끌고 나와 길을 샅샅이 살펴보았다. 나는 제방으로 나를 끌어올렸고, 쑤시는 고통에 대해서는 생각하지 않으려고 했다. 갑자기 그 도로가 어떤 일이라도 일어날 것 같은 곳으로 보였고, 그 일을 일으킬 힘이 나에게 있었다. 나는 공황상태에 빠졌다. 그러나 어느 길로 달아나야 할지 몰랐다. 나는 집에 대한 기억이라곤 없는, 탈옥한 죄수 같은 느낌이었다. 살아남기 위해 살인도 마다 않을 본능만이 있었다. 경찰이 내게 가까이 다가오고 있었다. 개 짖는 소리가 들렸다. 나는 어느 집 마당에 있는 조팝나무 덤불 아래로 몸을 숨겼다. "이제 모든 게 끝났어요. 당신은 나와도 돼요." 자동차에서 말했다. 몇분 후에, 집주인이 앞문을 열고 그의 개를 내보냈다. 개는 곧바로 내게로 오더니 킁킁거리기 시작했다. 집주인이 내게로 걸어와서 나를 쳐다보았다. "당신 여기서 도대체 뭐 하고 있는 거야?" 그가 말했다. "유령이 내 발목을 물었어요." 내가 말했다. "아무것도 아니에요. 나는 괜찮을 거예요." "그것은 어떻게 생겼던가요?" 그가 말했다. "그것을 볼 수 없다는 것, 그게 바로 유령이지요. 유령은 그 어떤 것과도 닮지 않았지요. 당신이 길을 따라 걷다보면 날씨는 멋진 날인데, 그다음, 퉁! 그것이 당신을 칠 거예요." 내가 말했다. "당신은 경찰 말을 안 들었지요, 그렇죠?" 그가 말했다. "경찰이 이미 유령에 씌어 조종당하는 건지 아닌지 당신이 어떻게 알아?" 내가 말했다. 그가 나를 뚫어지게 보았다. "당신은 내 소유지 위에 있어요, 그거 알아요?" 그가 말했다. "난 떠날 거예요." 내가 말했다. "아름다운 날이군요." 그가 말했다. "이보다 더 좋은 걸 바랄 수는 없지." 내가 말했다.

진딧물 키우는 농부들

나는 개미에 관한 책을 읽고 있었다. 만약 한 개미가 또다른 개미부락을 공격하다가 잡힌다면, 그 개미는 자기를 사로잡은 병정개미의 노예가 된다. 그리고 그 개미는 병정개미가 요구하는 모든 것을 수행하기 위해 나머지 생을 보낸다. 병정개미가 차츰 뚱뚱해지고, 약해지다가 그리고 결국에는 완전히 무력해져서, 제 명대로 살지 못하고 죽음을 맞을 때까지. 그리고 개미들은 가축농장을 가지고 있는데, 그러니까 이에 상응하는 것이, 즉 개미들의 경우에는 그 가축이란 것이 바로 진딧물이다. 개미들은 진딧물을 데리고 목장으로 가서, 그들의 젖을 짜고, 그들에게 깨끗한 잠자리를 제공한다. 어떤 개미들은 오직 환기만을 위해 일한다. 건축가 개미들은 신세대를 위한 방을 마련하려고 계속해서 부락을 확장한다. 그리고 여왕개미는 한쌍의 날개가 있는데, 이 날개는 그녀의 긴 생애 동안 오직 한번만 쓰게 된다. 알들을 계속 낳아 내보내면, 알들은 그녀를 받드는 수행 시종들의 헌신적인 보살핌을 받는다. 이 모든 일에는 가슴이 아픈 무언가가 있다. 해지기 전에 목장에서 진딧물을 몰고 돌아오는 일, 그리고 젖을 짜는 일. 오 낙농하는 농부의 삶이라니! 나는 책을 내려놓았다. 진딧물은 허니듀라고 불리는 달콤한 액체를 준다. 이것이 개미들이 진디물의 꽁무니에서 핥고 싶어하는 것이다. 내가 이 모든 것을 읽는 동안 천둥을 동반한 폭우가 지나갔다. 하늘은 매우 매혹적이었다. 창백한 녹색이기는 했지만. 한마리 지빠귀새가 다른 지빠귀에게 농담을 했고, 비록 나쁜 농담이었지만 그들은 둘 다 웃었다. 풀은 밤에 자라고, 우리들이 자는 동안에도 자라니, 그들은 아주 엉큼한 풀이다. 차 한대가 우리 집 진입로로 들어올 때 나는 부엌 문간에 서 있었다. 나는 누가 올 거라 예상하지 않고 있었다. 그는 해충구제하는 사람이었다. 그는 차에서 내리더니 집 주변 전체에 스프레이를 뿌리기 시작했다. 그것은 수년 전에 내가 계약한 것이었는데, 이제는 나는 왜 그랬는지 기억조차 못한다. 그는 약 2분 만에 가버렸고, 광대한 문명을 폐허로 만들어놓았다. 멀리서 번개가 언덕을 치고 있었다. 암수 한쌍의 홍관조가 새 목욕용 수반에 뛰어들더니 사방으로 물을 튀겼다. 전화기가 울리고 있었다. 난 전화를 받아야 할지 말아야 할지 알 수가 없었다. 난 장난전화를 받은 적이 있었다. 겁나는 생각을 가진 진짜 미친 사람들이 있었다. 그러나 한편으로는, 아 내가 백만 달러를 따게 됐는지도 모른다. 그 전화를 놓치게 된다면 정말 안될 일이다. 나는 전화기 앞으로 가서 그것을 쳐다봤다. 그러자, 전화는 소리를 멈췄다. 졸린이 첫 칵테일을 먹고 외로워져서 내게 전화를 걸고 싶어하는 때가 대략 오후 이때쯤이다. 꽤 오랫동안 나는 그녀를 도우려고 했다. 그러나 늘 같은 이야기였다. 그녀가 잃어버린 아름다움, 외롭게 늙어가는 것에 대한 두려움. 그리고, 그녀는 넘어져서 다리가 부러졌다. 그래서 한동안 운전을 못했다. 그녀는 술과 식료품들을 배달시켰다. 그런 일이 그렇게 나쁘지는 않았다. 그러나 그다음, 그녀는 배달 소년과 사랑에 빠졌고, 몇몇 당황스러운 소동 후에, 그 소년은 더이상 배달을 안하게 됐다. 그래서, 그다음엔, 내가 이상한 에피소드에도 불구하고, 두달 동안 그녀를 도와주었다. 그녀를 도

179

울 다른 사람이 아무도 없었다. 나는 선택의 여지가 없었다. 생각으로부터 벗어나기 위해 나는 밖에 나가 걸었다. 해가 막 지려고 하는 바로 그 순간 태양이 자신을 나타내려고 몸부림을 치고 있었다. 다람쥐 두마리가 노간주나무 주변에서 서로를 쫓고 있었다. 대기는 신선하고 깨끗했다. 마치 사람들이 지금으로부터 천년 후에나 찾아낼 뭔가를 건설할 수 있을 것처럼. 그러면 그들은 놀라움 속에서 그것을 응시할 것이다. 그리고 말할 것이다. "마침내 이것이 바로 그것이야. 이것이 우리가 그토록 기다려왔던 그 숨겨진 비전秘傳이야."

방문 학자

많은 사람들이 시내에서 여우를 보았다고 제보했다. 한 부인은 맹세컨대 여우가 입에 초록색 테니스공을 물고 보도 위에서 그녀를 방금 지나쳐갔다고 했다. 테니스공, 그 구체적 상세함이 그녀를 무척 당황스럽게 한 듯했다. 또다른 사람은 여우가 법원 마당 깃대 옆에서 낮잠 자는 것을 보았다고 했다. 자동차들은 여우가 길을 건너게 하려고 급정거하느라 끼익 소리를 냈다. 여우가 레스토랑의 문간에 서 있는 것이 목격되었다. 한 부인은 여우가 서서 그녀의 유모차 안을 훔쳐봤고, 그래서 아기가 여우를 만지려고 했다고 주장했다. 여우의 크기와 정확한 색깔에 대한 말들은 굉장히 다양했으나, 우리들 중에 여우가 있다는 것에 대해서는 모두가 동의했다. 신문사에서 최고로 뽑힌 여우 사진에 오백 달러의 상을 주겠다고 제의했고, 나는 카메라를 들고 찍을 준비를 하고서는 시내 주변을 돌아다니기 시작했다. 많은 사람들이 카메라를 들고는 거리를 세심하게 살펴보고 있었다. 나는 여우가 이 사람들의 무리 한가운데를 뚫고 지나가는 것을 보았다, 그런데 아무도 알아채지 못했다. 나는 이 사실에 너무 매료되어서, 사진 찍는 걸 잊어버렸다. "오늘 그 여우를 보았나요?" 그들 중 하나가 내게 물었다. "무슨 여우?" 내가 말했다. 여우는 더 공공연하게 다닐수록 군중들과 더 잘 섞이는 것 같았다. 한번은 그가 분홍 털목도리를 두르고 있는 것을 보았는데, 그는 그것을 너무나 자랑스러워하는 것처럼 보였다. 그리고 또 한번은, 그가 중국요리를 테이크아웃 상자에 담아 입에 물고 가고 있었다. 신문에서는 결코 그의 사진을 싣지 못했고, 사람들은 카메라 가지고 다니는 것을 그만두었다. 나는 시내에 갈 때마다 그를 매번 보게 된다. 왜 내게만 보이는지? 나도 몰랐지만, 난 그 것 말고는 딴생각은 별로 안했다. 한번은 그가 밀짚모자에 선글라스를 끼고 은행 출입구 바로 밖에 앉아 있는 것을 보았다. 고객들이 들어오고 나가고, 서로 고개를 끄덕이기도 했고, 또 어떤 사람은 그에게까지 인사를 했다. 여우는 정중한 방식으로 답례 인사를 했다. 그리고는 어느 날, 나 역시, 그를 볼 수가 없었다. 나는 그가 여전히 거기 있다는 걸 알았다. 그가 도처에 있다는 것을 느낄 수 있었다. 그러나 더이상 보이지는 않았다. 그는 매우 철저하게 우리의 모든 계층에 잠입했다. 나는 가끔씩 낯선 사람과 이야기할 때, 내 자신이 그들의 눈을 살피고 있다는 것을 알았다. 상상의 날개를 펴 즐거워하며. 또 그들이 말할 때, 나는 그들의 이빨을 확인했다. 그를 다시 보는 희망조차 포기하고 한참이 지난 어느 날, 아이스크림 가게 옆 골목에서 그 여우를 보았다. 나는 내 친구 미치와 함께 있었다. 나는 그를 가리키면서 그녀에게 보라고 말했다. 그는 더럽고 말랐고, 거의 굶어 죽을 것처럼 보였다. "커다란 쥐네!" 그녀가 말했다. "아니야. 저건 여우야. 그를 기억하지 못하는 거야?" 내가 말했다. "위험해. 우리를 죽일지도 몰라." 그녀가 말했다. "병들었어." 내가 말했다. "죽어가고 있어." 여우는 쭈그리고 있었다. 그리고 겨우 들을 수 있는 쉰 목소리를 냈다. 나는 그를 향해 걷기 시작했다. "가지 마, 닐. 물릴 거야." 미치가 말했다. 나는 그를 향해 손을 뻗었다. "닐!" 미치가 다시 소리쳤다. "저건 거대한 쥐야. 전염병에 걸릴 거야." 나는 그의 머리 위에 손을 얹었다. 그것은 내 눈 바로 앞에서 움츠러들기 시작하더니, 그러고는 사라졌고, 마침내 내 손에는 붉은 털 몇가닥만이 쥐어져 있었다. "무슨 일이 일어난 거야?" 미치가 말했다. "그가 집에 간 것 같아." 내가 말했다. "여기서 그 집이 먼가?" 그녀가 말했다. "아니." 내가 말했다. "그는 저 장례식장 위에 있는 아파트에 살고 있는 것 같아. 나는 그가 책을 쓰고 있다고 생각해."

재현하는 사람들

나는 길모퉁이에서 지나가는 사람들을 보며 그냥 서 있었다. 가끔 아는 사람들이 잡담을 하려고 멈춰 서곤 했다. "중국에 일년 가 있다가 방금 돌아왔어." "오 난 당신이 간 것도 모르고 있었네." "우리 개가 방금 한 배에 여덟마리의 새끼를 낳았어. 한마리 갖고 싶어?" "고마워. 여덟마리 다 갖고 싶지만 오늘은 말고." "이봐 블레이크, 나 신문에서 당신을 봤어. 그거 정말 이상한 기사였어. 그거 사실이 아니지, 그렇지?" "나는 물어보는 그런 인간이 아니야. 그러니까 내 인생이라 할지라도, 뭐가 어떻게 돼가는지를 누가 말할 수 있겠냐는 거지." 나는 인정해야 한다. 사실 그 사람들 중 누구의 이름도 모른다. 그들을 알기는 한다. 그는 서점에서 큰 소리로 혼자 말하는 바로 그 사람이고, 그리고 저 사람은 실직한 사람이고, 그리고 저 사람은 사기꾼이고, 그리고 저 사람은 개인 상해 소송에서 백만 달러를 받아먹은 사람이다. 그때, 오토바이 대열이 시내를 요란하게 가로질러 갔다. 오토바이에 커다란 자부심을 가진 늙은 남자들의, 어느 토요일의 외출이었다. 아무도 그들에게 주의를 기울이지 않았고, 곧 그들은 사라졌다. 나는 내 친구 블레인을 보았다. 그가 나를 향해 길을 건너오고 있었다. "내가 만나고 싶었던 사람이 바로 너야." 그가 말했다. "무슨 일이 진행되고 있는지 너는 믿지 못할 거야. 어떤 지방의 투자자들이 이 도시 전체를 사서 테마파크로 만들 계획을 세우고 있대." "그거 재미있겠네." 내가 말했다. "무슨 테마?" "내 생각에 그들은 그것을 미국의 마지막 작은 도시로 부르고 싶어해. 아니면 그와 비슷한 어떤 이름으로. 그리고 모든 것이 복제될 거야. 가짜 철물점이 생기고, 프로 배우가 옛날 철물점 주인의 역할을 재현한다든가 기타 등등…… 마을 전체가 옛날 외형대로의 작은 미국 도시로 재현되는 거지. 한번도 진짜 옛것대로의 작은 도시를 본 적이 없는 억만장자 투자가들에 의해서. 우리가 그것을 저지해야만 해, 블레이크. 여긴 우리가 사는 곳이야. 완벽하지는 않지만, 적어도 이것은 진짜라고." 그가 말했다. 나는 블레인이 그렇게 심히 동요되는 것을 본 적이 없다. 대체로, 그는 진짜로 쿨한 녀석이다. "어디서 이 얘기를 들었어?" 내가 말했다. "그들이 메인가에 있는 모든 점포를 사버리려고 하고 있어. 그들은 점포 주인들에게 거절할 수 없는 가격을 제시하고 있다고. 눈 깜짝할 사이에 일이 벌어질 거야." 그가 말했다. "좋아, 난 이사 가지 않을 거야." 내가 말했다. "그래 난 바뀔 수 없어. 나는 바로 이 자리를 계속 지킬 거야." "하지만 사람들은 너의 사진을 찍을 거야. 그리고 바로 네 얼굴에 대고 너에 관한 이야기를 할 거야. 마치 네가 실제 인간이 아닌 것처럼." 그가 말했다. "내 생각에는, 그건 굉장히 엉성한 테마파크처럼 들리는데. 사람들이 세계를 반바퀴나 돌아 여행을 하면서 돈까지 내고 이 거리 모퉁이에 서 있는 나를 보러온다고 말하고 있는 거야?" 내가 말했다. 그는 잠시 말을 멈추더니 나를 물끄러미 바라보았다. "잘 들어. 나는 지금 가야 돼. 내 생각에는 네가 이것을 알아야 할 첫번째 사람이야, 블레이크. 나는 네가 나만큼이나 이 도시를 사랑한다는 것을 알아. 이봐, 내가 더 많이 알게 되면 너에게 전화할게." 그가 말했다. 그러고는 거리를 달려가기 시작했다. 이 마을에서는 아무것도 변하지를 않는다. 한 레스토랑이 문을 닫는다. 그리고 다른 하나는 개업한다. 그것들은 얼추 비슷하다. 두려움은 굉장히 다양한 형태로 온다. 늘 그래왔듯이. 그리고 꿈도 역시 그렇게 온다. 당신이 길모퉁이에 아주 오래 서 있기만 한다면, 모든 것이 스쳐 지나갈 것이다. 그러나 나는 전부를 볼 필요가 없고, 단지 달리고 있는 블레인을 흘긋 볼 뿐이다. 내일이면 그는 하나도 기억하지 못할 것이다. 우리는 마치 진짜인 것처럼 우리의 삶을 재현할 것이다.

보이 밴드

우리는 한동안 쌍둥이 악마라 불리는 밴드를 했다. 나와 에디와 조니 그리고 파커, 그리고 타일러스빌에서 온, 안드로이드라고 불리는 녀석이 함께였다. 우리 밴드는 꽤 잘했다. 에디와 나는 우리가 연습할 수 있는 작은 집이 있었고, 조니는 연주회장으로 다닐 밴을 가지고 있었다. 안드로이드는 드럼을 연주했고, 그리고 그는 좀 겁나게 생겼다. 사실 그는 멋지다. 그는 우리가 언젠가는 세계적으로 유명해질 거라고 확신했다. 그날이 빨리 올수록 더 좋을 것이다. 조니는 우리들의 리드 싱어다. 그는 나름대로 실력이 있었고, 항상 자기만의 동작들을 만들어내면서 여자들을 꼬시기도 했다. 에디와 나는 작곡을 했다. 나는 마음속에 한 악절을 가지고 침대에서 일어나서는 그 화음들을 찾아내곤 했다. 에디는 베이스 기타를 들고 합류했다. 그것은 사랑으로 이루어진 작업이었다. 우리는 어렵사리, 알려지지 않은 한 작은 회사에서 씨디 하나를 녹음했다. 그것이 발매됐을 때 모든 친구들과 우리를 지원했던 모든 사람들을 불러 파티를 열었다. 그리고 당연히, 우리는 씨디를 틀었고 즐겁게 떠들어대고 노래를 따라 부르며 소리 질렀다. 그것은 정말 멋지게 들렸다. 그러나 「너는 젖은 눈의 악마」라는 다섯번째 곡이 나왔을 때, 어떤 이상한 일이 일어났다. 아니, 계속 일어나고 있었다. 조니의 목소리 바로 뒤에 한 소녀의 목소리가 있었다. 그것은 다른 세상에서 온 듯한 목소리였다. 높고 부드러운 소프라노 소리가 그의 목소리 주변을 맴돌며, 그것과 사랑을 나누는 듯했고, 그리고 구름 속으로 사라졌다. 그녀는 매혹적이었다. 우리는 사운드 엔지니어 고든을 쳐다 보았으나, 그도 우리만큼이나 어리둥절해 보였다. "저게 도대체 누구야?" 내가 말했다. "내가 어떻게 알겠어. 내가 녹음 편집할 때는 그녀는 거기에 없었어. 맹세할 수 있어." 그가 말했다. "그녀는 놀라워." 조니가 말했다. "우리에겐 그녀가 필요해. 나는 그녀의 이름을 알고 싶어. 어떻게 그녀와 만날 수 있을까." 파티는 계속되었지만 우리의 마음속에서 그녀를 지워버릴 수가 없었다. 조니는 그녀에게 사로잡혀 있었고, 나 역시 그랬다. 그녀는 완벽했다. 그녀야말로 바로 우리가 필요로 하는 바였다. 그리고 물론, 그 노래는 라디오에서 틀어주기 시작했는데 지역에서뿐만 아니라, 전국적으로 방송되었다. 우리는 이전보다 더 많이 투어를 하게 되었다. 우리가 그 노래를 연주할 때마다, 군중들이 그 소녀가 조니의 무대에 합류하기를 기다리고 있다는 것이 확실했다. 한번은 커다란 전국적인 잡지와 인터뷰를 하게 되었는데, 그녀에 관한 질문을 받았고 내가 말했다. "그녀는 조니의 쌍둥이 악마다. 우리는 그녀가 언제 나타날지 결코 모른다. 그녀는 우리가 아는 한 죽은 것인지도 모른다. 그녀는 자기가 기분 내킬 때 조니에게 유령처럼 현현하기 위해 나타날 뿐이다." 그들은 이 이야기를 사랑했고, 그래서 이 이야기는 많은 기사 속에서 그다음 해에도 내내 반복되었다. 안드로이드는 우리의 커가는 명성을 즐기고 있었으며, 어느 날 밤에는 그의 드럼 옆에 보이스 마이크를 놓자고 했다. 조니가 「너는 젖은 눈의 악마」를 부르기 시작하자 안드로이드가 그녀와 놀랍도록 비슷한 목소리로 합류했다. 아주 여성적이고, 아주 섹시한. 누가 그 목소리를 믿을 수 있겠는가. 청중들은 미쳐갔고, 콘서트 후에 우리는 그 목소리에 관해 그에게 물었다. 그가 말했다. "나는 단지 그녀가 내게로 옮겨왔다고 추측할 뿐이야. 난 그녀가 거기 있음을 느낄 수 있었고, 그녀는 노래하기를 원했어. 그래서 내가 기회를 잡았지." "그녀가 여전히 거기 있어?" 내가 말했다. "나도 몰라." 그가 말했다. 에디는 그 모든 것에 대해 회의적이었다. 그는 밴드 주변에 떠돌기 시작하는 그 신비한 얘기를 싫어했다. 그녀에 관한 말이 너무 많았다. "이 밴드에 그런 빌어먹을 여자애는 없어. 우리를 봐. 여자애가 보이니? 여자애는 없어." 그가 말했다. 나도 동의할 수밖에 없었다. 그때 문제가 생겼다. 우리가 통제할 수 없었지만 이 상황이 적어도 부분적으로 우리에 도움이 되고 있었다는 사실이다. 우리는 새 씨디를 만들었다. 그녀는 세계의 곡에서 나타났고, 전보다 더욱 아름다웠다. 그 노래들은 크게 히트했다. 안드로이드는 보이스 마이크를 그의 곁에 두었다. 그녀는 때때로 나타나서 그를 통해 노래하고는 했다. 그녀가 있을 때 그는 항상 알고 있었다. 청중들은 우리를 사랑했다. 그녀가 없을 때조차도. 그러나 그녀가 스타였던 것은 분명하다. 변덕스럽고, 믿을 수 없고, 결코 누구에게 보인 적도, 알려지지도 않았지만, 아마 죽었다 해도, 상상할 수 없을 정도로 아름다운 쌍둥이였다는 것은 분명하다.

상황은 변한다

존시는 계속 가고 싶어했다. "하지만 난 지쳤어." 내가 말했다. "난 다리가 아파." "꼭 한시간만 더 가자. 넌 할 수 있어. 뭔가 다른 걸 생각해봐. 네가 구름 속에서 걷는다고 가정하고, 공기처럼 가볍게 그냥 뛰어오르는 거야." 그가 말했다. "조언은 고맙지만, 물집이 생겼는데 어떻게 하란 말이야." 내가 말했다. "이런 투덜쟁이야, 가자. 우리는 한시간 내에 텐트를 치게 될 거야. 넌 좋아질 거고." 그가 말했다. 그렇게 우리는 터벅터벅 걸었다. 나는 땀에 젖었고 헐떡거렸고 온통 벌레 물린 자국으로 뒤덮였다. 내 생각에 즐겁게 지낸다는 건 이런 게 아니었지만 존시가 나를 설득하도록 내버려둔 것이다. 왜냐하면 그는 그 정도로 설득력이 있었고, 또 좋은 친구였기 때문이다. 우리는 오전 7시부터 죽 걸었다. 마침내 멈춰서, 배낭과 슬리핑백을 벗어놓으니 기분이 좋았다. 존시가 불을 피우기 위해 땔나무를 모으기 시작했고, 그동안 나는 텐트를 치고 함께 먹을 저녁 준비를 했다. 한참 동안 존시가 보이지 않자 나는 걱정되기 시작했다. 내가 그의 이름을 몇번 불렀으나 대답이 없었다. 그가 어쩌면 나에게 장난을 치고 있는 거라고 생각했다. 그리고 점점 어두워지기 시작했다. 불이 없어서, 나는 서둘러 불을 피우기 시작했다. 그러고는 다음엔 어떻게 해야 할지를 몰랐다. 그가 없는데도 저녁을 먹어야 하나? 그냥 그가 존재하지도 않았던 것처럼? 밤새 편히 쉬고 아침에 또 일을 시작해야 하나? 한가지 확실한 것은, 난 길을 찾을 수가 없었다. 어둠 속에서 그를 찾아 돌아다닐 수도 없어 계속해서 그의 이름을 이따금씩 소리쳐 불러보았다. 나는 약간의 돼지고기와 콩, 빵 조금과 캔디바로 저녁을 먹었다. 나는 거기 혼자 있어서 오싹하기도 했지만 그보다는 불길한 느낌이 더 들었고, 존시에 대한 걱정으로 병이 날 지경이었으며 그에게 일어났을 지도 모를 여러가지 일에 대해 생각하기도 싫었다. 난 기다리고 기다렸다. 그러나 여전히 흔적도, 아무런 소리도 없었다. 나는 슬리핑백으로 들어가 그냥 누워 있을 뿐이었다. 숲의 소리들을 들으면서. 부엉이가 밤새도록 내 친구가 되어주었다. 아침 무렵에는 내가 깜빡 졸고 있었던 것이 확실하다. 왜냐하면, 내가 깨어났을 때, 거기에 석탄불 옆에서 존시가 미소 지으며 앉아 있었다. "잘 잤니?" 그가 말했다. "사실대로 말하자면 거의 잠을 못 잤어. 도대체 어디 있었어?" 내가 말했다. "지형 정찰을 좀 했어." 그가 말했다. "밤새도록?" 내가 말했다. "손전등을 갖고 있었어. 여기는 육군 훈련장이야. 저기 바로 언덕 너머에 군대가 있어." 그가 말했다. "그러나 네가 아는 길이라고 했잖아. 네가 지금까지 본 호수 중 가장 아름답고 평화로운 곳이라고 말했잖아. 인디언들의 성스러운 호수라고 생각한다고 했고, 성스러운 기적이 거기서 일어나기도 했다고 네가 말했어." 내가 말했다. "상황은 변하지." 그가 말했다. "내 생각에는 그래." 그는 더이상 미소 짓지 않았다. 나는 그가 존시라는 것조차 확신할 수가 없었다. 그는 겁에 질리고, 심술궂게도 보였다. "우리는 여기서 나가는 게 좋을 것 같아." 그가 말했다. "그들이 아직 우리를 쏘지 않았다는 게 놀라울 지경이야." 나는 텐트를 걷어서 쌌다. 우리는 타다 남은 불에 물을 부었고 우리가 거기 있었다는 흔적을 가능한 한 지우려고 했다. 우리는 숨이 찰 정도로 한참을 빠르게 걸었다. 존시가 멈춰 서서 주변을 둘러보았다. "뭐야?" 내가 말했다. "군인들이 오고 있어." 그가 말했다. "우리는 어떻게 해야 하나?" 내가 말했다. "음, 달리든지 아니면 죽는 수밖에 없지. 적어도 총알받이가 되지 않으려면 최선을 다해서 나무 사이를 지그재그로 달려." 그가 말했다. 우리는 나무 사이를 들락거리며 뛰었다. 조금 후 나는 조금 떨어진 곳에서 총소리를 들었다고 생각했다. 그러나 곧 그것이 어떤 새소리일 뿐이라는 걸 알았다. 나는 우리가 어디 있는지 어느 방향으로 가고 있는지 알 수가 없었다. 내가 깨지고 부딪치면서 내 다리를 겨우 끌고 가는 동안 존시는 숲을 뚫고 가는 한마리 사슴처럼 이동했다. 내가 한방의 총소리를 들었고, 존시가 넘어져서 나가떨어졌다. 나는 멈춰서 존시 위로 무릎을 굽혔다. 군인 한명이 내 뒤에 나타나서 말했다. "그는 참 빠른 놈이었어. 운 좋게도 명중한 거지. 오늘은 행운의 날인 것 같아. 내 이름은 로드니인데. 네 이름은 뭐니?"

침몰하는 배

나는 법원 밖에서 담배를 피우며 서 있었다. 한 여자가 스카티개의 목줄을 잡고 내 옆을 지나갔는데 나를 쳐다보지도 않았다. 스카티가 내 신발 냄새를 맡으려 킁킁거리자 그녀가 줄을 바짝 잡아당겼다. 기다랗고 까만 자동차가 그녀가 길을 건널 수 있도록 멈춰섰다. 운전수가 나를 쳐다보고는 미소 지었다. 나는 마지못해 그에게 희미한 미소로 응대했다. 그가 무엇 때문에 미소 짓는지 몰랐기때문이다. 스카티가 선천적으로 웃기게 생겼기 때문일까, 아니면그녀가 특별히 웃겼기 때문일까? 어쨌든, 나는 그의 유쾌함에 동참하는 척했다. 그리고 그는 짧은 타이어 자국을 남기고는 가버렸다. 길 저쪽 편에서, 여자가 그 작은 개를 나무에 묶어놓고 옷가게안으로 들어갔다. 지나치는 모든 사람들이 멈춰서 개를 쳐다보았고, 대부분의 사람들이 몸을 굽혀 그 개를 쓰다듬었다. 그 개는 이런 제멋대로 쏟아내는 애정을 착한 천성으로, 적어도 인내심은 가지고 받아들였으나, 끈에 묶인 또다른 개가 온 다음에는 점차 사나워져서는 짖으면서 끈에서 풀려나려고 몸부림을 쳤다. 작은 스카티는 강철 같은 턱뼈를 가진 완전한 근육질로, 자기 몸집의 다섯배나 되는 개와 싸울 준비가 되어 있었다. 물론, 도베르만 핀셔가 멈춰서 그 개의 냄새를 맡자, 스카티는 공처럼 뒹굴며 낑낑거렸다. 전적으로 그는 매우 명민한 개였다. 여자가 다른 모자를 쓰고 가게에서 나왔다. 그녀는 돌아서서 모자를 쓴 자기 모습에 감탄하고는 걸어가기 시작했다. 개가 짧게 짖어대자 그녀가 돌아와 개를 끌어당겼다. 그녀는 무릎을 구부려 개를 안아주고는 키스하는 것 같기도

했다. 나는 길을 건너 그들 뒤에서 걸었다. 그들을 뒤따라가는 것은 아니었다. 단지 그들과 같은 방향으로 가고 있을 뿐이었다. 여자는 개를 다시 묶어놓고는 또다른 가게로 들어갔다. 나는 멈춰서 그 개와 놀았다. 한 남자가 멈춰서서 말했다. "나는 전에 스카티를 키운 적이 있었어요. 그 개가 내 생명을 구해줬지요." 그리고 그 남자가 울기 시작했다. "스카티는 최고의 개지요." 내가 말했다. "이 녀석은 우유 농장의 구유에서 태어났어요. 당신이 이 개를 한 손으로 들을 수도 있었고, 그리고 소들은 이 개에게 경배했지요." "오 주여." 그가 말했다. "예수 재림일 수도 있네요." 그러더니 그가 길바닥에 앉아 갑자기 울었다. 여자가 가게에서 나왔고 내가 일어서서 말했다. "어떤 스카티가 전에 내 생명을 구해줬어요." "그거 좋은 일이네요." 개 끈을 풀고 걸어가며 그녀가 말했다. 나는 그녀를 쫓아가려고 뛰었다. "어떻게 그랬는지 알고 싶지 않으세요?" 내가 불쑥 말했다. "별로 듣고 싶지 않아요." 그녀가 말했다. "좋아요." 내가 말했다. "당신이 내게 애걸해도 말해주지 않을 거예요. 그것은 코브라와 침몰하는 배 그리고 칼을 잡은 외다리 사내에 관한 얘기지요." 그녀는 멈춰서서 나를 바라보았다. "나는 그 얘기를 천번은 들었어요." 내 신발에 대고 쿵쿵거리는 개를 휙 잡아당기면서 그녀가 말했다. 아주 차가운 여자였다. 나는 그녀가 걸어가는 것을 바라보았다. 그 개는 모든 것, 모든 사람에게 흥미를 보였다. 그 개는 주입된 정보들과 오직 자기만이 해독할 수 있는 전달코드를 신호로 받아들이고 있었다. 그녀는 계속 개를 이쪽저쪽으로 잡아당겨서, 신호가 담고 있는 좀더 큰 이미지에 개가 접근하는 것을 막았다. 그래서 그 개는 닥쳐오는 부분적인 정보에만 접근하게 되었는데, 그것이 그 개를 좌절감으로 미치게 만들었다. 개의 귀와 꼬리는 빈틈없는 경계에 들어섰고 코는 어떤 단서를 찾아 땅을 훑었다. 그러나 그 여자 때문에, 모든 게 뒤죽박죽이 되었다. 그녀는 그개가 도처에 숨은 비밀들을 알게 되는 것을 허락하지 않았다. 나는 길 끝에서 인파 속으로 사라지는 그들을 바라보고 있었다. 그리고는 그들 뒤를 쫓아 뛰어갔다. 나는 우체국 밖에 묶여 있는 개 스카티를 찾아냈다. 나는 무릎 굽히지 않은 채로 개 옆에 서 있었다. 그녀가 나왔을 때 내가 말했다. "나는 당신의 개에게 말하는 법을 금방 가르칠 수가 있어요." "당신 참 한심하네." 그녀가 말했다. "그개가 무얼 아는지 알고 싶지 않으세요?" 내가 말했다. "나는 이미알고 있어요." 그녀가 말했다. "그는 햄버거를 알고 있고, 비프스튜를 알아요. 이제 제발 나를 혼자 있게 해주시겠어요?" "당신은 늘혼자 있게 될 텐데요." 내가 말했다. "당신이 정말 안됐다는 생각이드네요. 좋은 하루 보내세요." 내가 돌아서 걸어갔다. "메시아는 다시 한번 거부당했다." 그녀 혹은 누군가가 중얼거렸다. 나는 돌아섰다. 그들은 가버렸다. "우주로 향하는 암호." 누군가 말했다. 사람들이 나를 지나쳐 걷고 있었다. 나는 법원 쪽으로 돌아가기 시작했다. "내 옛 신발." 내가 말했다. "내 옛 신발."

무

나는 정말로 표본이 될 만한 무를 손에 들고 있었다. 그 무의 모양과 크기와 색깔에 경탄하며 강렬한, 톡 쏘는 그 풍미를 상상하고 있었다. 그리고 귀를 기울이자, 무가 노래하는 소리까지도 들을 수 있을 것만 같았다. 그것은 내가 지금까지 들었던 그 어떤 소리와도 달랐다. 어쩌면 머나먼 산동네에서 온 한 동양 여자가 그녀의 토끼에게 불러주는 노래였는지도 모른다. 그녀는 동굴에 숨어 있었고 밤이 되었다. 그녀의 부모가 그녀를 마왕에게 팔기로 결정했다. 그래서 마왕과 그의 군사 천명이 사방으로 그녀를 찾고 있었다. 그녀는 추위 속에서 떨었고 토끼를 그녀의 볼에 대고 있었다. 그녀는 높고 가느다란 목소리로 노래를 읊조렸다. 마치 강둑에서 갈대가 스스로 속살거리듯이. 토끼는 커다란, 갈색 귀를, 한마디도 놓치지 않으려고 똑바로 세웠다. 그리고 나는 무를 내 장바구니에 담고는 통로를 따라 밀고 내려갔다. 상점은 다가오는 휴일을 앞두고 있어서 특별히 붐볐다. 내 카트는 다른 사람들의 것과 부딪치면서 나아갔다. 때때로, 마치 우리가 좀 찢기고, 피를 흘리기도 하면서 닭싸움을 하는 것 같았다. 이젠 내가 우세해졌다. 나는 점프해서 늙은 부인을 밀어붙였는데, 그녀는 약해서 쓰러질 지경이었다. 나는 꼭 갖고 싶은 버섯을 발견했다. 그것은 손이 닿을 수 있는 곳에 있었다. 하루 종일 찾아 헤맨다 해도 그런 버섯은 찾지 못할 것이다. 난 버터와 마늘에 지글거리는 버섯 냄새를 맡을 수가 있었다. 스테이크에 장식한 버섯을 맛볼 수 있을 것 같았다. 순간, 갑자기 내 카트가 받혀 난 균형을 잃고 비틀거렸다. 나는 누가 적인지 볼 수조차 없었다. 그런 다음에, 나는 다시 한번 받쳐서 감자 위로 죽 뻗었다. 나는 내 카트에서 떨어져나가버렸다. 나는 필사적으로 둘러보았다. "내 카트 못 보았어요?" 내가 가죽 반바지에 알파인 등산모를 쓴 남자에게 물어보았다. "우리 엄마의 타버린 재도 어디 있는지 모르는데 어떻게 내가 당신 카트에 대해 알겠어요?" 그가 말했다. "당신 엄마 얘기는 유감스럽군요. 미안해요." 내가 말했다. "갑작스러웠나요, 혹은 오랜 시간 서서히 고통스러웠던 죽음이었나요? 그리고 그때 엄마를 고통으로부터 구해주기 위해 당신 자신이 엄마를 죽일 생각까지도 했었나요?" "무가 들어 있는 저것이 당신 카트인가요?" 그가 말했다. "오, 네. 고마워요. 천번도 넘게 고마워요. 어떻게 고마움을 다 말할지 모르겠네요." 내가 말했다. "얼간이." 그가 말했다. 내 꿈같은 버섯들은, 물론, 이미 사라졌다. 그리고 다른 것들은 병든 것처럼 보였다. 마치 그것들이 사람을 죽음으로 끌고 갈 것처럼. 나는 콜라비와 방풍나물을 지나 서서히 나아갔다. 나는 오크라 앞에서 망설였다. 좋았던 기억들이 홍수처럼 나를 덮쳐왔다. 나는 타냐와 그녀의 작은 오크라를 떠올렸다. 오래전 어느 크리스마스의, 단단하고 맛있었던 오크라를. 벽난로 속에는 불이 타고 그리고 촛불, 음악, 그 씹는 소리, 오독오독, 오크라 씹는 소리가 있었다. 나는 그 성스러운 크리스마스 이후 오크라를 건드려볼 수조차 없었다. 우리는 클론다이크*에 있었다. 혹은 그때 그 무

* 클론다이크강 유역. 금이 많이 나오는 지역으로 한때 골드러시의 중심지였다.

197

렵이었을 것이다. 타냐는 커다란 개를 데리고 있었고 개가 구운 고기를 먹었다. 그래서 우리는 크게 웃었다. 그러나 지금은 우습게 생각되지 않는다. 나는 그 고기 굽던 냄새를 기억한다. 마치 그것이 지금 이 순간에 구워지는 것처럼. 그리고 나는 타냐가 그것이 익었나를 살피느라 몸을 구부리고 있는 것을 볼 수가 있다. 우리가 어떻게 그곳에서 살아 빠져나온 것인지? 그리고 타냐에게는 무슨 일이 일어났던 것일까? 나는 사방을 둘러보았다. 복숭아와 자두 들. 나는 뒷사람에게 밀려 부딪혔다. "잘 보고 다니쇼." 어떤 한 사람에게 특별히 말한 건 아니다. 여덟개의 눈이 나를 향해 번득이고 있었다. "저, 가요." 내가 말했다. 그러나 난 움직일 수가 없었다. 그 토끼가 말했다. "오늘밤 우리는 죽게 될 거야. 그러나 아름다울 거야. 우리는 용감할 것이고 두려워하지 않을 거야. 너는 내게 노래를 불러줄 것이고 나는 눈을 감을 것이고 그리고 별빛 아래 우리가 놀 정원의 꿈을 꾸겠지. 그리고 거긴 이 이야기가 끝나는 곳이지. 나는 무를 우적우적 씹고 너는 깔깔거리고." "움직일 수가 없어." 내가 말했다.

재앙

일요일 오후였다. 나는 산책하기 좋은 시골 외곽에서 오래되고 그늘진 흙길을 찾아냈다. 야생화가 피어 있었고 나비들이 놀고 있었다. 한 인간이 더이상 무엇을 바라겠는가? 내가 뭐 대단한 생각에 빠져들었다고 주장하려는 것은 아니다. 왜냐하면, 솔직히, 그것들이 나의 중요한 안건은 아니기 때문이다. 가끔씩 산들바람이 나뭇잎을 간지럽혔다. 다람쥐는 이해하지도 못하면서 자기들만의 심오한 게임을 하느라 바빴다. 커다란 양철 대야가 길가에서 삭아가고 있었다. 한 70년 전쯤에 거기 버려진 듯 했다. 사슴 한마리가 내 앞에서 길을 건너뛰었는데, 거의 날고 있었다. 그러나 나는, 여전히 흔들리지 않은 상태에서, 달콤한 꿈속을 걷고 있었다. 분명 2시간쯤은 걸었을 것이다. 그때 한 노인이 커브길 근처에서 나타났다. 그는 하얀 턱수염에 지팡이를 짚고 있었고 너무나 낡은 옷을 입고 있었다. "안녕하세요, 멋진 오후네요." 내가 말했다. "날씨가 좋아요." 그가 나를 의심스럽게 쳐다봤다. "당신 누구요. 그리고 무얼 원하는 거요?" 그가 말했다. "내 이름은 아더 페어홀이고 평화롭게 운동하는 것 외에 더이상 바라는 것은 없어요." 내가 말했다. "평화라고?" 그가 말했다. "평화 좋아하시네. 내 인생 내내 오직 재앙뿐이었어. 곤경, 혼란, 애태움, 그리고 고통, 모두 이 빌어먹을 길 때문이야. 내게 저주를 퍼부은 이 길, 넌 지금 그 길을 걸으며 평화를 찾고 있다 이거지. 그거 좋지, 그래. 좋아 계속해, 계속 걸어가라고. 네가 이 저주에서 무사할지 아닐지 보라고. 그리고 내가 그 젠장맞을 상관을 하는지 마는지 보라고." 나는 그의 격정적인 말에 준비 없이 당해서 뭐라고 해야 할지를 몰랐다. "당신이 힘든 시간을 보낸 것에 대해서는 참 유감스럽네요. 그러나 왜 그것을 이 길에 대고 탓을 하는지 알 수가 없네요." 내가 말했다. "이 길 때문이 맞아." 그가 이어서 말했다. "네가 한번 이 길 위에 올라서면 결코 떠나지 못할 거야. 나는 지금부터 수없이 너를 보게 될 것이고. 너는 그냥 기다리다 보기나 해." 그가 말했다. 그러고는 나를 지나쳐 걸어갔다. 나는 계속해서 갈 길을 가면서, 그동안 겪었던 어떤 것보다 더 흥미롭고 괴상한 것들 속에 그 사람을 끼워넣었다. 나는 참나무 가지 사이에서 나를 노려보고 있는 너구리를 보았다. 잠자리 한 중대가 괴어 있는 연못물 위에서 기동훈련을 하고 있었다. 나는 길가의 바위에 특이한 이끼가 자라는 것을 살펴보고 있었다. 더 멀리 걸어갈수록 나는 점점 더 매혹되었다. 하루 종일 산책을 하려는 계획은 아니었으나, 돌아갈 수는 없을 것 같았다. 나는 집에서 하기로 한 모든 잡일들을 잊어버렸다. 나는 바니와의 약속을 잊어버렸다. 오른쪽 언덕에 작은 오두막이 보였고, 그쪽을 향해 작은 소롯길이 나 있었다. 나는 그것을 어떤 깊은 기억 속에서 나온 것처럼 인식했다. 그쪽으로 옮겨가니 어떤 으스스함이 나를 덮쳐왔다. 거기에 다다르자, 모든 것이 거기 있었다. 부엌의 식탁, 붉고 흰 체크무늬의 식탁보, 접시 위에 커피잔, 녹색 가죽으로 된 의자, 소녀와 양이 있는 달력. 나는 문을 열고 들어갔다. 내가 전에는 알지 못했던 어떤 행복감이 나를 엄습해왔다. 나는 드디어 집에 온 것이다. 그리고 다시는 떠날 수 없을 것이라는 것을 알았다. 나는 벽을 만지면서 걸었고, 모든 것을 만져보았다. 나는 녹색 의자에 앉아 옆에 있는 테이블에서 파이프를 집어 들었다. 모든 것이 완벽하게 어울려 보였다. 그 노인이 문간에 나타났다. "도대체 넌 어디를 쏘다니고 있었던 거야? 토끼 사냥 했어? 음, 네가 한마리는 잡았겠지. 나는 배가 고파. 자 내가 씻는 동안 저녁을 지어봐." 나는 토끼 한마리가 없었다. 그러니 그는 나를 피 흘릴 때까지 혁대로 때릴 것이었다. 그것은 참으로 슬픈 이야기였다.

새해맞이

내 동료 해럴드 챈스라 불리는 친구가, 새해 전날 밤 그가 주최한 망년 파티에서 끔찍한 사고를 당했다. 거실을 가로질러 커다란 펀치 볼을 가져오다가 작은 깔개를 밟고 미끄러졌다. 그는 뒤로 넘어지면서 머리를 다쳤는데, 그때 펀치 볼이 그의 얼굴로 떨어져 깨졌다. 해럴드는 의식을 잃었고 심각하게 피를 흘렸다. 그의 아내 애슐리는 부엌에서 옆집 남자에게 꼬리치고 있다가 이 소란한 소리를 듣고는, 그가 있는 쪽으로 달려와서, 즉시 기절했다. 앰뷸런스를 불렀고 앰뷸런스가 왔을 때, 속으로는 그를 싫어했지만, 내가 자원해서 병원으로 그를 데려가기로 했다. 해럴드의 이마에는 커다란 크리스탈 칼날이 튀어나와 있었다. 그 모습이, 잠시 동안이지만, 자유의 여신상처럼 보인다고 생각했다. 구급대원 중의 한 사람은 그가 어떤 성인聖人처럼 보인다고 했으나 그 성인의 이름은 기억할 수 없다고 했다. 나는 창밖을 내다보았고 해럴드에 대해서는 잊어버렸다. 차가 하도 빨리 달리다보니 모든 것이 낯설게 보였다. 거리에는 사람들이 있었다. 그러나 그들은 하나하나를 구분할 수 없이 희끄무레한 덩어리로 보였다. 그들이 신년축하를 하고 있는 건지, 아니면 그냥 잃어버린 영혼들인지 알 수가 없었다. "그가 살아날까요?" 내가 구급대원 중의 한 사람에게 물었다. "그는 어쩌면 이미 하늘나라로 올라갔는지도 모르지요." 그가 말했다. 이 드라이브는 영원히 계속될 것처럼 보였다. 나는 여자 구급대원이 술병을 꺼내 꿀꺽 마시는 것을 보았다. 그녀는 미소 지으며 내게도 권했다. 그것은 어떤 순도 높은 피와 같은 맛이었다. 나는 미소로 응대하였다.

해럴드까지도 미소 짓고 있는 것 같은 표정을 보였다. "해피 뉴 이어." 카르멘이 내게 말했다. 그녀는 가슴 위에 이름표를 달고 있었다. 그녀는 내가 그녀에게 키스해주기를 바라는 것 같았다. "봐요." 내가 말했다. "그가 마치 얼음 왕관을 쓴 것처럼 보여요" "이건 아주 흔하게 일어나는 일이에요." 그녀가 말했다. "우리는 늘 이런 일을 보거든요." "나로서는 처음이에요." 내가 말했다. "의사가 이걸 제거할 수 있을까요?" 내가 말했다. "신이라도 못할 거예요." 그녀가 말했다. 나는 창밖을 내다보았다. 우리는 강변에 주차하고 있었다. 하늘에서는 불꽃놀이의 불빛이 환했다.

탄원

이 여자는 시내에서 나를 멈춰 세우더니 내게 그녀의 손주들에
대한 얘기를 시시콜콜 하는 것이었다. 사진을 보여주기까지 했다.
그들 모두 아주 귀여웠다. 그리곤 그녀가 말했다. "당신은 언젠가
는 저녁을 먹으러 와야 해요. 해리도 당신을 만나고 싶어할 거예
요. 당신들은 둘 다 항상 할 얘기가 많잖아요. 내가 조만간 당신에
게 전화할게요." 그리고 그녀의 뺨을 내밀어 내게 키스하게 하고는
손을 흔들며 작별했다. 그녀는 성품이 착한 여자처럼 보였다. 난 전
에 그녀를 본 적이 없다. 나는 손목시계를 보았다. 마치 시계가 내
가 갈 길을 인도해주기라도 한다는 듯이. 이쪽으로 몇걸음, 저쪽으
로 몇걸음, 하다가 갑자기 나는 길의 반대 방향으로 돌아내려갔다.
나는 몸을 수그리고 서점으로 들어갔다. 새로 도착한 책들 중에서
여기저기를 골라 읽는 중이었는데 한 남자가 다가와서 말했다. "당
신 좋은 일 했어요. 그렇죠, 선생. 당신 용감하게 그들과 맞섰어요.
당신은 선을 그었지요. 참을 만큼 참았지요. 우리네 소시민들은 더
이상 못 참아요. 그런데 당신은 우리의 목소리로, 우리의 양심을 대
변했지요. 나는 개인적으로 당신을 만난 것이 영광이에요. 당신에
게 고맙다고 말하고 싶어요." 나는 그를 쳐다보았고 미소 지으며
그의 손을 잡고 따뜻하게 악수했다. 그는 내가 그에게 말하기를 기
다리고 있었다. 나는 조금씩 몇발짝씩 그에게서 멀어져가면서, 책
들을 집어 들었다가, 살펴보다가, 그러면서 그 책들을 다시 내려놓
고는 했다. 그러다보니 내게 감탄을 표하며 호의를 보이던 그는 곧
사라져버렸다. 밖에서 나는 제씨를 보았다. 그러나 그는 바로 나를

지나갔다. 그가 내 어깨를 스칠 때 내가 그의 이름을 불렀지만 그는 나를 보지 못했다. 내가 서둘러 그를 뒤따라갔으나, 그는 사라져 버렸다. 나는 몇몇 상점들을 들여다보았고 거리를 오르락내리락했다. 나는 정말로 그와 이야기하고 싶었기 때문이다. 우리 친구 글렌에 대한 좋은 소식을 그에게 전할 게 있었다. 한 여자가 나를 잡더니 말했다. "당신 헤이든 아냐? 세상에나 당신 너무나 달라 보여. 무슨 일이 있었던 거야?" 니나였다. "아무 일 없어. 난 정말 전과 똑같아." 내가 말했다. "아냐, 너 똑같지 않아. 뭔가 분명히 아주 달라졌어. 어쩌면 그게 단지 머리 때문인가? 아냐, 네 양 볼이 홀쭉해졌는데. 어쨌든 너에게 도대체 무슨 일이 있는 거야?" 그녀가 말했다. "난 쇼핑하고 있어. 조카에게 줄 선물을 사려고." 내가 말했다. "조카가 몇살인데?" 그녀가 말했다. "다섯살이야." 내가 말했다. "좋은 나이네." 그녀가 말했다. "나중에 봐." 그녀가 그렇게 말하는 바로 그 순간, 제씨가 다른 쪽을 향하며 나를 스쳐 지난다는 느낌이 들었다. 그냥 느낌이었다. 나는 그를 실제로 본 것은 아니었다. 그저 공기 중에 그의 기척이 있었다. 난 그에게 글렌은 잘 있다고 말하고 싶었다. 나는 길을 되돌아가 확인했다, 두군데 상점을.

한 남자가 그의 인생 얘기를 하려고 하면서 나를 따라오기 시작했다. CIA가 과테말라에서 그를 죽은 사람으로 조작했다는 것이다. CIA는 그와 똑같이 닮은 한 남자를 죽였는데, 지문도 같고 모든 게 같았다고 했다. 이제 그는 더이상 존재하지 않는 사람이 되었다는 것이다. 그의 모든 서류는 무효고, 그래서 그는 집도 없고 국적도 없이 걸어다니는 죽은 사람이 되었다는 것이다. "당신 내게 무엇을 원하는 거야? 나
한테서"

내가 멈춰서서 그의 얼굴을 똑바로 쳐다보면서 말했다. 그는 걸어 다니는 죽은 사람 같았으며, 슬프게, 간청하는 듯한 모습이었다. "난 당신이 나의 탄원서에 서명을 해주기를 바라요. 여기 탄원서엔 당신이 나와 대화를 했고 그러니 난 살아 있다고 적혀 있어요." 그가 말했다. 나는 그의 탄원서에 기꺼이 서명했다. 그는 수백명의 서명을 받은 듯했다. 난 그에게 몇 사람의 서명이 필요하냐고 묻는 것을 잊었다. 날이 어두워지기 시작했다. 가로등이 켜졌다. 나는 걸음을 멈추고 돌아서서는 그 죽은 남자에게 걸어갔다. "얼마나 많은 서명이 필요한지요?" 내가 물었다. "백만이요." 그가 말했다. "그리고 또다른 친구, 과테말라의 당신과 복사판이라던 그 사람은 어찌 되나요?" 내가 말했다. "오, 그 사람도 역시 살아나게 되지요." 그가 말했다. "그렇다면 이건 가치 있는 일이네요." 내가 말했다. 그리고 휙 걸어서 가버렸다.

기적의 항로

한쌍의 홍관조가 창가의 화분상자에서 전날 내가 거기에 놓아둔 씨앗을 먹고 있었다. 나는 종이 클립을 찾느라 방을 가로질러 걸어다니다가 곁눈질로 새들을 살짝 본 것이다. 몇시간 동안 눈이 오고 있었고, 그 새들의 순수한 광휘는 뜻밖의 것이었다. 내가 창쪽으로 한발짝 다가서자, 새들이 나를

쳐다보았다,

그러고는 곧 다시 계속해서 먹었다. 마치 이전에는 내가 한번도 홍관조를 본 적이 없는 것만 같았다. 그것들은 분명 내 멜랑콜리에 처음으로 불을 당겼다. 왜냐면 그날 그 이후의 일들은 그들 홍관조에 비하면 모두 다 잿빛인 것처럼 보였다. 그러나 내 마음 한켠에는 홍관조들이 늘 거기 자리하고 세상의 가능한 일들을 일깨워주었다. 나는 종이 클립을 찾아냈고 내 일로 다시 되돌아갔는데, 그 일이라는 것은 수천 페이지에 해당하는, 매우 민감하고, 비밀스럽고, 괴상하게 변형된 쥐라기와 백악기와 삼엽충 시대의 공공주택 그리고 모더니티의 위협에 관한 것이었다. 나는 그걸 확실히 파악했다고 생각했다. 킬버스톤의 휘셔 경*은 오줌과 오줌의 침전물에 대해서 뭔가를 말했다. 신 말고는 두려울 것 없다**고. 그러나 그것이 오줌이랑 무슨 상관이 있는 것인가. 혹은 갈라파고스의 큰 선인장 피리새나, 혹은 기생하는 베짜기새들과 무슨 상관이 있는 것인가. 그

---

* 영국 함대의 근대화를 이룬 유명한 제독.
** "신 말고는 두려울 것 없다"는 킬버스톤 휘셔 경의 구호이며, 두려울 것 없다는 뜻의 드레드노트(Dread Nought)는 영국이 만든 최초의 전함이다.

가 비록 잠시 동안 함대*의 제독이었다 할지라도, 나는 확신할 수가 없었다. 내가 오줌을 눠야 할 때는, 난 오줌에 관한 생각만 했다. 그게 내가 할 수 있는 전부였다. 극지방의 북극 식물 장례의 비가悲歌 그리고 침투성 있는 촉매제의 확산과 반응의 수학적 이론이 내가 눈 내리는 것들을 바라보는 오후 내내 내 무릎 위에 있었다. 나는 그것이 곧 전부 해결되기를, 그것의 고통, 그것의 무게감이 걷히고, 누군가가 나타나서 모든 것을 실어가버릴 것을 바라면서. 토다의 노래들과 아테네의 식민세금 목록, 카자리안 유태인들의 서류들 그리고 당신 지역 내에 있는 낯선 이들. 그리고 더 많은 오줌과 공공주택과 장소들. 내가 지치고, 너무나 약해져서 더이상 생각도 하지 못할 때까지 계속되는 열정과 경련. 그러나 나는 여전히 종이를 뒤적이며, 체계를 잡기 위해 페이지를 매기며 점검하고 있었다. 만일 완벽하지 않더라도, 나는 그저 사람일 뿐이니까. 주택단지에 침전물로 가득 찬, 오줌과 같이. 멜라네시아 디자인과 호머의 분노, 그 쇠퇴한 대화체 문장과 웅가바 반도의 새들. 이 모든 것이 로마 공화국의 선거 구역을 가로질러 기쁨에 차서 헤엄치고 있다. 이불 속으로 기어 들어가 자고 싶은 내 욕망은 모른 채. 왜 그들이 그걸 신경 써야 할 것인가? 이건 그들이 상관할 바가 아니다. 만약 그게 사실 그대로라면, 그들은 거대한 설계의 부분일 뿐이다. 어떤 밤에 난 의심에 차서 잘 수가 없다. 서인도 제도의 초본 속씨식물은 어

---

* fleet. '함대'라는 뜻과 '순식간'이라는 뜻을 함께 가진 동음이의어.

떠한가? 왈룬인*들의 곤경, 그것들을 그들이 알까? 내가 그들에게 말해야 하나? 아니라면 이 모든 것이 모두 비밀의 성스러운 거미줄인가? 개별적인 운명들이고, 깊은 신음만이 이따금씩 들려오는 대양의 밑바닥 같은 침묵인가? 나는 산더미 같은 종이들을 들어 올리려고 했다. 대모벌**이 마야의 상형문자를 씹고 있는 것 같은 느낌이 들었다. 그들은 굶주렸다. 매 순간 조금씩 사라지고 있다. 킬버스톤 휘셔 경은 지워지고 있다. 비록 그가 순간의 함대의 제독이었음에도 불구하고. 우리는 다시는 그의 말을 듣지 못할 것이다. 나는 서 있다. 나는 걷고 있다. 기적의 항로에 이 사실을 덧붙여라.

---

* Walloon. 벨기에 남부 사람들. 벨기에 북부의 플랑드르(Flandre)인은 네덜란드어를 사용하지만, 프랑스어를 모어로 하는 왈룬 사람들은 프랑스에 우호적인 태도를 보인다.
** spider wasp. 거미벌이라고도 불리는 대모벌과의 곤충.

휘감아 잡을 수 있는 꼬리

나는 지역 방송 뉴스를 틀었다. 한 아기가 인터스테이트 91번 도로를 기어가고 있는 게 목격되었다는 것이다. 경찰은 그 아이에 대해서 스무번도 넘게 신고 전화를 받았는데, 그 일대를 아무리 뒤져도 아기는 찾을 수가 없었다. 아기를 잃어버렸다고 연락해오는 사람도 없었다. 트럭 운전수는 그 아이를 가까스로 피했고, 하마터면 그의 트럭이 망가질 뻔했다고 말했다. 한 여자는 그것을 지나치고 나서야 그게 무엇이었는지 알았다고 했다. 모든 사람들이 그 아기를 '그것'이라고 말했는데, 그래도 될 것 같았다. 경찰은 아직까지 앰뷸런스와 떠돌이 개 포획하는 사람을 동원해서 그것을 찾고 있다고 말했다. 나는 그 아기는 지금쯤은 분명 죽었을 거라고 생각했다. 왜냐하면 밤이 되었고 추웠기 때문이다. 분명 부모는 알고 있을 것이다. 그 아이는 목숨이 붙어 있을 때까지는 아주 재밌는 시간을 보냈을 것이 분명하다. 이런 아찔한 재밋거리는, 최소한의 아주 짧은 것이라 할지라도, 평생 잊지 못할 짜릿함일 것이다. 난 그 작은 젖먹이에 정말로 경탄했다. 대부분의 사람들은 자신의 얼굴을 두려워한다. 난 사람들이 그러면 안된다고 말하고 있는 것은 아니다. 우리는 우리 자신이 최악의 적이다, 모두들 이런 말 좋아하지 않나? 내가 잠깐 딴 얘기로 샜다. 그 아이, 이 아기는 몇몇 운전자들의 묘사에 의하면 거의 9개월쯤 되었다고 했다. 기저귀만 차고 있었고, 남쪽 방향으로 난 고속도로에서 거꾸로 북쪽을 향해 가고 있었으며, 또 몇몇 사람들은 그 아기가 웃고 있었다고 말했다. 경찰은 운전자들에게 속도를 줄이고 밖을 내다보면서 운전하라고 주의를 주었다. 또다른 뉴스도 있었다. 부패한 정치가들, 시내 술집에서의 총기 사건, 어떤 집의 화재 사건, 날씨(좋지 않고), 스포츠, 그리고 앵커맨들 간의 정신 나간 농담으로 모든 뉴스가 마무리됐다. 전화가 울렸을 때는 나는 막 저녁을 준비하려는 참이었다. 그것은 다니엘라의 전화였다. "91번 도로를 기어간다는 아기에 관한 뉴스 들었어?" 그녀가 말했다. "응." 내가 말했다. "굉장하지, 그 아기는 지금쯤 아마 죽었을 거야." "난 모르겠어." 그녀가 말했다. "그 아기가 평범한 아기는 아니라고 생각해. 사탄의 아기들 중에 하나일 수도 있어. 어떤 것도 그애를 죽일 수 없을 거야. 그것은 사탄의 어떤 무서운 공격일 수도 있어." "오 다니엘라, 그럴 리 없어. 내가 확신해. 만약 그것이 뭔가 다른 무엇이라면, 그것은 메시아일 거야. 그자신의 순수함과 순결함으로, 우리 영혼을 구원하러 온 메시아가, 그의 앞길에 놓인 치명적인 위험을 간과하고 있는 거야." "케빈, 너는 참 어리석은 낙천가 폴리애나*야. 네가 이렇게 생각하리란 걸 진작 알았어야 했는데." 그녀가 말했다. "그런데 그 부모들은 어디 있는 걸까? 그게 바로 내가 알고 싶은 거야." 내가 말했다. "사탄의 아기들은 부모가 없어. 혹, 있다 하더라도, 그 부모들은 기꺼이 아기들을 없애버리지." 그녀가 말했다. "어쩌면 그 부모들은 살해당했

* Pollyanna. 엘레노어 포터(Eleanor Potter)의 소설 여주인공 이름. 가난한 목사의 딸로 태어나 양친을 잃고 숙모집에서 살아간다. 천진하고 낙천적인 폴리애나의 행동은 독자의 큰 반향을 얻어 폴리애나 선풍을 일으키고 사전에 보통명사로까지 올랐다.

을지도 몰라. 혹은 차 사고로 죽었을지도 모르고. 그래서 그 아기가 탈출한 거야. 아무도 그들에게 아기가 있다는 것을 모르고, 그래서 그 아기는 부모를 찾으려고 하는 것뿐이야. 그리고 이젠 죽을 테지. 왜냐하면 경찰은 너무 무능해서 그것을 찾아낼 수 없을 테니까. 다니엘라, 우리는 사실 확실한 것은 아무것도 모르고 있어. 그것은 어쩌면 아기가 아닌지도 몰라. 그것은 어쩌면 한마리 파썸*인지도 몰라." 내가 말했다. "사탄의 파썸?" "아니. 길고, 벌거벗은, 무엇이든 휘감을 수 있는 꼬리를 지닌 우리의 구원자야." 내가 말했다. 그다음 날, 뉴스에서도. 신문에서도 그 아기는 언급조차 없었다. 그것이 북쪽 숲을 향해 갔다면, 그는 거기에 도달했을 것이라는 생각이 든다. 그가 가장 알맞다고 생각하는 시간이 되면, 그가 품고 있던 계획을 세상에 알려줄 것이다.

---

* possum. 손에 잡히면 죽은 척하며 가만히 있는 동물로, 쉽게 잡을 수 있다.

중요한 증거 앞에서 마지못해 하는 항복

나는 카슨이 퇴근하고 오기를 기다리면서 벤치에 앉아 있었다. 오늘은 그녀의 생일이었고 우리는 나가서 저녁을 먹을 계획이었다. 나는 시계를 보았다. 그러나 손목에는 아무것도 없었다. 나는 한번도 손목시계를 놓고 온 적이 없었다. 어쩌면 떨어뜨렸는지도 모른다. 그 시계는 카슨이 내게 준 것이었다. 내게는 아주 특별한 것이었다. 나는 일어나서 내 발자취를 되밟아가며, 공원 주변을 걷기 시작했다. 난 식수대에서 물을 마시기 위해 멈췄었기에 그곳으로 다시 가서 주변을 온통 찾아보았다. 나는 캔디바 껍데기를 쓰레기통에 던져넣기도 했다. 나는 거기 멈춰 서서 몇분 동안 그 속을 뒤적거렸다. (몇분이라고는 하지만 사실 그때쯤 모든 시간 감각을 잃었다.) 나는 멈춰 서서 공원에 들어오기 전 어디에 있었던가를 기억하려고 애썼다. 나는 길을 건너 약국으로 갔다. 나는 약사의 주의를 끌기까지 몇분 동안을 기다려야만 했다. 드디어 내가 말했다. "아까 내가 여기 왔었는데, 시계를 잃어버린 것 같아요. 누군가, 혹시, 시계를 갖다놓고 간 것 없는지요? 혹은 당신이, 그걸 보지 못했는지요? 왜냐면 그 시계는 나의 아내가 준 것이고, 그게 없으면 나는 거의 제정신이 아니거든요?" 그는 나를 의심스럽게 쳐다보았다. "그런 것이 있었다면 즉시 경찰에 넘겨줬을 거예요." 그가 말했다. "그럼 방금 전 15분 동안, 당신이 경찰에 넘겨준 시계가 있나요?" 내가 말했다. 그는 알약을 세다가 멈추고는 나를 쳐다보았다. "나는 시계는 차지도 않는데." 그가 말했다. "내가 그걸 어떻게 알아요?" 나는 뭐라고 말해야 할지 몰랐다. 내가 과연 약국에 들렀던 것인지도 확신할 수가 없었다. "도와줘서 고마워요." 내가 말했다. 그러고는, 돌아서다가 여자가 콘돔을 들고 있는 광고판을 쳐서 넘어뜨렸다. "미안해요." 내가 말했다. 나는 거리를 샅샅이 살펴보았다. 모든 것이 낯설게 보였다. 나는 보도를 훑어보면서 다리를 질질 끌며 거리를 걸어 내려갔다. 한 남자가 카드 마술을 보여주겠다고 나를 멈춰 세웠다. 그의 마지막 묘기 끝에, 그의 귀에서 하트 퀸이 떨어져 나왔다. "당신 진짜 재주꾼이네요." 내가 말했다. 그의 손목에 내 시계가 있는지 살폈다. 한 간판에는 LPD 파이프 벤딩사라고 쓰여 있었다. 나는 그들이 내게 무엇을 해줄 수 있을지 생각했지만, 난 파이프를 가져본 적도 없다. 나는 계속 걸었다. 또다른 간판에는 이렇게 쓰여 있었다. 크리스탈로 읽는 심령술. 나는 크리스탈을 만나보고 싶었다. 그녀는 뭔가를 알 것만 같았다. 문 위에는 구슬들이 걸려 있었고, 멀리서 들리는 유혹적인 음악이 나를 그쪽으로 끌고 갔다. 구슬을 만지자 마치 몽환 속에서 깨어난 것처럼 꼼짝할 수가 없었다. 위험이 곳곳에서 잠복하고 있었다. "두려워하지 마세요." 그녀가 말했다. 나는 달아나기 시작했다. 골목을 보았고 거기에 몸을 숨겼다. 더러운 개가 신발 한짝을 씹고 있었다. 그것은 내 신발처럼 보였다. 내 발을 보았다. 신발 한짝이 없었다. "착하지." 내가 말했다. "자, 내 신발을 돌려줘." 우리는 잠시 동안 맞붙어 싸웠고, 마침내 나는 신발을 빼앗아 발에 신었다. 그것은 내 발에 맞지 않았고 다른 한짝과도 맞는 짝이 아니었지만 나는 신발끈을 묶고 걷기 시작했다. 개가 나를 따라왔고, 계속해서 그 신발을 물려고

214

했다. 사람들이 우리를 보며 웃었다. 나는 누군가가 그 신발을 알아보고는 돌려달라고 할까봐 두려웠다. 그러나 거의 모든 사람들은 신발을 두짝씩 신고 있었고, 그들은 그 개가 세상에서 제일 웃기는 놈이라 여겼다. 개가 신발에 달라붙자 나는 앞으로 걸음을 내디디면서 그놈을 바닥에서 들어올렸는데 특히 그때 그랬다. 내가 여러 번 그 개를 공중으로 돌려치기 했을 때 우리는 한바탕 박수를 받았다. 작은 무리들이 우리 뒤를 따라다녔다. 그 더러운 똥개는 신발을 돌려받기를 원했다. 하기야, 소유권을 따진다고 할 것 같으면, 신발은 그의 것이었다. 날이 어두워지고 있었고, 사람들이 흩어지기 시작했다. 나는 발을 쉬려고 멈춰 섰다. 그 개가 애원하듯 울고 또 울었다. 그러고는 부랑자다운 그 커다란 눈으로 나를 물끄러미 쳐다보았다. "오늘은 카슨의 생일이야. 그리고 나는 그녀가 내게 준 시계를 잃어버렸단 말이야." 내가 말했다. 나는 달리기 시작했다. 공원 쪽으로 왔던 길을 되밟아가며. 내 발에서 피가 흘렀고, 그 개가 내 뒤에서 요란하게 짖어댔다. 카슨은 벤치에 앉아서 한 노인과 얘기하고 있었다. 그 노인. 그가 신발을 잃어버린 채라는 게 눈에 띄었는데, 바로 그 신발을 내가 신고 있었다. 그리고 나는 확실하게 알 수 있었다. 내가 바로 내 시계 앞에 있다는 것을.

나이팅게일의 노래*

힐다 쿠퍼만은 매년 재미있는 사람들을 불러 모아 파티를 여는데, 나를 초대하는 게 적당하다고 봤다. 좀 이상한 소리지만, 그녀의 긍지라고 한다면 적어도 그녀가 재미있는 사람을 정의할 때는 그 사람이 가진 재산이나 권력이 아니라, 지난 한해 동안 오로지 그녀의 심미안에 걸려든 사람인지 아닌지 거기에만 비중을 둔다는 것이다. 물론 어떤 이들은 수년전에 그들이 한 일이나 그들에게 일어난 일을 토대로 해마다 거듭 초대받기도 한다. 내 경우는, 얼마 전 캠핑 여행 중에 늑대에게 물린 적이 있었다. 힐다는 지치지도 않고 그 사건에 대하여 내게 계속 물어보았다. 내가 할 말이란 게 실은 그렇게 많지 않아서 나는 얘기를 부풀리기 시작했다. "희미한 달빛 아래, 그놈이 야비한 신처럼 내 팔의 살점을 물어뜯었어요. 그러나 나는 쓸 수 있는 다른 한쪽 손으로 돌멩이를 찾아냈고, 온 힘을 다해 늑대의 머리통을 내리쳤죠. 즉시 늑대는 내 발밑에 엎드려 낑낑거렸고, 늑대의 송곳니에서 내 피가 뚝뚝 떨어졌어요." 내가 말했다. 힐다는 두 눈알이 튀어나올 지경으로 즐거워했다. "오, 로우레이 씨, 당신은 확실히 용감한 남자예요. 오늘 밤 당신이 오셔서 우리 모임을 빛내주시는 것, 영광스럽게 생각해요." 그녀가 말했다. 다른 이들은 그녀 주변에 모여들어 내게 한바탕 찬사의 박수를 보내주었다. 물론, 내가 말한 그 이야기는 진실과는 거리가 멀었

---

* 안데르센 동화를 바탕으로 한 스트라빈스키의 가극 제목. 태엽장치로 만든 인공 새의 노래와 실제 새의 노래가 사람의 마음을 어떻게 움직이는지의 과정에 대한 이야기다.

다. 내가 수년전 산에서 잠들었을 때 어떤 야생의 털 짐승이 개의 혀 같은 것으로 내 얼굴을 핥아준 적이 있었다. 그게 내가 아는 전부였다. 그러나 난 파티에 초대받는 걸 좋아했다. 나는 거트루드 폴크라고 하는, 나이가 좀 있는 귀족 부인에게 소개되었다. 폴크 부인은 보르네오에서 귀한 난초를 찾아다니던 중에 식인종에게 납치된 적이 있었다. 그녀는 어쨌든 육체적으로 더럽혀지지는 않았다. 오히려 그 종족들은 차츰 그녀를 별에서 보내온, 그들의 여왕이라고 믿게 되는 것으로 가닥을 잡아갔다. 그녀는 거기서 십년을 머물러 살면서, 그 종족들을 지구상에서 가장 평화를 사랑하는, 온화한 사람들로 바꾸어놓았다. 그녀는 눈물을 글썽이며 이야기를 마쳤다. 그러자 힐다가 폴크 부인의 어깨를 잡으면서 말했다. "폴크 부인은 성인聖人이시네요." 나는 스탠드바와 카나페가 있는 긴 테이블을 쳐다보았다. 내가 접시에 음식을 담고 있을 때, 내 옆에 선 한 남자가 혼잣말을 중얼거리고 있었다. "네, 선장님. 아니요, 선장님. 모두 죽었지요, 선장님. 마지막 남은 사람까지 전부요." 그는 작은 크랩 케이크를 조금씩 불안하게 뜯어 먹으며, 이쪽저쪽 흘끔거리고 있었다. 그는 바로 앞에 서 있는 나를 쳐다보지도 않았다. 그는 자기 이야기를 할 준비가 되어 있는 것 같지는 않았다. 그래서 나는 무엇을 할지를 몰라 다른 곳으로 걸어갔다. 한 아름다운 여자가 술잔을 들여다보며 문 옆에 혼자 서 있었다. 나는 그녀에게 다가가긴 했지만, 아무 말도 하지 않았다. 그녀는 내가 거기 있는 것을 상관하지 않는 것처럼 보였다. 그래서 나는 그냥 그렇게 있었다. 한 남자가 "물, 물, 한 컵의 물을 위하여 나의 전 재산을 줄게"라고 말하면서 손과 무릎으로 기어왔다. 힐다 쿠퍼만은 방 저쪽에서 공포 때문인지 혹은 웃느라고 그러는지 모를 비명을 질렀다. 내 옆에 있던 그 여자가 마침내 고개를 들더니 말했다. "당신은 기적을 믿으세요?" "그렇다고 생각하는데요." 내가 말했다. "그러니까, 생각해보면 거의 모든 것이 다 기적이지요." "나는 당신이 그렇게 얘기할 줄 알았어요." 그녀가 말했다. 바에서 나온 그 남자가 지나가면서 말했다. "선장님, 오기로 했던 증원부대는 안 와요. 그들은 모두 해안가에서 살해당했어요. 유감스럽게도 이젠 당신과 나뿐이에요. 그리고 시선이 닿는 곳엔 전부 적들이 우리를 둘러싸고 있어요." "진실이라는 것을 어떻게 생각하세요? 당신은 그런 것이 있다고 생각해요? 그걸 알 수나 있을까요?" 그녀가 말했다. "당신은 좀 순진하군요." 내가 말했다. "나는 당신의 이름조차 몰라요." "내 말이 바로 그거예요." 그녀가 말했다. "당신은 절대 알 수가 없어요. 그걸 알아낼 길이 없다고요. 마치 향수香水 같은 거예요. 그것은 여기 있다가, 그리고 곧 사라지죠." "오 그래요, 당신을 만나서 혹은 안 만나서 다행이에요." 내가 말했다. "내 이름은 댄이에요. 그리고 한번은, 달빛 아래 산에서 자고 있는데, 뭔가가 내 얼굴을 핥았어요. 그것은 늑대거나, 쥐거나 혹은 양이었어요. 아니 어쩌면 시간을 뚫고 이름 없는 여행길에 오른, 당신 이름이 붙은 향수가 스친 것인지도 모르지요."

흰 당나귀들의 도시로 돌아가다

폴리는 우리가 사는 땅 밑에 한 지하도시가 있다는 것을 내게 말하려고 했다. "거기 사람들은 매우 창백해, 그러나 그들은 어둠 속에서도 볼 수가 있어. 물론 거기엔 자동차는커녕 그 비슷한 것도 없어. 그러나 몇몇 사람들은 알비노 당나귀가 끄는 수레는 갖고 있지. 그들은 감자, 당근, 무, 양파 등의 뿌리 식물을 먹고 살아. 오 그래, 흙 속의 유충도 먹지. 그들은 유충을 좋아해. 그들의 집은 진흙으로 지어져. 그들은 하늘을 본 적이 없어. 어떤 종류의 빛도 본 적이 없고, 저녁놀도 본 적이 없지. 그래서 그들은 그런 것들을 아쉬워하지도 않아. 그들도 우리가 그러는 것처럼 사랑에 빠져. 그들 역시 기쁨과 고통과 슬픔을 느껴." 그녀가 말했다. "너 정말 그걸 믿고 있구나, 그렇지?" 내가 말했다. "오 그럼, 아주 확실하게. 왜냐면 찰스, 있잖아, 나는 거기서 태어나서 거기서 자랐어. 그러다 거길 탈출한 것은 그냥 우연이었어. 나는 몇달 동안 눈이 멀었고, 그러다 서서히 겨우 시력을 회복했어. '탈출'이란 말은 실은 잘못된 단어야. 왜냐하면 나는 절대로 거길 떠나고 싶은 적이 없었어. 나는 적어도 불행하지는 않았거든. 나는 지독하게 가족이 그리웠어." 그녀가 말했다. 나는 폴리를 수년간 알고 지냈지만 그녀는 한번도 이런 얘기를 하지 않았다. 그녀는 굉장히 창백했고, 그녀의 눈은 희뿌연 회청색이었다. 그러나 땅 밑의 도시는 받아들이기에는 좀 벅찬 얘기였다. 그녀는 아주 지적이었고 정치에 예리한 식견을 가지고 있어서, 우리는 평소 정치에 관한 이야기를 했다. 그래서 나는 그러려니 지나쳤고 주제를 바꿨다. 그러나 폴리는 멜랑콜리한 기분에 잠겨서는 거의 말이 없었다. 조금 후에 나는 잘 가라고 인사를 했다. 나는 매주 만나기로 한 날짜를 다음 토요일로 약속했다. 지금까지 몰랐던, 폴리에 관한 새 사실이 드러난 중에도 나는 태연함을 유지하려고 했다. 그러나 헤어지고 난 후, 나는 극심한 혼란에 빠졌다. 그녀는 완전히 정신이 나갔는데 그것을 최근 수년 동안 내내 성공적으로 감추고 살았거나, 아니면 그녀가 갑자기 신경쇠약에 걸렸거나, 아니면 우리들의 도시 아래, 철저한 어둠 속에서 창백한 사람들이 유충이나 당근을 저녁식사로 먹기 위해 앉아 있는 그런 도시가 정말 있는 것이다. 나는 일주일 내내 마음속에서 이런 생각들을 떨쳐버릴 수가 없었다. 어떤 때는 그녀를 믿고 싶었고, 심지어 그녀가 고향으로 돌아가는 길을 찾는 데 도움을 주겠다고 말하고 싶기도 했다. 그리고 또 어떤 때는 그냥 그녀가 정신적으로 건강하고 또 잘 지내는지가 염려되어, 그것이 무엇이든 간에, 그녀를 돕기 위해 할 수 있는 일을 생각해보았다. 토요일이 왔다. 난 그녀를 만나는 것이 좀 걱정되었다. 나는 그녀를 위해 초콜릿 한상자를 샀다. 그녀는 어둠 속에 앉아 있었는데, 그 모습이 특별히 진지해 보였다. 잠시 후에, 그녀가 말했다. "우리 엄마가 죽어가고 있어. 나는 집에 가서 엄마와 함께 있어야만 해." "그것 참 걱정스럽구나." 내가 말했다. 난 그걸 어떻게 알았냐고 묻지 않았다. "너도 짐작하겠지만, 거기에는 오고 가는 수송상의 문제점들이 있지. 내겐 수년전 지상으로 나왔던 그 장소의 희미한 기억밖에 없어. 그 당시 난 그냥 어린애였을 뿐이고, 그 빛에서 받은 충격만이 내게 남아 있을 뿐이야." 그녀가 말했다. "너는 기억해내야만 해, 어떤 것이든. 교회의 뾰족탑이라든가, 농가, 한줄기 길, 그 무엇이든." 내가 말했다. 그녀는 손으로 눈을 가리더니 아이였을 적 지상으로 출현했던 그때를 다시 상기해내려고 했다. "나는 완전히 눈이 멀었었어, 빛 때문에." 그녀가 말했다. "뭔가를 찾아봐야만 해." 내가 말했다. "난 못해." 그녀가 말했다. "잠깐, 저기 한 교회 뾰족탑이 있다. 이제 볼 수 있어. 그건 희미해, 그냥 흐릿하고. 하지만 그건 분명 교회 뾰족탑이야. 대략 오십 야드쯤 떨어진 곳이야." 그녀가 말했다. 우리는 운전하며 그것을 찾아 다녔다. 그 지역에는 일곱개의 뾰족탑만이 있었다. 폴리는 흥분했고, 나 역시 그랬다. 들르는 모든 교회 앞에서 폴리는 차에서 나와 벌판을, 그리고 때때로 집들의 앞마당을 거닐었다. 그녀는 꿈속에 있는 것 같았다. 바람이 그녀의 머리를 물결치듯 가르고 그녀의 흰 드레스를 들어올렸다. 그녀는 매우 행복해 보였다. 그때, 그녀가 마침내 일곱번째 뾰족탑에서 단념하고, 차를 향해 돌아 걷기 시작했을 때 뭔 일이 일어났다. 늦은 오후였고 태양이 내 눈 속에 있었다. 그래서 나는 그 일이 일어난 것을 사실 보진 못했다. 내가 다시는 폴리를 보지 못했다는 것, 내가 알고 있는 것은 이게 전부다.

까마귀가 말하다

나는 정원에서 몇송이 장미를 꺾었다. 그리고 돌아와서는 꽃병에 그것을 꽂았다. 식당 테이블 위에 꽃병을 놓고는 잠시 앉아 그것들을 바라보고 있었다. 꽃들은 노랑에서 오렌지색 쪽으로 가까워지면서 가장자리는 붉은 색을 띠고 있었다. 그것은 마치 색깔이 움직이고 있는 것 같았고, 잔물결이 이는 나만의 어떤 바다가 소용돌이치고 있는 것 같았다. 몇마리 돌고래가 맑고 푸른 하늘 아래 뛰어오르고 있었다. 나는 멀리 뗏목 위에 있는 한 남자를 보았는데, 사실은 그냥 하나의 점 같았다. 그는 뭐라고 소리를 지르면서 하얀 깃발을 흔들고 있었다. 그러나 그러고는 사라져버렸다. 나는 일거리로 돌아가서, 어떤 문제들을 해결하려고 애썼다. 삼천개를 선적해 보냈고, 육천개는 저쪽으로 넘겼으며, 구천개는 또다른 쪽으로. 그리고 계속, 계속해서 일했다. 이게 결코 충분하지 않다는 것을 알고 있다. 모든 사람들이 자기 물량을 보내달라고 요구하고 있다. 그렇게 지구가 오그라들고 있었다. 모두들 지구가 점점 작아지는 것을 느낄 수 있을 것이다. 나는 일어나서 다시 밖으로 나갔다. 까마귀가 나를 바라보고 있었다. 그래서 나도 그놈을 쳐다보고 있었다. 그놈은 말하고 싶어했다. 까마귀는 뭔가 할 말이 있었다. 내가 까마귀에게 몇발짝 다가갔다. "유 유(yew yew)." 까마귀가 말했다. "나, 나 말이야?" 내가 말했다. "내가 어쨌다고? 나는 싸우러 온 게 아냐. 너를 해칠 의도가 없단 말이야. 그러나 나에 관해서는 이제 됐고, 난 네가 그 무엇도 두려워하지 않는다고 들었어. 말해줘, 그게 사실이야?" 그 새는 나를 그냥 쳐다만 보았다. 그리고 말했다. "유 유." 그런데 이번에는 그것이 좀 힐난하는 투로 들렸다. 그래서 내가 말했다. "좋아, 내가 고백하지. 바로 나야. 내가 모든 문제의 근원인 바로 그 사람이라고. 그래서 너는 날더러 무얼 하라고 그러는 거야? 만일 그게 내가 아니었다면, 다른 어떤 사람이 그랬을 텐데." 그 새는 날아가버렸다. 바로 내가 말을 하고 있는 그 중간에. 난 이제 막 시작했을 뿐이다. 그것은 그냥 나의 오프닝 발언이었다. 까마귀는 자기 하고 싶은 것을 하고 날아갔지만. 문제는 나였다. 새가 까놓고 말하지 않았으니 어쩌면 그는 돌아올지 모른다. 그러면 우리는 다시 얘기할 수 있다. 나는 마당을 돌아다니는데 어디서나 장미꽃들이 내 눈에 들어왔다. 장미들이 뭘 하고 있는지, 왜 그런 일을 하는지 설명할 길은 없다. 음, 장미 개량이라는 것. 물론 그것은 어떤 미친 사람이 우주의 비밀을 가지고 하는 서툰 짓일 뿐이지. 장미들은, 여전히, 자기만의 생각을 간직하고 있다. 장미들은 그저 그 미친 사람의 비위를 맞추고 있을 뿐이다. 이집트의 무덤에서 수천년 묵은 마른 장미들이 발견되었다. 나는 장미들이 무얼 하고 있는지를 그들 자신은 알고 있었을 거라고 생각한다. 그러나 장미들의 생각이 무엇인지까지는 우리가 알 수 없다. 그러나 그들은 서서히 무언가를 드러내고 있고, 그게 전부다. 그냥 입 닥치고 너무 많은 질문은 하지 말라. 차 한대가 우리 집 진입로로 들어왔다. 더스틴이었다. "미안해 친구, 이렇게 귀찮게 해서. 에티오피아에서 사람들이 더 많은 물량을 원해. 정확하게 말하자면 아디스아바바에서." 그가 말했다. "에티오피아라고?" 내가 말했다. "우리가 그곳과 거래를 하고 있는 줄은 몰랐네." "오 그래, 큰 사업이야. 우리는 거기서 인기라고. 지금 당장 해줄 수 있어? 그쪽은 물량 만개를 원해." 그가 말했다. "내가 해낼 수 있는지 보자구." 내가 말했다. "미안해, 당신 휴일을 망쳐서. 그러나 그들 말대로, 이 사업에선 시간이 결코 멈추는 법이 없지. 헤이 선장님, 고마워. 나 이제 가야 해." 그가 말했다. 그리고 그와 동시에, 차를 후진해서 진입로를 빠져나가 빠르게 도로로 달리는 바람에 옆집 개를 거의 칠 뻔했다. 솔로몬 왕과 시바 여왕이 그들의 물량을 원한다. 뗏목 위의 그 남자가 손을 흔들고 있었다. 그도 역시 자신의 물량을 원한다. 너무나 많은 압력을 받는다. 지구가 흔들리고 있다. 불가사의가 땅속에서 끓고 있었다. 그리고 그것들이 구멍을 뚫고 터져나오기 시작한다. 우리는 헐떡거린다. 펄쩍 뛰고, 말을 할 수 없게 되고, 약해져서는, 바닥으로 추락하고, 예배한다.

위대한 수리부엉이 날아갔다

나는 차고 세일에서 박제된 부엉이를 샀는데 즉시 후회했다. 남자가 말하기를 그것은 수리부엉이였고, 그의 할아버지가 이 근처 숲에서 한 오륙십년 전에 총으로 잡은 거라고 했다. 그는 내게 그것을 3달러에 넘겨줬다. 나는 뒷좌석에 앉아 있는 그놈의 모습을 보기 전까지는 싸게 산 것이라 생각했다. 그것은 그렇게 죽어 있으면서도, 내 머리통을 찢을 것만 같다는 생각이 들었다. 나는 손들어 작별인사를 하고, 별생각 없이 서둘러 그곳을 빠져나왔다. 사나운 노랗고 검은 눈이 거울 속에서 나를 노려보며 공공연하게 증오를 드러내고 있었다. 그놈이 한순간에 날개를 펴곤, 퍼덕거리며 차 안을 공포로 가득 채울 것처럼 느껴졌다. 나는 불규칙하게 운전하고 있었다. 너무 느리게, 그다음은 너무 빠르게, 차선을 위반해가면서. 마침내 나는 갓길에 차를 세우고 담요로 부엉이를 덮었다. 내가 집에 돌아왔을 때, 샐리가 말했다. "우유는 어디 있어?" "우유." 내가 말했다. "우유를 잊었네." "어떻게 우유를 잊어버릴 수가 있어?" "대신 부엉이를 사왔어." 내가 말했다. 나는 부엉이를 덮었던 담요를 젖히고 미소 지으려고 애쓰면서 거기 서 있었다. 그녀는 부엉이를 살펴보면서 한바퀴 돌았다. 잠시 후 그녀가 말했다. "이 녀석 매력적이네. 벽난로 위 선반에 놓자고. 이제 가서 우유를 사와." 나는 그놈을 벽난로 위 선반에 조심스레 놓았다. 부엉이는 마치 이 세상을 확실하게 지배하는 것처럼 엄격하고 위압적이었다. 나는 샐리가 그것을 눈치채지 못하는 것이 이상했다. 나는 밖으로 나가 우유를 샀고, 오는 길에 그 차고 세일에 대고 욕을 하면서 거기를 지나쳤다. 내가 집에 돌아왔을 때, 부엉이는 거기 없었다. 샐리는 부엌에 있었다. 내가 샐리에게 우유를 건네면서 말했다. "당신 부엉이를 어디로 옮겼어?" "나는 부엉이를 옮겨놓지 않았는걸." 그녀가 말했다. "당신이 놓았던 벽난로 위 선반, 바로 거기 있잖아." 그녀가 거실로 걸어 들어가서는 말했다. "자, 봐." 부엉이는 나를 똑바로 쳐다보고 있었다. 샐리는 내가 약간 돌았다는 듯이 나를 쳐다보았다. "오." 내가 말했다. 그리고 그녀는 부엌으로 다시 들어갔다. 그놈은 이미 내게 속임수를 쓰고 있었다. 그러고는 거기 앉아서 마치 미스터 결백이라는 박제 새처럼 앉아 있는 것이다. 그놈의 강력한 부리와 발톱이 문제라면 문제였지만, 진짜로 나를 오싹하게 하는 것은 그의 마음이었다. 그는 나보다 더 머리가 좋았다. 누구든 그를 한번 보면 알아차릴 것이다. 부엉이는 한꺼번에 여러 차원의 현실을 조종할 능력이 있는 반면에, 나는 간신히 하나를 붙잡고 있는 것이다. 나는 확실히 불리한 입장에 있었다. 샐리가 나를 부르더니 부엌으로 와서 뭔가를 도우라고 했다. 나는 부엉이를 보고 말했다. "나쁜 놈." 나는 전구를 갈아 끼웠고, 그다음엔 치즈를 잘게 부수었다. 이럭저럭 하다보니 나는 곧 부엉이에 관한 모든 일을 잊어버렸다. 우리는 욕실을 리모델링하면 어떨까 하는 얘기와 개를 한마리 들이는 것에 관한 이야기를 하면서 즐겁게 저녁식사를 했다. 그리고 우리는 거실로 갔는데 부엉이가 옮겨져 있는 것이었다. "당신왜 부엉이를 옮겨놨어?" 샐리가 말했다. "난 안 옮겼는데." 내가 말했다. "그놈이 제 스스로 움직였어." "그거 귀엽네, 제이. 그거 정말

귀여워." 그녀가 말했다. "그놈은 원하는 것은 뭐든 할 수가 있어."
내가 말했다. "그놈은 실은 죽은 게 아니야. 말하자면 그놈은 총에
맞았고 그래서 오륙십년 전에 죽었다고 추정하는 거지. 그리고 속
이 채워지고 박제된 거야. 그래서 당신도 죽었을 거라고 생각하는
거고. 어쩌면 우리만 그렇게 생각하는 거야. 그러나 난 그놈 귀가
씰룩거리고 눈이 움직이는 걸 봤어." "제이, 당신이 이렇게 말하다
니 믿을 수가 없어. 당신 지금 확실히 정상이야?" 그녀가 말했다.
"그놈은 긴 휴식을 취했고, 이제 깨어나고 있는 거지." 내가 말했
다. 나 역시 내가 이렇게 말하는 걸 믿을 수 없었다. 그렇다 하더라
도, 나는 그것을 부엉이 탓으로 돌렸다. "나는 그 부엉이가 좋아."
그녀가 말했다. "아마 지혜로운 부엉이인지도 몰라." "나는 그놈을
내일 놓아줄 거야." 내가 말했다. "놓아준다고? 그건 죽었는걸." 그
녀가 말했다. 아침에 보니 그놈은 가버렸다. 어떤 창문도 출입문도
열려 있지 않았다. 그러나 어쨌든 그놈은 갔다. 내가 샐리에게 말했
다. "당신 부엉이 봤어? 그게 가버렸네. 그 부엉이가 혼자 날아가버
렸어." "허, 그래. 그놈은 쓰레기통으로 스스로 날아 들어가서 쓰레
기 집하장으로 가는 중이야." 그녀가 말했다. "그 불쌍한 것이 당신
을 너무나 심하게 괴롭히더라니. 그러나 그놈 잘못은 아니지."

이름 없는 것들

나방들이 오더니 눈에 보이는 대로 모든 것을 먹어치웠다. 그들은 수백만마리씩 날아와서 하늘을 캄캄하게 했다. 밤에 나방들이 턱뼈를 덜컹대며 씹는 소리를 당신도 들을 수 있을 것이다. 무시무시한 소리다. 그리고 아침이면, 나무들은 한잎도 남지 않고 벌거벗게 된다. 나는 창문들을 닫았고 출입문도 잠갔다. 그래도 여전히 그들은 들어온다. 잘은 모르겠지만, 그들이 찾는 것은 제라늄 화분인 것 같다. 그들은 탐욕스럽다. 그들은 아무것도 남은 게 없다는 확신이 들 때까지 결코 떠나지 않을 것이다. "아무것도 안 남았다." 내가 그들에게 말한다. 그리고 나서야 그들은 간다. 그들이 자기들의 엔진을 돌리면, 하늘은 잠시 동안 캄캄해지고, 그들이 사라진다. 나무들은 벌거벗겨지고, 나무들 중 몇은 결코 새잎이 나지 않을 것이다. 그러나 오늘은 청명한 날이다. 나는 코니의 방문을 두들겼다. "이제 나와도 돼, 여보. 그들은 모두 갔어." 내가 말했다. "확실해? 정말이야?" 그녀가 말했다. "확실해. 자, 나와. 당신이 직접 봐." 내가 말했다. 그녀가 문을 열었다. 그녀의 머리에 한마리가 기어다니고 있었지만, 나는 아무 말도 하고 싶지 않았다. "세상에, 그들이 모든 것을 먹어치웠네. 그들이 밤새도록 먹어치우는 소리를 들을 수 있었어. 무서운 소리였어." 그녀가 말했다. "틀림없이 그들이 집 안으로도 들어왔을 거야." "내가 몇마리를 찾아내서 처리해버렸어." 내가 말했다. "이젠, 더이상 없을 거야." 코니는 천천히 집 안 여기저기를 뒤졌다. 그녀는 선반 칸칸에서 몇마리씩 찾아낼 때마다, 내가 재빨리 치우기는 했지만, 소리를 질렀다. "그런데, 도대체 그것들은 뭐야?" 그녀가 말했다. "그게 문제야. 과학자들이 전에는 이와 같은 것들을 전혀 본 적이 없다는 거지. 과학자들도 그것들이 뭔지 모르는 거야. 이 나방은 어떤 것과도 관련된 것 같지가 않아. 우리가 그렇듯이 그들도 암흑 속에 있는 것이지." 내가 말했다. "그 것 참 대단하네." 그녀가 말했다. "음, 그들은 적어도 가축이나 애완동물은 먹지 않아." "엄밀히 말하자면 그건 사실이 아냐." 내가 말했다. "그게 무슨 말이야?" 그녀가 말했다. "음, 소와 양과 몇몇 애완동물이 사라졌다는 확인되지 않은 보고가 좀 있었어. 그리고 어린애 하나가 실종됐고. 그러나 당신은 이런 말들이 어떻게 퍼지는지 알지. 어느정도의 집단 히스테리가 가미되었다는 걸 고려해야만 해. 그러나 아마 모두 잘 해결될 거야." 내가 말했다. "도대체 누가 육식성 나방에 대해 들었겠어?" 그녀가 말했다. "생각만 해도 소름끼치네." "그것이 사실로 확인될 때까지는 그걸 생각하지 않는 것이 최선일 거야." 내가 말했다. "음, 인정하고 싶지 않지만, 그들에겐 어떤 아름다움이 있어. 새까만 바탕의 날개에 샛노란 점들. 나는 그것을 기억하기 위해 한쌍을 남겨두었으면 하고 바라기까지 했어. 애완용으로 병이나 뭐 그런 것 속에다 키우려고." 그녀가 말했다. 나는 처음에는 그녀가 이런 말을 하는 것을 듣고 충격을 받았다. 그러나 생각할수록 그것 한쌍을 애완용으로 사로잡아 갖는 것도 그리 나쁘지 않을 거라는 데 동의하게 되었다. 나는 손을 뻗어 그녀의 머리에 있는 나방을 잡아챘다. "아야." "이놈이 날 물었어." 내가 말했다. "그놈을 어딘가에 당장 집어넣어." 그녀가 말했다. 그놈이 계속해서 내 손을 물었지만 나는 병조림 병을 찾아내서 그놈을 그 속에 집어넣는 데 성공했다. 내 손에서 피가 나고 있었다. 나는 깨끗한 천을 찾아내서 그것으로 손을 둘둘 말아 감쌌다. "당신 괜찮아?" 그녀가 말했다. "응. 그놈이 내 손을 먹으려고 했어. 확실해." 내가 말했다. "다른 한마리를 또 찾을 수 있는지 보자." 그녀가 말했다. 나는 이번에는 장갑을 끼자고 제안했고, 코니도 그러자고 했다. 우리는 서랍을 열고 옷장과 침대 밑을 보았지만 찾지 못했다. "어딘가에 또 한마리가 분명 있을 거야." 그녀가 말했다. 그러나 없었다. 코니는 마침내 포기했다. 그녀는 앉아서 저녁내내 병 속에 있는 나방을 쳐다보았다. "너희가 누구인지는 아무도 모른다." 그녀가 말했다. "그리고 이제 나는 너를 잡았다. 그렇게 고독하고, 그렇게 아름답고, 그리고 아무것도 가진 게 없는 그 기분 어떠냐?"

버스 정거장

버스에는 사실상 우리만 있었다. 우리가 버스를 탔을 때는 늦은 밤이었고, 니코는 내 어깨에 기대어 처음 몇시간을 꾸벅꾸벅 졸았다. 볼거리가 많은 것은 아니었지만, 나는 여전히 차창에서 눈을 뗄 수가 없었다. 오래된 오두막 몇채가 여기저기 붙어 있는 황폐한 시골이었다. 때때로 개가 짖곤 했는데, 그게 전부였다. 말과 소떼 들은 자고 있었다. 운전수가 이따금 백미러를 들여다보면서 뭔가 놓치는 것은 없는지 확인하려 했지만, 우리는 그에게 만족감을 줄 만한 짓을 하지는 않았다. 우리가 첫번째 정거장에 정차하게 됐을 때, 니코는 잠에서 깨어, 내려서 주변을 둘러보겠다고 했다. 나도 같이 가겠다고 말했다. 거긴 도심에서 멀리 떨어진 아주 작은 마을이었다. 그러나 얼마나 많은 사람들이 이 한밤중에 버스 정거장 주변을 서성대는지 놀라운 일이었다. 매춘부가 되기를 열망하는 것처럼 보이는 정말로 단정치 못한 여자들이 있었다. 그들이 발레리나였더라도 세상이 신경쓰진 않았겠지만. 그리고 남자들은 뚜렷한 이유도 없이, 다만 피가 그들을 흥분시킨다는 이유로 사람들에게 칼을 찌를 것 같은 모습을 하고 있었다. 그리고 아무 데도 소속되지 못한 것 같은 아이들이 있었다. 어쩌면 그 버스 정거장이 그들에겐 집과 같은 것인지도 모른다. 그리고 버스 한대가 거기 들어온다면, 아주 희박한 확률을 넘어, 기적과 같은 기회가 올 수 있는 것이다. 나는 화장실 밖에서 니코를 기다렸다. 니코가 나와서는 말했다. "저 안에서 뭔가가 아주 고통스럽게 죽었고 어쩌면 지금도 여전히 죽어가고 있어." 갑작스레 나는 어떤 남자가 2피트쯤 떨어진 곳에 서서 나를 보고 미소 짓고 있다는 것을 알았다. 그가 내 시선을 끌더니 재빨리 자기소개를 했다 "만약 당신이 찾고 있는 것이 꿈같은 집이라면, 당신은 나를 제대로 만난 거요. 호수 위 작은 오두막은 어때요." 그는 내 손을 잡고 놓아주지 않았다. "우리 버스가 떠나요." 내가 말했다. "제발 내 손을 놓아줘요." "내가 당신에게 제시할 것을 보기도 전에, 이 친구야, 그렇게 서두르지 마." 그가 말했다. 그가 내 손을 아프게 했다. 니코가 말했다. "내가 경찰을 찾으러 갈 거예요." 그는 연필처럼 가는 콧수염에 몇개의 금이빨을 하고 있었다. "난 당신을 해치려는 게 아니라 도우려고 여기 온 거야." 그가 말했다. 나는 운전수가 버스에 올라타는 것을 보았다. 니코는 어디 있는지 보이지 않았다. "자동차에 관한 거라면 어때?" 내가 말했다. 또다른 남자가 앞으로 나섰다. "자동차에 관해서라면 그건 내 담당이지." 그가 말했다. "난 당신이 원하는 것은 무엇이든 줄 수 있어. 물론 할인해서." "이거 내내 점입가경이군." 내가 말했다. "제발 내 아내를 찾아보게만 해줘요. 그러면 우리가 그 문제를 좀 상의해볼게요." 버스는 문을 닫았다. 금이빨의 사내는 슬그머니 내 손을 놓아주었다. 내가 니코를 찾으려고 작은 터미널을 돌아다니는 내내 두 남자가 내 옆을 쫓아다녔다. 나는 곧 어떤 벤치에 앉아 있는 니코를 찾아냈는데, 니코는 매춘부처럼 보이는 두 여자 사이에 앉아 있었다. 그녀들은 니코의 얼굴에 아이라이너와 립스틱과 연지를 칠해주었고, 그들 셋은 브랜디 한병을 마시며 웃고 있었다. "니코." 내가 말했다. "이러면 우린 버스를 놓칠 거야." 그녀는 나를 마치 낯선 사람처럼 쳐다보았다. "이이들은 내 친구들이에 요." 니코가 말라빠진 두 여자에게 미소 지으며 내게 말했다. 버스 가 출발하려고 차로를 빠져나갔다. 나는 쫓아 달려가고 싶었지만 니코를 놔둘 수가 없었다. 그리고 니코는 바로 그 즉시 떠날 것처 럼 보이지 않았다. "당신은 이보다 더 좋은 곳을 결코 찾아낼 수 없 을 거야." 자동차 세일즈맨이 말했다. 나는 손목시계를 보았다. 새 벽 세시였다. "그 버스 운전수도 바로 여기에서 산다고. 그는 세상 어디에서든 살 수 있었겠지만. 운전수가 일하지 않을 때는 바로 여 기 앉아서 우리와 함께 다음 버스를 기다리지. 모든 사람들이 여기 를 거쳐가기 위해 오지만 그들 중 많은 이들은 여길 떠나지를 않아 요." "나는 어느 집에도 차가 들어가는 것을 못 봤는데요." 내가 말 했다. "그들은 어디 있어요? 그들은 어디서 사는 거예요?" "그것이 바로 이곳의 아름다움 중 하나지." "우리는 여기를 아주 깨끗하고 자연스럽게 유지해왔어." 콧수염 남자가 말했다. 나는 니코를 쳐다 보았다. 그녀는 고개를 끄덕였다. 그녀의 눈은 온통 새까맣고 입술 은 빨갛게 문질러져 있었다. 우리는 어딘가에서 밤을 지내야만 했 다. 그리고 이곳이 집이라는 느낌이 들기 시작했다.

외딴섬으로의 여행

의사의 진료실은 붐볐다. 그래서 나는 꽃무늬 가운을 입은 굉장히 뚱뚱한 부인과 회색 양복을 입은 한 작고 예민해 보이는 남자 사이, 유일하게 비어 있는 자리에 앉았다. 그들이 내게 숨쉬기조차 힘들다고 화를 내는 것 같았다. 우리 사이의 이런 신경전은 어쩌면 내 상상인지도 모르지만 나는 팔을 놓을 자리조차 없었다. 우리는 계속 팔꿈치를 부딪쳤고, 그때마다 나는 미안하다고 했다. 마침내 여자가 나를 쳐다보며 말했다. "당신 병은 전염되는 건가요?" "전염되건 말건 뭐 다를 게 있나요? 우리는 모두 병들었잖아요. 안 그래요? 우리는 모두 죽을 텐데요." 그녀는 충격을 받고 얼굴을 돌렸고 수놓은 손수건으로 입을 가렸다. 내 옆에 앉은 작은 남자는 아무것도 못 들은 척 앞만 바라보고 있었다. 나는 그에게 고개를 돌려 말을 걸었다. "당신은 오늘 아침 쾌활해 보이는군요. 당신 아무 이상 없지요, 아닌가요?" "음 실은, 내 방광이요." 그가 내게 속삭였다. "당신은 방광이 그렇단 말이지요." 나는 너무 크게 말했다. "아무데나 싸지요. 우리가 그렇지 않나요? 엄청 지저분하지요. 늙은 의사가 그걸 고칠 수 있는 방법이 있을지 궁금하네요. 그냥 익숙해져야만 하겠지요. 밖에 나가지 않는 것, 그게 상책이지요. 혼자 틀어박혀 있다가는 당신이 싸고 싶은 대로 다 싸버려요." 그는 굉장히 당황스러워 보였다. 난 내가 왜 그런 식으로 다 말해버렸는지 알 수가 없었다. 나는 긴장했지만, 그렇다고 해서 그게 용서받을 수 있는 건 아니었다. 난 상체를 기울여 속삭였다. "의사가 당신을 금방 고쳐줄 거라고 믿어요." 그 작은 남자는 나를 쳐다보더니 말했다. "당신을 믿었는데 유감이네. 당신은 나쁜 사람이야." 뚱뚱한 부인도 이쪽을 쳐다보더니 말했다. "맞아요, 당신 나쁜 사람이에요. 당신은 여기서 조용히 했어야만 해요. 그리고 내 팔꿈치를 건드리지 마세요. 그렇지 않으면 내가 가만두지…… 내가 무슨 짓을 할지 몰라요. 내 가방으로 당신을 한방 칠 거예요." 건너편 자리에 앉은 한 남자가 말했다. "나도 당신을 좋게 생각하지 않아요." 그 남자 옆에 앉은 여자가 말했다. "맞아요. 우리 모두는 죽을 거예요. 다함께 잠시 기도할 시간을 가집시다." 그리고 그 여자는 큰소리로 기도하기 시작했다. "하늘에 계신 우리 하나님." "헤이 잠깐만요." 내가 말했다. "우리 모두 긴장해 있어요. 모두 예민한 상태라고요. 우리는 여기에 충직한 늙은 의사 오트만을 만나러 왔어요. 우리가 알고 있는 그는 어느 누구도 도운 적이 없지요. 우리는 적어도 유머감각을 가져야 한다고요. 우리는 서로 사랑해야만 해요." 그들은 모두 나를 쳐다보면서 침묵했다. 마침내 작은 남자가 말했다. "나는 한번도 의사 대기실에서 즐거워본 적이 없어요. 그러나 여기는 사람들이 모여 온갖 얘기를 하는 일종의 파티 같네요. 침묵이야말로 정말 소름끼쳐요. 내 생각에 의사들은 대기실에 무서운 침묵이 돌게 하는 것을 좋아하는 것 같아요. 침묵이 더 큰 권력이 되어 그들이 우리를 지배하게 하지요. 우리는 의사들이 그런 권력을 갖도록 허락해서는 안돼요." 건너편 자리에서 남자가 말했다. "그리고 그들은 우리가 이미 죽었다고 생각하게 하려고 저 빌어먹을 뮤잭을 틀지요." 바로 그때, 간호원이 나와서 내 이름을 불렀다. 나는 떨면서 일어났다. 작은 남자가 내게 손을 내밀었고 나는 그 손을 잡았다. 그 부인이 일어나서 나를 껴안았다. "가지 마세요." 누군가 말했다. "당신은 도망갈 수 있어요." 또다른 이가 말했다. 나는 눈부신 불빛 속으로 걸어 들어갔다. 우리는 모퉁이를 돌았고, 수많은 방을 지나, 다시 돌고 돌아서, 나 혼자 스스로는 돌아올 수 없는 곳까지 갔다. 간호사가 내 맥박을 짚었고 얼굴을 찌푸렸다. 그리고 나는 그 방에 혼자 앉아서 오랫동안 인간의 심장을 그린 차트를 들여다보고 있었다. 나는 내가 누구인지 왜 여기에 와있는지를 잊어버렸다. 마침내 닥터 오트만이 문간에 나타났을 때, 나는 탈출할 모든 희망을 잃어버렸다. "당신은 매우 특별한 경우네요." 그가 냉혹하게 말했다. 무엇이 나를 특별하게 했는지, 그는 결코 말해주지 않았다. 간호사가 미로를 통과해서 나를 있던 자리로 데려다놓았다. 대기실에 있던 그 많은 눈들이 내가 떠나는 것을 쳐다보고 있었다. 그들은 나를 알아보지도 못하는 것 같았다. 나는 돌무화과나무* 아래를 걸었다. 가벼운 빗속에서 한걸음 걸을 때마다 조금씩 녹아들면서.

* sycamore. 돌무화과나무. 성경(누가복음 19:1-10)에 키 작은 세리 삭개오가 예수를 보려고 열망하여 돌무화과나무에 올라가 기다리다 구원받았다는 일화가 있다.

마카로니

타마라는 며칠 동안 그녀의 언니 집에 가 있었다. 그래서 나는 혼자 지냈다. 제이콥이 전화했을 때 나는 마카로니 치즈와 핫도그를 만들고 있었다. 그는 나에게 알렉시스 볼보트라고 하는 소설가의 강연에 함께 가자고 했는데, 그 소설가는 최근에 『전쟁이 좋다』라는 베스트셀러를 출판한 사람이었다. 제이콥은 내게 그 책이 아주 재미있다고 했다. 나는 그에게 초청해줘서 고맙지만, 다른 계획이 있다고 말했다. 제이콥은 실망하는 듯했다. 나는 마카로니를 거의 태울 뻔했으나, 그래도 여전히 그 저녁은 맛있었다. 나는 한입 한입 음미했고 분위기를 내려고 촛불까지 켰다. 그리고 좋아하는 음악도 틀었다. 식사를 막 끝내자 전화가 울렸다. 전화를 건 사람은 자신을 볼프강 폰 하겐이라고 했다. "메트칼프 씨, 귀찮게 해서 죄송한데요, 당신이 오늘 저녁 알렉시스 볼보트의 강연에 가려고 생각 중이라는 말을 들었습니다. 나는 알렉시스 볼보트가 가장 저질의 배신자이며, 자기 나라에 불충한 자이며, 우리 형의 죽음에 전적으로 책임이 있는 자라는 것을 당신이 알아야만 한다고 생각합니다. 난 당신에게 이런 창피하고, 인간으로서 제일 불명예스러운 자와는 거리를 두라고 충고합니다." 그가 말했다. "사실은, 저는 전혀 갈 생각도 안했어요. 그러나 알려줘서 고마워요." 내가 말했다. 나는 접시 몇개를 닦으면서 신경이 좀 날카로워졌다. 그는 그 많은 사람 중에서 왜 내게 전화한 걸까? 나는 설거지를 끝내고 거실로 가서 신문을 집어 들었다. 또 어떤 작은 어린애가 우물에 빠졌고, 또다른 개가 범람하는 강물에서 사람을 구해냈으며, 시장은 손이 묶여 그가 할 수 있는 일이 아무것도 없다는 말을 했다고 쓰여 있었다. 나는 신문을 내려놓았다. 밖에는 바람이 불고 있었다. 나뭇가지들이 창문을 긁어댔다. 바로 그때, 전화가 울렸다. 나는 거의 그 전화를 기다리고 있었다고 할 수도 있다. 그는 알렉시스 볼보트였다. 그는 볼프강 폰 하겐은 거짓말쟁이며 도둑이고 살인자라고 말했다. "그가 나에 대해 한 말은 한마디도 믿지 말아요. 그건 모두 거짓말이며, 더구나, 그가 당신에게 접근하게 되면 당신을 알아볼 수도 없을 만큼 칼로 그어버릴 거예요. 나를 믿어요. 난 허튼소리 하는 사람이 아니에요. 당신이 내 강연에 못 온다는 것은 애석하네요. 왜냐하면 내가 당신을 영혼의 저 밑바닥에서부터 웃게 해줄 수 있을 텐데."

그가 말했다. "그럼에도 불구하고 당신과 통화하게 된 것은 영광이에요, 선생." 나는 적어도 그가 내게 계속 호감을 갖고 있기를 바라며 말했다. 나는 파이프에 불을 붙이고 두번쯤 연기를 뿜어냈다. 털어놓자면, 흔히 말하는, 싸움의 중간에 끼어 있는 내가 조금은 중요한 인물이라는 생각까지 들었다. 내가 집을 떠나지 않고도, 내 의견이 이런 국제적인 사건에서 중요시되는 것 같았다. 그러나 사실 나는 무엇을 생각했냐 하면, 양쪽 다를 믿어야겠다는 쪽으로 마음이 쏠렸다. 그들이 완전히 낯선 인물인 나에게 거짓말을 할 이유가 없었다. 나는 파이프에 불을 붙이고 신문을 집어 들었다. 전화가 울렸다. 제이콥이었다. 그가 말했다. "강연회장에서 전화를 거는 중이야. 지금 당장 와서 나를 데리고 가줄 수 있어? 사태가 굉장히 나쁘게 돌아가. 알렉시스 볼보트가 살해됐어. 그리고 다른 사람들도 죽었어. 얼마나 많이 죽었는지 모르겠어. 이곳은 아수라장이야. 곳곳에 경찰이고." "내가 곧 그곳으로 갈게." 내가 말했다. "그러나 제이콥, 볼프강이라는 사람하고는 멀리 떨어져 있어." "볼프강은 나의 유일한 친구인걸." 제이콥이 말했다.

가장 멋진 일

긴 머리의 사내가 허리에 천 하나만을 두르고 무거운 십자가를 끌면서 메인 스트리트의 한가운데로 내려왔다. 길 양쪽의 사람들이 멈춰 서서 쳐다보았다. 그들은 처음엔 말이 없었다. 그러나 곧, 처음 보는 사람들끼리 서로, 그들의 분노를 표시했다. "저건 신성모독이야." 그들 중 한 사람이 말했다. 그리고 "저건 말하자면 좀 천박한 짓이야." 십자가를 끄는 그 남자는 정말로 고통스러워 보였다. 그의 벗은 발과 손에서는 피가 흐르고 있었다. 그 십자가는 분명 백 파운드 이상은 될 것이었다. 그는 몸을 구부리고 힘들게 숨을 쉬었다. "그 피투성이 십자가를 가지고 집으로 가버려. 너는 창피한 줄을 알아야 해." 누군가 소리쳤다. "그냥 저 사람을 무시하면 돼요." 한 늙은 여자가 말했다. "경찰은 우리가 필요로 할 때는 도대체 어디 있단 말인가." 붉은 타이를 맨 남자가 말했다. 열살짜리 한 소년이 거리로 달려 나와서는 그 남자를 뒤에서 밀쳤다. 그는 앞으로 넘어졌고 십자가가 그를 땅바닥으로 덮어 눌렀다. "저건 별로 좋지 않은 짓인데." 누군가 중얼거렸다. 그 남자는 잠시 동안 거기 누웠다가, 꿈틀거리며 다시 일어나기 시작했다. 그는 몇분 동안 십자가를 가지고 몸부림을 치더니 마침내 어깨에 다시 얹고는 조금씩 앞으로 움직이기 시작했다. "그가 자신을 십자가에 못 박는 것이 그렇게 쉽지는 않았을 거야." 파나마 모자를 쓴 한 남자가 말했다. "어쩌면 그걸 해준 친구가 있었는지도 모르지." 어느 예쁜 젊은 여자가 말했다. "도대체 그는 뭘 증명하려고 저러는 거야?" 한 늙은 남자가 말했다. "그는 자기만이 올바른 사람이고, 나머지 우리들은 모두 죄인이라고 생각하나봐." 푸들을 안은 여자가 말했다. 개가 짖으며 이 광경에 불만을 표시했다. "음 이건 도저히 참을 수 없군." 늙은 여자가 말하고는 화를 내며 가버렸다. 군중들은 천천히 흩어지고 있었다. 십자가의 사내는 시내의 중심부에 거의 도달했다. 몇몇 아이들이 그에게 작은 돌을 던졌다. 대부분의 돌은 그를 빗나갔다. 그의 무릎이 꺾였다. 그리고 그는 이 모든 빛나는 아이디어를 후회하는 것처럼 보였다. 만일 그에게 친구가 있다면, 지금이 그를 위해 나타날 절호의 시간일 것이다. 그러나 아무도 나타나지 않았다. 아이들마저도 소리를 지르며 서로를 쫓아, 사내로부터 멀어지며 거리를 따라 달려가고 있었다. 경찰차가 와서 섰다. 경찰이 차창 밖으로 몸을 내밀고는 말했다. "당신 그것을 여기서 치워요. 교통을 방해하고 있어요." "난 가능한 한 빨리 이걸 옮기려고 하는 거예요." 피 흘리는 남자가 말했다. "내가 돌아올 때까지 이 자리에서 꺼지지 않고 있다면 당신을 체포할 거야." 경찰이 말했다. 그리고는 속도를 내서 가버렸다. 그 사내는 십자가를 끌고 도로변으로 가더니 그것을 거기 내려놓았다. 그는 도로변 연석 위에 앉더니 두 손에 얼굴을 묻었다. 십자가에서 연기가 나기 시작했다. 처음에는 천천히. 그러더니 갑자기, 그것은 화염으로 돌변했다. 그 사내는 놀라 눈을 크게 뜨고 펄쩍 뛰더니 몸을 떨고 있었다. 십자가가 불타고 있었다. 그는 새로 지은 은행의 잔디밭 위로 물러서서, 그것이 빠르게 다 타버리는 것을 경외의 눈으로 바라보았다. 아이들이 돌아와서 말했다. "지금까지 본 것 중 가장 멋지지 않아? 그렇지 않아?" 운전사들이 멈춰 서서 감탄했다. 파나마 모자를 쓴 남자가 와서는 말했다. "하나의 예술작품 같아. 우리 시대를 대변하는 하나의 증언이야. 물론 그것이 무엇을 말하는지 나는 모르지만. 그러나 어떤 의미가 있다고 확신해." 푸들을 데리고 있는 여자가 말했다. "너무 아름다워서 난 울 것만 같아." "바로 이런 경우를 대비해서 깨끗한 손수건을 가지고 있지." 남자가 그녀에게 손수건을 건네면서 말했다. "이렇게 고마울 수가." 그녀가 말하면서 눈가를 살짝 두드렸다. 몇 블록 떨어진 곳에서 소방차가 막 출발하는 사이렌 소리를 들을 수 있었다. 그러나 때는 너무 늦었고 길가에는 연기 나는 재만이 남아 있었다. 그 남자와 여자는 서로 관련된 어떤 주제에 관해 이야기를 주고받으며 함께 걸어가버렸다.

한방의 깔끔한 타격

큰길에서 폭탄이 터졌다. 나는 옷을 차려 입고 무슨 일이 일어났나 보려고 거기로 걸어 내려갔다. 왈렌 씨의 집이 무너져내렸다. 할과 레베카가 길에 서 있었다. 분명 다치지는 않았다. 이웃에 있는 모든 사람들이 큰길로 쏟아져나왔다. "도대체 무슨 일이 일어난 거야?" 내가 할에게 말했다. "비행기가 머리 위에서 날아갈 때 다행히 우리는 정원에 나와 있었어. 그다음 순간 집이 폭발해 산산조각이 난 것을 알았지." 그가 말했다. "이건 분명히 사고일 거야." 내가 말했다. "음, 나는 이번 대통령에게 한표를 찍었는데. 그들이 나를 목표물로 삼아서는 안된다고." 그가 말했다. "아군의 오발이야." 내가 말했다. "도대체 그게 무슨 소리야?" 그가 말했다. "그들이 너를 다른 누구가로 오해한 거야." 내가 말했다. "그들이 나를 누구로 생각하는지 상관없는데, 이 동네에 폭탄을 터뜨리면 안된다고. 어린이와 노인들이 여기 살고, 그리고 개들도 있어." 그가 말했다. "난 네가 분명 사과의 편지를 받을 거라고 생각해. 어쩌면 새 집을 갖게 될지도 모르고." 내가 말했다. "내가 심장마비를 일으키지 않은 게 다행이야." 레베카 왈렌이 말했다. 조 미첼이 다가왔다. "그건 확실히 깔끔한 한방이었어. 어쨌든 다른 부차적인 피해는 없었으니까." 그가 말했다. "너의 집을 치려다가 뜻하지 않게 그냥 우리 집을 치게 된 것이 아니라고 네가 어떻게 장담할 수 있어?" 할이 말했다. "세상에, 난 그런 건 생각해본 적도 없어. 하지만 나는 어떤 나쁜 짓도 한 적이 없다고. 비록 구린 데가 있는 녀석이라 생각하긴 했어도 난 그를 뽑아줬다고." 조가 말했다. "우리가 가졌던 모든 것을 날렸어." 티슈에 대고 훌쩍거리면서, 레베카가 말했다. "불길이 다 꺼지고 나면, 파편 속에서 뭔가 추려낼 수도 있을 거야." 할이 레베카를 위로하면서 말했다. "제가 힘을 보탤 수 있다면 좋겠네요." 내가 말했다. "열에 녹아내리지 않았다면, 은식기들이 남아 있을지도 몰라요." 조가 말했다. 다른 이웃들도 모여들어서 자기들끼리 수군거렸다. "보호해달라고 낸 세금의 댓가를 이런 식으로 치르네." "아이구 하나님 감사해요. 우리는 민주주의 나라에 삽니다요." "난 그들이 자기가 무슨 짓을 하는지 알았을 거라고 믿어요." "난 우리 지역 국회의원에게 편지를 써야겠어요." 할이 내게 돌아서더니 말했다. "어쩌면 내가 죄를 지었는지도 몰라, 이런 댓가를 치를 만한 일을 했는지도 모르고. 하루하루를 생각해보면, 자기가 말한 모든 것, 행한 모든 작은 일들을 다 기억할 수는 없지. 난 가끔은 내 멋대로 하는 그런 부류일 수도 있으니까. 아마 이것은 내가 초래한 결과인지도 몰라. 그리고 누군가가 나를 고발한 거지. 오 하느님, 그것에 대해선 생각하기도 싫어. 무시무시해." "잘 들어, 할. 난 여전히 이게 실수라고 생각해. 이런 일은 항상 일어나. 이런 보고들은 아주 많은 단계를 거쳐간다고. 최종 단계에 도달했을 쯤에는, 누군가가 주소를 잘못 적어놓게 돼." 내가 말했다. "모든 사진들 그리고 절대로 대체할 수 없는 아이들의 어릴 적 소중한 기념품들." 레베카가 훌쩍거렸다. "당신 아들 중 하나가 정부에서 일하지요, 안 그래요?" 조가 말했다. "그는 위싱턴의 일개 사무원일 뿐이에요." 할이 말했다. "그러나, 그가 이 일과 무관하다고 할 수는 없을걸요."

조가 말했다. "당신은 나를 짜증나게 만드네요." 할이 말했다. 이웃들은 그들의 호기심을 만족시키고는, 각자 집으로 돌아갔다. 조도 역시 돌아서더니 떠났다. 그러나 떠나기 전에 덧붙여 말했다. "나는 단지 작은 농담 하나를 끼워넣으려고 한 것뿐이에요. 미안해요. 기분을 상하게 하려는 의도는 없었어요." 할은 이에 위엄을 지킬 수 있는 대답은 끝내 하지 않았다. 우리 셋은 거기 서서 그을린 잔해들을 침묵 속에서 바라보았다. "네가 우리 집에서 머물 수도 있어." 내가 마침내 말했다. 할은 나의 신뢰를 가늠해보듯 나를 쳐다보았다. 그러고는 말했다. "이건 진짜 우리 집은 아니었어. 우리는 값비싼 것들을 간직한 비밀스러운 집이 하나 있어. 아무도 그 장소는 몰라. 우리 애들까지도 몰라. 여기엔 잡동사니뿐이고 아무것도 없어. 나는 그들이 조만간 올 거라고 예상했지. 그들은 차는 건드리지 못했어. 그러니까 우리는 괜찮을 거야. 레베카는, 여기서 이웃들을 위해 그냥 작은 쇼를 한 거야. 대부분의 사람들을 믿을 수 없다는 것을 너도 알잖아." 우리는 악수를 하고 끌어안았다. 그러고는 그들은 차 안으로 들어갔고 영원히 가버렸다. 나는 그들의 차량 번호판—357 O19—를 기억해두었다. 행운을 바라며.

케네디 암살 사건

누가 문을 두드렸다. 문을 열었더니, 양복을 입은 두 남자가 있었는데, 둘 다 모자와 썬글라스를 쓰고 있었다. 그들은 앤트리프와 메리노라고 하는 수사관이라고 자신들을 소개했고 내게 그들의 배지를 보여주었다. "제가 뭘 도와드려야 하나요 수사관님?"내가 말했다. "케네디가 암살되던 날 오후에 당신이 어디 있었는지 말해주실 수 있나요?"

수사관 메리노가 말했다. "세상에나, 그건 40년 전의 일이에요." 내가 말했다. "기억해내보세요. 그게 중요해요."앤트리프 수사관이 말했다. "당시 난 그냥 학생이었어요." 내가 말했다. "우리가 좀 들어가도 될까요?"메리노 수사관이 말했다. "오 그럼요, 물론이지요. 들어오세요."내가 문을 좀더 열어 그들을 안내해 안으로 들이면서 말했다. 그들이 편안하게 앉은 후, 나는 계속했다. "난 로즈마리 골드버그라는 한 소녀에게 사로잡혀 있었어요. 그녀는 내 여자친구였는데, 난 그녀를 놓칠지도 모른다는 예감에 사로잡혀 있었지요. 난 그녀를 쫓아다니기 시작했고. 그녀는 캐롤이라는 여자애의 지배 아래 있었지요. 캐롤은 로즈마리에게 무슨 일이든 하게 할 수 있었는데, 그게 육체적 애정 문제를 포함하는 것일 수도 있었지요." 내가 말했다. "그런데 이게 케네디 암살과 무슨 관련이 있나요?"앤트리프가 말했다. "그냥 참고 들어보세요." 내가 말했다. "하필 바로 그날에 나는 로즈마리를 뒤쫓아서 캐롤의 기숙사에 갔어요. 캐롤의 방은 3층에 있었고요. 나는 나무 뒤에 서서 그들이 베개 싸움을 하는 것을 보았어요. 그들은 세상에서 가장 재미있는 일이 베개 싸움이라고 생각하는 듯 했지요. 나는 심장에 단검이 찔린 것 같은 느낌이 들었어요. 로즈마리는 이젠 나하고는 더이상 그런 식으로 웃지 않았어요. 캐롤은 나를 아무것도 아닌 것으로 취급했고요. 그녀는 내게 말 한마디 건넨 적도 없었어요. 그러다 그들은 내 시야에서 사라졌고, 그래서 나는 그후 한시간 동안을 바보 같이 그냥 서 있었는데, 내 상상이 나를 고문했지요. 한시간 후에 그들은 하얀 테니스복을 맞춰 입고 그 건물 밖으로 나와서는, 라켓을 휘두르며 깔깔댔어요. 나는 그들을 뒤쫓았지요. 나무에서 나무로 몸을 날리면서, 가끔은 샛길에 몸을 숨기기도 하면서. 내가 얼마나 비참한지 알고 있었지만, 그러나 나를 통제할 수가 없더라고요. 내가 할 수 있는 거라곤 아무것도 없었어요." "윌러 씨, 우리는 당신에게 케네디 암살에 관한 질문을 하러 여기에 왔다는 것을 다시 말씀드려야겠네요." 메리노가 말했다. "이제 그 얘기를 하려는 참이에요." 내가 말했다. "그렇게 로즈마리와 캐롤은 테니스 코트에 막 도착했고 라켓의 앞으로 뒤로 공을 받아치기 시작했어요. 로즈마리는 어떻게 테니스를 치는지 알지도 못했지만 캐롤은 테니스복을 함께 맞춰 입게 했지요. 내가 라디오에서 대통령이 '총에 맞았다!'는 아나운서의 외침을 들었을 때는 가끔 담배나 소다를 사던, 자고린 상점이라는 쿠바인의 작은 식료품 가게를 살그머니 지나칠 때였지요." "그 식료품 가게 이름이 뭐라고요?" 앤트리프가 말했다. "자고린 상점이요." 내가 말했다. "어쨌든 나는 꼼짝할 수 없었어요. 그리고는 안으로 들어가서 가게 주인과 거기 서서, 그의 이름은 페레

즈였다고 기억하는데, 마침내 대통령의 죽음을 알리는 말이 나올 때까지, 전개되는 뉴스를 듣고 있었어요. 가게 주인과 나는 둘 다 몸을 떨면서 울고 있었어요. 우리의 가장 친한 친구를 잃는 것보다 더 끔찍한 일이었지요." "그다음엔 무슨 일이 일어났나요?" 메리노가 말했다. "자고린 씨는 가게 문을 닫았어요. 그는 내게 라임소다 한병을 건네주었고 우리는 거기 두개의 포장용 나무상자 위에 앉아서 아무 말도 할 수가 없었어요." 내가 말했다. "로즈마리와 캐롤에 관해서는? 그들은 그동안 내내 무얼 하고 있었나요?" 앤트리프가 말했다. "음, 나는 약 한시간쯤 후 그 가게를 떠났어요. 그리고 내가 테니스 코트를 쳐다보았을 때 그들은 아직도 테니스를 치고 있었고요. 그들은 참을 수 없이 어리석고, 그리고 이 세상에서 일어나는 그 어떤 일하고도 관련이 없는 것처럼 보였어요. 그들은 깔깔거림을 멈추지 않았고, 난 그것이 역겨워 배가 아플 지경이었어요." 내가 말했다. "그 사건이 당신에겐 그리 됐군요. 대통령 총격이 당신을 로즈마리로부터 자유롭게 했군요." 앤트리프가 말했다. "당신은 그렇게 말할 수도 있다고 생각해요." 내가 말했다. "전에는 한번도 그렇게 생각한 적이 없지만." "그렇다면 그 일은 당신에겐 잘된 일이네요." 앤트리프가 말했다. "무슨 말을 하고 싶은 거예요?" 내가 말했다. "그래서 당신은 쿠바 사람 페레즈 자고린과 서로를 위로하면서 함께 있었군요." 그가 말했다. "맞아요." 내가 말했다. "그는 좋은 사람이었군." 메리노가 말했다. "최고의 사람 중 하나였지요." 앤트리프가 말했다. "로즈마리에 대해서는 알고 있

나요?" 내가 갑자기 호기심이 생겨 말했다. "주부예요. 롱아일랜드
에 사는 세 아이의 엄마. 남편이 잘 때 목을 졸라 죽인 것으로 보이
지만, 그러나 아무것도 증명된 것은 없지요." 메리노가 말했다. "만
약 누가 알고 싶어한다면, 여전히 멋지게 보이는 섹시녀일 테고."
앤트리프가 덧붙였다.

투자자들

폰 히펠이 말했다. "너희들 모두를 다시 만나니 내 마음이 이렇게 기쁘군. 인생은 불행과 비탄으로 가득한 긴 여행이지. 최고의 위안이라곤 우정뿐이고. 몇백만 달러를 따건 잃건 실은 대수롭지 않은 일이라고. 내가 오늘 너희들의 얼굴을 보네. 참 여러해 동안 알고 지내던 얼굴들을. 눈물이 난다……" "잔소리 말고 일이나 시작하지." 댐프가 말했다. "그래, 그래." 피시킨이 말했다. "내 비행기가 다섯시 출발이라고. 그러니 얘기의 초점으로 바로 갔으면 좋겠어. 난 메노티 사건 전체가 맘에 안 들어. 그 사건엔 뭔가 냄새가 난다는 생각이 들어. 말하자면 그 남자는 믿을 만한 사람이 못된다고." "레모네이드 마실래?" 시크가 말했다. "그리고 쿠키도 조금 어떨지. 누구 레모네이드 안 마실래?" "레모네이드와 쿠키. 그거 나는 좋아." 폰 히펠이 말했다. "개인적으로 난 초콜릿 칩을 좋아하지만, 다른 사람들의 결정에 따르겠어." "내 생각에 우리를 망치려 하는 자들에게 본보기로, 메노티는 총 맞아 마땅해." 댐프가 말했다. "그의 아내는 아주 괜찮아. 그리고 아주 훌륭한 요리사지. 그녀의 마니코티는 이 세상 것이 아닌 천상의 맛이야." 시크가 말했다. "나는 그녀가 화를 낼 만한 어떤 일도 하지 않을 거야." "오래된 우정은 오래된 와인과 같지." 폰 히펠이 말했다. "그건 내가 처리할게." 피시킨이 말했다. "그렇다면 그 일은 해치운 것으로 생각할게." 댐프가 말했다. "무커만은 어때?" "무커만은 좋은 놈이지. 그는 나를 웃겼지." 시크가 말했다. "그는 사라졌어. 레이더 밖으로 가버렸다고. 난 이주 동안 그에게서 아무 말도 못 들었어. 나는 그의 집에 몇몇 사람들을 보냈었는데. 아무것도 없었어. 부인도, 애들도 없더라고."피시킨이 말했다. "자네들은 지난 몇해 내내 전혀 변하지 않았군."폰 히펠이 말했다. "자네들은 나이를 먹지 않는 것 같아. 우리는 마치 애들 같네.""레모네이드와 쿠키는 투표로 결정하자."시크가 말했다. "무커만이 살아 있다면, 그를 찾아낼 수 있는 한 녀석을 내가 알고 있어. 그 녀석은 누구든 어디서든 찾아낼 수 있지. 무커만이 외몽고에 있다고 해도 상관하지 않아. 그 녀석은 무커만을 찾아낼 수 있어."댐프가 말했다. "그럼 그를 찾아내. 우리 질문에 대답해야 할 것이 많을걸."피시킨이 말했다. "창문 하나만 열면 안 될까? 여기는 숨이 막힐 것 같아."폰 히펠이 말했다. "창문 안 열려. 에어컨을 켜."댐프가 말했다. "그거 아주 좋은 생각이네. 우리에게 그런 것이 있는 줄은 나도 몰랐네."폰 히펠이 말했다. "콘골드라는 놈은 어때? 스탠리, 그 사람은 문제없나?"피시킨이 말했다. "그는 내 편인 척하다가 배반하려 했어. 바보 같은 놈. 자기가 누구와 거래하고 있는지를 알고나 있었는지 모르겠어. 불쌍한 것 같으니라고."댐프가 말했다. "난 이런 거 잘 돌아가게 하는 방법 따위는 몰라."폰 히펠이 말했다. "내가 도와줄게."시크가 말했다. "그것 참 불쌍하게 됐네. 그는 착한 녀석처럼 보였는데."피시킨이 말했다. "좋아, 어쩌면 그렇다고 할 수 있었지. 그러나 내 생각에 그는 탐욕스러운 경향이 있었어."댐프가 말했다. "그의 모친이 병들었었어. 그들에겐 돈이 필요했지."피시킨이 말했다. "그건 몰랐네. 내게 그렇다고 그냥 말만 했어도 됐을 텐데."댐프가 말했다. "그는 단지 자기 엄마를 도우려고 노력했을 뿐이야." 피시킨이 말했다. "젠장, 집어치워. 넌 내 기분을 망치고만 있잖아. 미안하게 됐다고." 댐프가 말했다. "음, 이젠 너무 늦었어. 물론 너는 얼마 정도 그 모친의 계좌에 슬그머니 넣어줄 수는 있겠지. 그러나 여전히 아들의 죽음을 메꿀 수는 없을걸." 피시킨이 말했다. "이제 그만해." 댐프가 말했다. "이거 망가졌어." 시크가 말했다. "봐, 나만이 아니라고. 거기엔 정말로 뭔가 잘못된 게 있었어." 폰 히펠이 말했다. "봐라, 작동하기 시작하네. 다들 느낄 수 있지? 이거 시원하네." 시크가 말했다. "오, 내가 이렇게 얼간이야. 어떤 것도 할 수가 없어. 난 뭐가 잘못된 거지? 내 인생 내내 이런 식이었어." 폰 히펠이 눈을 찌푸리며 말했다. "넌 룸서비스를 부르면 되잖아. 큰 도움이 될 거야." 시크가 말했다. "난 룸서비스 부르는 데 정말 소질 없어. 난 항상 모든 게 잘못된다니까. 너희는 일이 얼마나 잘못되는지 상상도 못 할 거야." 폰 히펠이 말했다. "그래 좋아. 내가 부르지." 시크가 말했다. "아무도 룸서비스를 부르지 마. 룸서비스는 믿을 수가 없어." 댐프가 말했다. "우리는 그저 레모네이드와 쿠키를 원할 뿐이야." 폰 히펠이 말했다. "야, 그냥 먹게 해줘. 레모네이드와 쿠키, 괜찮게 들리는데." 피시킨이 말했다. "넌 날 속이려고 해." 댐프가 총을 잡아 빼면서 말했다. 폰 히펠이 뒤에서 댐프를 잡더니 재빠르게 몸을 옮겨 단번에 그의 목을 비틀어버렸다. "멋진 솜씨!" 피시킨이 말했다. "정말 멋졌어." 시크가 말했다. "난 댐프 녀석을 좋아한 적이 없어." 폰 히펠이 말했다. "이제 내가 룸서비스를 부를게."

텅 빈 정글

나는 거기 앉아서 생각하고 있었다. 몇분이 몇시간으로 넘어가고 몇시간이 며칠로, 며칠이 몇주로, 몇주가 몇달이 되고 몇달이 몇해가 되고 몇해가 몇십년이 되는 것을. 그리고 곧 당신의 모든 것이 거기서 끝나는 것이다. 당신은 그 장면에서 빠져나온다. 그리고 당신은 거기 전혀 없었던 것처럼 그렇게 되는 것이다. 시간은 계속 흐른다. 아무 데도 가지 않으면서. "당신 무슨 생각하고 있어?" 마야가 말했다. "나? 아무 생각 안하고 있는데." 내가 말했다. "아냐, 당신 무슨 생각하고 있었어." 그녀가 말했다. "맹세코, 난 아무 생각 안하고 있었어. 내 머리는 텅 비었다고. 오늘 힘든 하루였어." 내가 말했다. 마야의 손톱은 너무 길다. 그러나 여자에게 그런 말을 할 수는 없지. 그것은 마치 특별히 애처로운 방식으로, 지나가는 시간을 재기 위해 그녀가 자청해서 떠맡은 일 같았다. 그리고 그녀는 눈 화장을 한 채로 있다. 눈 화장은 그녀가 전에는 한 적이 없는데. 무슨 말이냐 하면, 일주일 전에 우리 고양이가 죽었다는 건 나도 안다. 그러나 그것과 눈 화장이 무슨 관계가 있어야 하는 것인가? "지금 당신 뭔가 생각하고 있지, 안 그래?" 그녀가 말했다. "난 오늘 카메론이 직장에서 한 말에 대해 그냥 생각하고 있었어." 내가 말했다. "뭐라고 말했는데?" 그녀가 말했다. 내 마음이 멍해졌다. 난 그 순간에 바로 뭔가 꾸며댈 수 있다고 여기고 있었다. 그러나 아무것도 떠올릴 수가 없었다. "저녁으로 뭘 먹지?" 내가 말했다. "아니, 난 카메론이 뭐라고 말했는지 알고 싶어." 그녀가 우겼다. "그는 대부분의 사람들보다 오리를 더 좋아한다고 했어." 내가 말했다. "그런 말을 하게 된 앞뒤 맥락이 뭐냐구 젠장." 그녀가 말했다. "음, 우리는 냉수 음료대 앞에 줄 서 있었는데, 내 생각엔 그가 물 때문에 오리 생각을 하게 된 것 같아." 내가 말했다. "그래서 당신이 뭐라고 했어?" 그녀가 말했다. "음, 난 그와 논쟁에 빠져들 생각이 없었어. 그건 그냥 어리석은 발언이었어." 내가 말했다. "그러나, 그건 그가 얼마나 얄팍하고 냉소적인지를 당신에게 보여주는 말이지. 난 당신이 그와 더이상 친구로 지내지 않았으면 좋겠어. 그리고 난 절대 그를 우리 집에 오지 못하게 할 거야." 그녀가 말했다. 난 이 모든 일에 카메론을 끌어들인 것을 후회했다. 특히 난 그날 카메론을 본 적도 없었기 때문이다. 그리고 이제 그는 우리 집에 오는 것조차 금지당했다. "카메론은 내가 알고 있는 사람 중에 제일 괜찮은 사람이야." 내가 말했다. "만약 당신이 오리라면 그렇겠지." 그녀가 말했다. 마야는 머리에 하이라이트 부분 염색을 하고 있었다. 난 바로 그때서야 검은 머리카락 바탕에 오렌지색으로 줄줄이 물들인 것을 알아보았다. 마치 우리의 늙은 줄무늬 얼룩 고양이처럼. "나 당신 머리색이 좋아." 내가 말했다. "이렇게 한 것이 며칠 전인데." 그녀가 말했다. "그럼. 알고 있었어. 당신에게 말할 적절한 순간을 기다리고 있었지." 내가 말했다. "지금 이 순간 말하는 것이 뭐가 그렇게 적절해?" 그녀가 말했다. "창문에서 빛이 들어오니까." 내가 말했다. 난 그게 꽤 시적인 대답이라 생각했다. "난 당신이 무슨 생각을 하는지 도통 모르겠어." 그녀가 말했다. 그리고 마야는 일어나서 방을 나갔다. 나도 내가 뭘 생각하는지 모르겠다.

난 그녀에게 대답하고 싶었으나, 그녀는 나를 믿으려 하지 않을 것이다. 그래서 난 거기 앉아서 머릿속에서 구슬을 굴렸다. 쿵 탁 통통. 내 손목시계가 똑딱거리는 소리를 들을 수 있었다. 내게 남은 시간이 달아나고 있었다. 해가 지고 있었다. "마야, 빨리 와봐. 당신은 저걸 봐야 돼!" 내가 소리쳤다. "뭐라고?" 그녀가 말했다. "해가 지고 있어. 당신은 이걸 봐야 해." 내가 말했다. "난 지금 바로 갈 수 없어. 요리를 하고 있다고." 그녀가 말했다. 난 창가에 서서 눈물을 흘렸다. 뭐 때문인지 나도 모르겠다. 그것은 내가 지금까지 본 일몰 중에서 가장 아름다운 것이었다. 아마 실제로는 그렇지 않을 것이다. 나는 그렇게 말하기를 좋아할 뿐이다. 그건 매우 드라마틱하게 들렸다. 그리고 어두워졌다. 그리고 마야가 저녁 먹으라고 나를 불렀다. "그래 당신, 오늘 하루 어떻게 지냈어?" 내가 말했다. 나는 검은 눈과 줄무늬 염색머리를 한 그녀를 간신히 알아보았다. 그녀는 캐스터네츠처럼 손톱을 테이블에 두들기며 짤각거렸다. 그녀는 분명 내게 말하고 있었다. 그러나 나는 무슨 말인지 거의 들을 수가 없었다. "알리시아…… 빨래…… 쇼핑몰…… 가스……" 그렇게 나쁘지 않았다. 평범한 날이었다. 내가 보낸 하루처럼. 난 그녀가 춤을, 어쩌면 탱고라도 추기 시작하기를 바랐다. 춤 대신에 그녀가 말했다. "내가 당신의 어떤 면을 사랑하는지 알아, 워런? 당신은 아주 풍부한 내적인 삶을 가지고 있거든. 당신 머릿속에 정글 같은 게 있어, 분명해. 아무도 본 적이 없는 이국적인 동물들로 가득한 정글. 그래서 당신이 나한테 말을 할 수 없는 거야. 당신은 그 동물들

255

을 모두 제대로 정렬하느라고 너무 바쁜 거야." "이름도 없고 갈 곳도 없는 동물들을 데리고 있는, 그게 나야." 내가 말했다.

어느 일요일의 드라이브

마고가 "차 좀 세워. 오줌 눠야 돼"라고 말했을 때 우리는 아무것도 없는 외딴 곳에 나와 있었다. "세상에." 내가 말했다. "어디로 가서 오줌을 눈다는 거야?" "나무 뒤나 아니면 어디든지. 어디든 상관 없어. 난 지금 바로 오줌을 눠야만 한다고." "좋아, 그러나 제발 아무도 당신을 보지 않기를 바라." 내가 말했다. 그리고 차를 갓길에 세웠다. 난 그녀가 숲으로 걸어 들어가는 것을 바라보았다. 그녀는 가서 꽤 오랫동안 보이지 않았다. 난 걱정하기 시작했다. 그러다 그때, 난 그녀를 얼핏 보았는데, 날고 있었다. 숲은 빽빽했다. 그녀는 최고로 편안하게 나무 사이를 활강하는 것처럼 보였다. 나는 좀더 잘 보려고 차에서 내려 숲으로 걸어 들어갔다. "마고, 내려와." 내가 소리쳤다. "그럴 수 없어." 그녀가 소리쳤다. "뭔가 내 엉덩이를 물었고, 그래서 난 지금 날아다니는 병에 걸렸어." 난 말이 안 나왔고, 그녀의 우아함에 감탄할 뿐이었다. 힘들이지도 않고 자연스러운 모습이었다. "내가 무엇을 해야 하지?" 내가 말했다. "당신이 활을 쏴서 나를 관통시켜야 될 거야." 그녀가 대답했다. "난 활이 없는데." 내가 말했다. "그리고 더군다나 내가 어떻게 당신을 활로 쏠 수가 있겠어. 난 당신을 사랑해!" "내 생각에 이 날아다니는 병은 평생을 갈 거 같아." 그녀가 내 머리 위에서 활강하며 말했다. 그리고 그녀는 희미한 빛 속으로 가버렸다. 나는 빙빙 돌면서 걸어다녔고 죄 없는 나무만 발로 찼다. 그녀는 부름을 받았다. 누가 불렀는지, 나도 모르겠다. 그러나 나는 느낄 수 있었다. 그건 아주 강력했다. 어느 일요일의 드라이브, 숲에서의 오줌 누기, 그리고 이제는 이런 일이.

동시에 여러곳에 존재하기

나는 한걸음 내딛고 주위를 둘러보았다. 아무도 보는 사람은 없었다. 또 한걸음 내딛었다. 땅바닥을 보았고, 하늘을 올려다보았다. 모든 것이 그대로, 질서정연해 보였다. 그래서 난 또 한걸음 내딛었다. 이번엔 거의 깡총 뛰었다. 한 여자가 내게 다가와서 말했다. "그것 귀엽네요." "고마워요." 내가 말했다. "이걸 보세요." 그리고 나는 공중으로 높이 뛰어올랐다. "그건 좀 지나친데요." 그녀가 말했다. 나는 부끄러워서 고개를 숙였다. 나는 거기서 30분 동안 서 있었다. 움직이지도 않고 겨우 숨만 쉬면서. 한 경찰관이 와서 말했다. "당신은 어슬렁대고 있군요." "난 어슬렁대고 있지 않아요." 내가 말했다. "나는 내 자리를 다시 찾는 중이에요. 난 흐름에 적응하고 있는 중이라고요." "내가 실수했군요." 그가 말했다. "당신은 어슬렁거리는 것처럼 보였어요." "안개 때문이에요." 내가 말했다. 그가 가버리자 나는 한걸음 내딛고 주위를 둘러보았다. 지평선에서 어마어마한 금빛도시를 볼 수 있었다. 아니, 그것은 그냥 안개일 뿐이라고 나는 생각했고, 그리고 뒤로 점프했다. 나 자신에게 놀라워하면서.

잃어버린 생을 찾아서

푸른 나비를 뒤쫓아 길을 내려가고 있을 때 자동차 한대가 다가와 나를 살짝 스쳤다. 심각하게 다친 데는 없었지만 난 화가 났고, 속도를 줄여 내가 다쳤는지 어쨌는지 살피지도 않는 그 운전사에게 돌아서서 욕을 했다. 그리고 내 관심을 다시 나비에게로 돌렸다. 나비는 어디로 갔는지 보이지 않았다. 더블데이 씨 딸들 중 하나가 토이 푸들을 데리고 길을 따라 내 쪽으로 뛰어오고 있었다. 나는 그애를 세워서 물어보았다. "이 주변에서 푸른 나비 한마리를 본 적 있니?" "저기 할아버지 집 옆 자작나무 근처로 내려갔어요." 그애가 말했다. "고마워." 나는 이렇게 말했고 부리나케 그 나무 쪽으로 걸어갔다. 나비는 더블데이 씨의 넓은 정원에서 이 꽃 저 꽃으로 팔랑대며 날아다니고 있었다. 나비의 색깔은 지친 마음을 달래주는 천상의 푸르름이었다. 나는 내가 거기서 무엇을 하고 있는지 알 수가 없었다. 분명 그것을 잡고 싶어하는 것은 아니었다. 나의 다른 생에서 내가 알고 있었던 그 무엇과도 같았다. 그것이 비록 꿈이었다 할지라도 나는 그것을 확인하고 싶었다. 내가 그 나비를 처음 보았을 때, 나는 코르도바 거리에 있는 눈먼 거지였다. 그리고 지금, 또 다시 그 나비가 여기에 있었다.

작품해설

제임스 테이트의 시는 우선 재미있다. 웃어야 할지 울어야 할
지 모르게 된다. 때로는 당황스럽게 진입해서 멍해진 채로 빠져나
온다. 평이한 문장으로 쓰였지만 도발적이면서 우습고, 시니컬하
게 괴짜의 소리를 하면서 우리를 혼란스럽게 한다. 지금까지 미국
시에 있었던 시의 형식을 깨부수고 완전히 새로운 것들을 만들어
내고자 한다. 그러면서 우리의 일상을 탁월한 풍자의 장면으로 바
꿔놓는다. 그의 시에서는 한 여자가 늑대를 낳는다. 7월의 더운 한
낮에 파산한 산타클로스가 나타나 맥주를 달라고 한다. 야생 아기
가 정원을 기어다녀서 경찰이 출동하게 되고, 숲으로 오줌을 누러
간 여자가 엉덩이를 뭔가에 물리더니 갑자기 날아다니는 병에 걸
려 하늘을 난다. 제임스 테이트만의 이러한 독특한 스타일은 놀랍
도록 다양한 목소리와 기묘한 인물들을 창출해내는데 그 목소리와
그 인물들에서는 막연하지만 친근감이 느껴진다.

시로써 이런 이야기를 하는 것이 가능할까, 아니 이런 식의 이야기들이 시가 될 수 있을까 하는 의구심이 들 정도로 이 시집은 우리가 본 지금까지의 어떤 시와도 닮지 않았다. 시가 하나하나의 이야기를 담고는 있지만 단편 소설의 그것처럼 사건의 전개나 줄거리를 보고하는 형식을 취하지 않는다. 이야기는 시의 압축성을 희생하고 다소 다변적으로 전개되기는 하지만 그 저변에서 또다른 줄기의 의미를 형성해나간다. 그는 이야기의 전개를 효과적으로 하기 위해 어떤 긴장과 절정의 순간을 마련하는 구성을 취하지 않는다. 기발한 착상은 시인의 감각에 따라 자연스럽게 펼쳐지는데, 다양한 것들을 무질서하게 펼쳐놓으면서 그 틈새로 언뜻언뜻 뭔가를 생각하게 한다. 유머, 심부를 찌르는 농담, 그 가운데 해결할 수 없는 삶의 아이러니, 어디서 어떤 반전을 만날지 예측할 수 없어서 이 시집을 손에서 쉽게 내려놓을 수가 없다.

엉뚱한 상상과 새로운 이해로의 확장

우선 그가 펼쳐놓는 이야기는 평범한 일상의 정황으로부터 시작하지만 곧바로 너무나 엉뚱하게 흘러가 우리를 당황스럽게 만든다. 시 「반역자」에서 화자 '나'는 차를 몰고 다양한 풍경이 펼쳐지는 길을 달려 한 남자를 방문한다. 그가 만난 사람은 은둔해서 혼자 사는 기이한 사내인데 대화를 하다보니 실은 그가 그 유명한 소설가 까뮈에게 모든 원고를 제공해주었다는 것이다. 그가 대신 써준 원고로 까뮈는 노벨상까지 탔지만 고맙다는 말 한마디 없었다고 그는 불평한다. 이런 전개는 평범한 일상의 정황으로부터 시작하지만 너무나 터무니없는 상상으로 뻗어가 우리를 깜짝 놀라게 한다. 이렇게 익숙한 세계를 부수고 미지의 것을 축조하고자 하는 그는 이러한 세계를 그리기 위해 시가 도달하고자 하는 도착점을 흩트려놓는 형식을 취한다. 이 도정에서 예측할 수 없는 기지와 재치는 그의 시에 활력을 부여한다. 그는 시의 제재를 우리의 일상에서 취하면서 동시에 그것들을 새로운 이해를 위한 확장의 장으로 끌어간다. 또한 이야기 그 아래에서 또다른 세계를 상상하게 한다. 어떤 이야기들은 다 읽고 난 다음에 다시 처음으로 돌아가 생각해봐야만 그 이야기가 다른 한겹의 이야기를 위해 전개했던 알레고리였음을 알게 된다.

시 「버스 정거장」이 그 대표적인 예일 것이다. 처음엔 이 시에서 왜 이런 상황이 전개되는지를 짐작하기가 어렵다. 그러나 시를 읽고 다시 의문을 제기하고 답을 모색하는 과정에서 이 시를 이해하게 된다. 우리가 찾고 있고 언젠가는 도달하고 싶어하는 집이란 결국 버스 정거장과 같은 것은 아닐까라는 말을 내포하고 있는 것이다. 우리는 애써 번 돈을 집에 쏟아붓고 그 집에서 영원히 살 것처럼 수리하고 가꾸고 아름답게 유지하려 하지만 집이란 언젠가는 떠나야 할 곳이고 잠시만 머무르는 곳이다. 버스 정거장 근처에서 떠도는 아이들도 마찬가지다. 아이들은 누군가에게 속해 있는 존재가 아니다. 버스에서 잠깐 쉬려고 내린 한쌍의 남녀, 즉 아내와 남편으로 구성되는 부부란 무엇인가. 아내와 어울리고 있는 여인들, 잘 풀렸더라면 발레리나도 될 수도 있었을 그녀들. 세상은 그들을 창녀라고 부른다. 버스 정거장에 붙잡혀 머물게 되면서 이 시의 화자는 자동차를 파는 세일즈맨을 만나고, 그의 아내는 창녀들과 어울려 짙은 화장을 하기도 하는데 결국 집이란 잠깐 서서 기다리는 버스 정거장처럼, 떠날 때를 기다리며 잠시만 머무는 곳이다.

꿈속에서 하듯 헛소리 같은 말로 하는 별난 이야기들

이 시집의 시들은 별스러운 이야기를 아무렇지도 않게 늘어놓는데 거의 꿈속에서 말하는 듯한 태도를 보인다. 차 사고를 낸 후 아무도 다치지 않았고 책임질 일은 없다고 하는 경찰의 말에도 불구하고, 분명 아이들 셋을 치었다며 그 아이들의 사진까지 집에 걸어놓고 있는 주드의 이야기 「무수한 자들이 사라졌다」, 술을 마시고 헛간의 건초더미에서 자고 와서는 염소와 잔 것이었다면 어떡하냐며 주고받는 헛소리들을 담은 「잃어버린 한 챕터」, 블라우스를 이탈한 다니엘라의 한쪽 젖가슴이 식당의 다른 손님들을 황홀하게 한다거나, 그 젖가슴을 향해 말을 주고받는 장면이 있는 시 「황홀경」 등이 그렇다. 시집의 초반에 있는 「아름다운 구두닦이」에서도 꿈속 같은 풍경이 펼쳐진다. 보통 때에는 그렇게도 붐비고 바쁘던 공항이 그날은 어찌하여 그렇게 아무도 보이지 않는 것인지. 바쁘게 일하던 공항의 직원들도 눈에 띄지 않고 공항 내 상점들도 텅 비어 꿈속의 장면인 것 같다. 그러나 구두닦이에게 가서 말을 시키며 다시 보니, 텅 빈 것 같아 보이던 공항이 사실은 휙휙 날아다니는 수많은 사람들로 차 있다는 것을 알게 된다. 그들과 같은 속도로 휙휙 날아다닐 때에만 비로소 자세히 보이는 것이다. 그들과 맞춰 휙휙 날아다니지 않으면 그들은 그냥 한 무리 희끄무레한 구름 같은 존재들일 뿐이라는 시인의 생각. 몽환 속을 헤매는 듯한 이런 시들은 의식의 흐름을 따라가다가 갑자기 끼어드는 가벼운 농담이나 위트로 더욱 생생한 장면을 연출한다.

사소한 일상의 이야기에 끼어드는 날카로운 기지

제임스 테이트의 눈길을 붙잡는 것은 큰 사건들이 아니라 일상의 사소한 것들이다. 어머니날을 맞이해 꽃을 사러 갔다가 겪은 일 「꽃 파는 사람」, 아내에게서 선물 받은 시계를 잃어버리고 찾아 헤 맨 이야기 「중요한 증거 앞에서 마지못해 하는 항복」, 병원 대기실 에서 주고받는 대화 「외딴섬으로의 여행」, 잘못 걸려온 전화가 야 기한 일 「애런 노박의 사건」이나 「멀리서 우레와 같은 소리가」와 같은 시들이 그렇다. 이렇게 평범한 일상 속에서 시작된 이야기의 전개는 곳곳에 끼어드는 엉뚱하고도 날카로운 기지를 만나고, 한 참 웃다가도 문득 진실을 말하는 의미의 덫에 걸려 넘어지게도 된 다. 예를 들어 「특별한 손님」에서 우리가 산타클로스라 부르는 세 인트 닉은 우리가 익히 알던, 선물을 주기만 하던 그런 후덕한 성 인이 아니다. 무력하고 병든 치매 노인이 되어 7월의 한낮에 산타 클로스 복장을 하고 굴뚝을 타고 내려왔다. 그는 자신이 왜 이 시 기에 이곳에 내려왔는지를 알지 못하고 오늘이 며칠인지 그리고 올해가 몇년도인지 물으며 시원한 맥주 한잔을 거듭 요청한다. 북 극에서 살다 아내를 잃고, 선물을 주기만 하다가 결국 파산한 그는 화자 '나'의 집에 기식하면서 왜 그런지는 모르겠지만 낙엽 긁어모 으는 일을 좋아한다. 그의 이런 괴짜 같은 유머들과 기이한 구성은 일상사를 환상적인 장면으로 바꿔주기도 하고 어쩔 수 없는 삶의 제한된 조건을 명랑한 이미지로 바꿔놓기도 한다. 「크리스마스 최 고로 잘 지내기」에서는 크리스마스에 전화해서 자살하겠다는 친 구에게 지금은 선물을 푸는 중이니까 나중에, 그때까지 살아 있다 면 나중에 다시 전화하라는 말을 한다. 또 「호숫가에서 보낸 거의 완벽한 저녁나절」에서는 행복한 저녁을 지내고 있는 한쌍의 연인 들에게 지역 경찰이 와서 문을 두드리고, 이 지역에서는 너무나 행 복한 자들을 체포하는 규정이 있다고 한다. 연인들이 혹시 농담 아니냐고 물으니 수첩에서 어떤 종류의 농담인지를 찾겠다고 하다가, 결국 어떤 종류의 농담인지 수첩에서 찾지 못하면 당신을 귀찮게 하는 거냐고 다시 묻는 장면이나, 「애니미스트들」에서 결혼증명서를 보이고 투숙할 것을 요구하는 기독교인 모텔 주인에게 투숙객 여인이 셔츠를 들춰 자신의 젖꼭지를 보이며 자신들이 애니미스트라고 주장하는 이야기 등에서 도발적인 기지와 재치로 시의 곳곳에서 웃음을 쏟아내게 된다.

현실의 감각을 통한 상상 세계로의 진입

한편 이 시집의 시들은 하나의 생각이나 상황을 논리적으로 제시하기보다는 일상의 잡다한 것들을 시인의 감각에 따라 변화무쌍하게 전개해나간다. 예를 들어 「무」에서는 현실의 감각이 상상의 장면과 결합한다. 이때 상상으로 날아가는 초입부에는 늘 싱싱한 감각이 상상의 세계로 다리를 놓는다. 마켓에서 아름다운 무를 보고 그 풍미를 상상하고, 그 무가 노래를 하는 상상 속에서 한 여자가 토끼를 만난다. 그러다가 쇼핑카트에 부딪혀 문득 현실로 돌아오게 되고 다시 판매대의 버섯 냄새로부터 버섯을 요리하는 상상을 하다가 사람들과 부딪치고, 그들과 엉뚱한, 그러나 폐부를 찌르는 이야기를 주고받다 다시 매장의 오크라를 보고, 오크라의 씹는 소리와 관련된 과거의 회상 속으로 오가는 식이다. 이 감각과 상상의 결합은 아주 자연스러워서 독자들은 자신도 모르게 아득한 상상의 세계로 끌려다니는 경험을 하게 된다. 이러한 감각에의 몰입이 상상의 세계로 미끄러져 들어가는 장면은 「까마귀가 말하다」에서도 나타난다. 노랑에서 오렌지색으로 그리고 가장자리로 번져갈수록 붉어지는 장미 꽃잎의 점층적 색깔 변화가 아득한 곳에서 밀려와 물결치는 파도를 상상하게 한다. 그 바다 위에 거의 점처럼 보이는 한 남자의 환영도 손을 흔들며 화자 '나'에게 물건을 주문한다. 화자 '나'는 세계 곳곳으로 끊임없이 물품을 실어 보내는 직업을 가진 사람이다. 인간의 삶은 번잡하고 자연은 인간이 살아가는 길과는 상관없이 그들 나름대로 어디론가 가고 있다. 까마귀도 장미도 그들이 무슨 목적으로 지저귀고 왜 피어나는지 알 수 없고 '나'는 그저 휴일도 없이 구체적 수량의 물건을 실어 보낸다. 지구는 전율하고, 자연의 미스테리는 풀 길이 없다. 인간은 그저 헐떡거리고 약해지고, 바닥으로 추락하다가 예배하는 수밖에 없다.

혼돈의 수수께끼처럼 전개되는 당혹스러운 상황들

이 시집의 시들은 다채로운 목소리로 우리가 지금까지 지녔던 생각이나 신념들을 부정하며, 그것들을 이상하고 당혹스러운 상황과 맞닥뜨리게 한다. 시시각각 자신도 알 수 없는 것으로 다가오는 이 상황을 혼돈 그 자체로 그려놓고 있는데, 「마카로니」가 그 대표적인 예일 것이다. 혼자 마카로니를 요리하고 있는 화자 '나'에게 한 남자가 전화해서 유명한 소설가의 강연에 가자고 한다. 또다른 남자가 전화해서는 그 강연에 가지 말라며 첫번째 남자가 나쁜 사람이라고 한다. 강연에 갈 생각도 없는 내게 양쪽에서 전화를 걸어 요청을 하니 '나'는 갑자기 국제적으로 중요한 인물이 된 것 같은 기분에 사로잡힌다. 그러나 곧 큰 싸움이 나고 살인까지 벌어지는 상황을 전화로 전해 듣는다. 이런 이야기들은 지금까지 우리가 믿고 있던 것이나 예상하고 있던 일을 혼돈의 수수께끼로 만든다. 이런 혼돈은 우리에게 익숙하지 않다. 어떤 식으로든 혼돈에 질서를 부여하고 종합하여 하나의 대답을 구해보려고 하지만 실패할 뿐이다. 성경의 한 구절을 제목으로 차용한 시 「무수한 자들이 사라졌다」에서도 왜 이 남자는 자기가 자동차로 치지도 않은 아이들을 쳤다고 생각하며 그들의 사진까지 진열해놓고 있는지 수수께끼다. 또한 단추와 안전핀, 유리 눈알 같은 이상한 물건들을 종이 백에 넣고 뭔가를 찾아다니다 넘어지고 다치는 「우리는 왜 자야만 하는가」도 마찬가지다. 제임스 테이트는 표면적으로는 왜 그런 말을 하는지 알 수 없는 수수께끼를 던져 우리를 당혹하게 하고는 새로운 창조의 계기를 마련하고자 한다. 기존의 결론으로 쉽게 도달하려고 하지 않으려는 이러한 태도는 그가 지속적으로, 의식적으로 보여주고 있는 실험이다. 그러나 이 시집 전체가 다 이런 방식으로만 전개되지는 않는다. 어떤 시들은 미국의 사회적 상황과 관련된 이야기를 우회적으로 풀어내며 야유한다. 사람들의 조롱을 받으며 십자가를 지고 가다가 구경꾼들의 기대를 벗어나 진짜로 십자가에 불이 나는 이야기 「가장 멋진 일」, CIA의 조작으로 서류상 죽은 사람으로 되어 있는 한 남자가 자신이 살아 있음을 증명하기 위해 사인을 받으러 다니는 이야기 「탄원」, 별 것 아닌 일에 호들갑을 떨며, 은행에서는 사소한 것을 용납할 수 없는 어떤 규칙이 있음을 강조하는 이야기 「은행의 규칙」 등이 그렇다.

고리에서 고리로 연결되며 번져가는 상상의 세계

그러나 무엇보다도 제임스 테이트의 시를 읽는 재미는 고리에서 고리로 연결되며 변화무쌍하게 펼쳐내는 상상의 말들에 있다. 상상의 장면으로 진입하는 이 오솔길은 한 단어가 연상하는 또다른 단어에게 갈림길을 내주면서 수많은 생각과 이미지들이 파문처럼 번져나간다 이렇게 펼쳐지는 과정의 다채로움과 어디로 튈지 모르는 정황의 말들은 이 시집 전체를 흐르는 중요한 특징이다. 특히 「규칙들」「진딧물 키우는 농부들」「케네디 암살 사건」「어느 일요일의 드라이브」「멀리서 우레와 같은 소리가」 등의 시들은 읽고 난 한참 후에까지도 그 이미지가 선명하게 남아 있다.

이 시집의 제목이기도 한 「흰 당나귀들의 도시로 돌아가다」에서 폴리가 말하는 지하세계는 환상적인 이미지를 불러일으키는 초현실적인 곳이다. 그곳에선 사람들이 식물 뿌리나 애벌레들을 먹고 살며 자동차 대신 당나귀가 끄는 마차를 탄다. 지하세계에서 갑자기 지상으로 나타난 폴리는 그곳을 그리워하다 어느 날은 자신의 엄마가 죽어가고 있다며 지하로 돌아가고 싶다고 한다. 화자는 폴리가 신경쇠약에 걸린 것은 아닌가 의심하면서도 진짜 지하세계가 있을지도 모른다고 생각하며 그녀를 도우려고 한다. 그녀의 희미한 기억에 따라 교회의 첨탑을 찾아 나서고, 그녀는 마치 꿈을 꾸는 듯이 첨탑을 하나씩 순회한다. 마침내 일곱번째 첨탑에 이르자 화자는 강렬한 햇빛에 눈이 가려 앞을 보지 못하게 되고, 그뒤로 그녀를 다시는 볼 수 없게 된다. 이 시에서 지하세계의 의미가 무엇인가도 주목해야겠지만 더욱 주목해야 할 것은 빛과 어둠의 상관관계일 것이다. 빛이 어떤 이에게는 세계를 밝혀주는 역할을 하지만 반대로 누군가에게는 그 빛이 오히려 눈을 멀게도 한다. 지하세계에서 지상으로 오는 순간에 눈이 멀어버렸던 폴리. 그리고 교회의 첨탑 주변에서 그 빛 때문에 폴리가 어떻게 사라졌는지를 보지 못한 '나'는 대칭을 이루며 이 시에서 여러가지를 생각하게 한다.

「규칙들」에서는 사탕 가게에 강도가 들어 주인과 손님을 협박하면서 손 들라고 명령한다. 그러나 주인은 사탕 가게에서는 사탕 이외의 것은 팔지 않으며 사탕 가게의 지붕 아래에서는 모든 것이 보호된다고 말한다. 즉 총으로 협박하며 손 들라고 명해도 그런 말들이 작동하지 않는 곳이 사탕 가게의 규칙이라고 한다. 강도들은 손 들어,라는 폭력적 말이 통하지 않는 그 가게에서 마침내 강도가 아닌 무장해제된 바보가 된다. 그리고 저희들끼리 친구가 되어 달콤한 사탕봉지를 사들고 가게를 빠져나간다. 사탕이나 초콜릿이 주는 달콤한 미각에의 탐닉은 통제되지 않는 욕망이다. 그 욕망이 육체를 무너뜨리기도 하지만 동시에 그 거짓말 같은 달콤한 공간은 인생사의 번잡함을 잠시 유보시킬 수 있는 곳임을 유머러스하게 말하고 있다.

「진딧물 키우는 농부들」에서 개미에 관한 책을 읽다가 화자 '나'는 개미의 삶, 그들 사회적 계급과 분업관계, 그리고 개미들이 사육하는 진딧물과 그것들의 분비물 허니듀를 빨아먹는 과정을 읽으며 그런 삶의 형태에 가슴 아픈 어떤 것이 있다고 말한다. 그들로부터 인간 삶의 고단한 모습을 연상했기 때문일 것이다. 그러다가 이 개미 세계의 광대한 문명을 단 한번의 스프레이로 폐허로 만들어버리는 해충 구제원이 오고 화자는 자신이 수년전에 왜 그런 계약을 했는지조차 알 수 없다고 말한다. 천둥과 함께 폭우가 오고 새들과 농담을 주고받는 사이 전화벨 소리가 울린다. 그리고 전화 벨소리와 관련한 상상을 하게 된다. 사기꾼의 전화일 것이다. 아니다, 백만불을 따게 될지도 모르는 전화다. 아니다, 이 무렵에 늘 졸린이 전화를 했었다. 졸린의 늙음과 관련한 푸념을 들어줘야 했던 시간도 있었다. 졸린은 다리를 다쳐 배달 소년과 사랑에 빠지기도 했었고 그 사랑이 깨져 어쩔 수 없이 화자인 내가 도와줘야 할 때도 있었다. 그런 상상과 회상의 과정을 거쳐 해가 진다. 해는 지려고 하는 순간에도 자신을 나타내려고 몸부림을 친다. 지는 해를 바라보며 먼 미래를 놀라움 속에서 응시하는 이야기들은 연결고리가 자연스럽고 그 안의 이미지들은 놀랍도록 생생하다.

「케네디 암살 사건」에서는 케네디가 암살되던 날, 어디에 있었느냐는 수사관의 질문에 윌러는 40년 전 사랑을 잃어버린 날의 안타까운 장면을 생생하게 회상한다. 화자가 사랑했지만 온통 다른 사람에게만 정신이 팔려 있던 로즈마리. 화자를 완전 무시하고는 세상 어떤 일도 상관 없다는 듯 베게 싸움을 하거나 테니스복을 맞춰 입고 깔깔거리던 그네들을 숨어서 바라봐야 했던 슬픔과 무력감이 케네디 암살이라는 역사적 사건을 배경으로 놓인다. 이 시는 역사적 사건 앞에 개인적 사건이 어떻게 대비되는지 혹은 케네디 암살이라는 역사적 사건이 어떻게 개인적인 사건으로 변환되며 시적인 의미를 갖게 되는 것인지를 보여주기도 하지만, 한 역사적 사건을 배경으로 한때 모든 것이었던 개인적인 사랑과 좌절의 순간이 창문을 통해 훔쳐보는 과정 속에서 강력한 이미지로 새겨진다. 마치 한 집단의 역사라는 오케스트라를 배경으로 한 개인의 사랑의 감정이 한 악기의 협주처럼 고조와 쇄락을 담고 처절하게 펼쳐지는 것이다. 더구나 뒷부분은 마치 추리소설처럼 살인자의 마수에 사라지지 않은 것이 다행이라는 듯 이상한 의문을 품게 하면서 끝을 맺는다.

「어느 일요일의 드라이브」에서는 '날아다니는 병'이라는 시적인 말을 초현실적으로 구현하기 위해 만든 장치들이 재미있다. 현실 작동의 원리와는 무관한, 시 쓰는 일에 골몰하는 것이야말로 바로 이 날아다니는 병에 걸리는 게 아닐까 싶다. 차를 타고 가다가 갑자기 숲으로 오줌을 누러 간 마고가 문득 날아다니는 병에 걸려 공중에 떠 있다. 문득 왜 그런 순간이 찾아왔는지는 모른다. 자신도 모르는 내 안의 어떤 욕망. 날아다니는 병에 걸리게 된 이런 무의식의 판타지는 이성을 작동해야 영위되는 일상에서는 허락되지 않는다. 마고는 하늘로 날아가며 화살을 쏘아 지상으로 내려달라고 한다. 그러나 마고의 남자친구는 사랑하는 사람에게 어떻게 화살을 쏘느냐고 말한다. 그는 날아다니는 그녀를 쳐다보며 애꿎은 나무둥치만 발로 찬다. 허황된 짓인 줄 알지만 우리는 끊임없이 다른 세계로 건너가고자 하는 욕망을 멈출 수 없다. 그러나 현실은 환타지를 타고 날아가도록 내버려두지도 않는다. 욕망의 판타지와 그럴 수 없는 현실의 야릇한 풍경이다.

「멀리서 우레와 같은 소리가」에서는 반쯤 잠든 상태에서 받은 전화 너머로 한 여인이 나에게 하우이라고 부르며 보고 싶다, 사랑한다고 말한다. 이 말을 들은 나는 정말 하우이가 되어 사랑을 받는 것 같은 기분이 든다. 그리고 이내 자기도 사랑한다고 말하며 실제 그런 감정을 느낀다. 반쯤 잠든 꿈 같은 이 상태가 곧 사랑이며 사랑은 그저 이 몽롱함 속의 환상인지도 모른다. 그러나 자신을 하우이라고 상상했던 이 남자가 전화를 끊고 다시 잠 들려는 순간 사자의 포효소리가 들린다. 그녀가 살려달라고 외치지만 그는 갈 수가 없다. 현실은 그 환상 밖에서 우선 신발 끈을 묶느라 바쁘기 때문에.

착란을 통한 시간과 공간의 우주적 확장

제임스 테이트의 시가 아름다워지고 신비스럽게 느껴지는 순간은 시간과 공간의 착각, 혹은 그 착란 속에서 시간과 공간이 우주적으로 확장되는 순간들이다. 「텅 빈 정글」에서 시간은 혼자 흘러가지만은 않는다. 시간은 초에서 분으로, 분에서 시간으로 나날이 흘러가며 다른 의미 있는 것들까지 함께 세월의 소용돌이 속으로 휩쓸어간다. 그 시간이 휩쓸어간 것 중의 하나는, 그들이 사랑했던 얼룩 고양이 태비의 죽음이다. 짐짓 모른 척하고 애써 감추려하고 있지만 그들의 슬픔은 곳곳에서 튀어 나타난다. 전체의 모습대신 부분적인 감각으로 튀어 나타나는 그것들, 아내 마야는 마치손톱으로 시간의 길이를 재려는 듯 전에 없이 손톱을 길게 기르고눈 화장을 하고 머리카락을 얼룩 고양이 태비처럼 줄줄이 염색했다. 햇살에 비친 그 모습이 아름답다. 해가 지고 있다. 그 노을을 봐야 한다고 소리치지만 아내는 딴소리만 한다. 빨래가 어쩌구 가스가 어쩌구…… 안타까움 속에 화자의 머리속은 텅 빈 정글과 같은데 아무것도 모르는 아내가 당신은 풍부한 내적인 삶을 가졌어라고 엉뚱한 말을 한다.

「붉은 흙」에서 고고학이나 발굴이라는 말은 현재적 삶에만 몰두하는 우리에게 다른 세상을 생각하게 한다. 시에서 화자가 살고 있는 일상적 공간 아래 있는 유적은, 거대한 고대 문명, 잉카 혹은 바이킹의 문명을 상상하게 한다. 미세한 붉은 먼지가 쌓이면서 순식간에 까마득한 역사 속으로 묻혀버리는 이 아득한 장면은 우리의삶이 순간이며, 동시에 현재라는 시간은 그 역사의 거대한 뿌리가표피에 잠깐 드러난 것임을 말해준다. 이 시간의 휘파람 같은 파문속에서 마지막으로 한 농부의 딸이 내게 잠깐 미소 짓고는 사라져버리는데 그 미소가 바로 이 시간의 화답이라도 되는 것 같다. 아득한 시간의 한끝을 만져보고 상상 속에서 실감해보며 그 시간을유머와 아득한 슬픔으로 함께 버무려 표현한 또다른 시에는 「이렇게 시작되었지」와 「야생 칠면조」가 있다.

시간은 인간이 늙는 속도보다 훨씬 빠르기 때문일까 자신의 모습이 몰라보게 달라진 후에야 인간은 시간도 그리고 자기 자신도 빠르게 잃어버렸음을 알게 된다. 「중요한 증거 앞에서 마지못해 하는 항복」에서 화자 '나'는 시계를 잃어버리고 찾아 헤매다 결국 이 시의 제목처럼 그 시간의 화신인 증거 앞에서 굴복하고 만다. 아내가 사준 손목시계를 잃어버리고는 그것을 찾으러 약국에도 들르고 마술사도 만나고 심령술사도 만나며 떠돌이 개와 신발을 가지고 다투기도 한다. 그러나 그가 마침내 만나게 되는 것은 자기가 개에게서 뺏은 신발, 즉 자기의 것이라 믿고 있는 신발과 같은 신발을 신고 있는 늙은 남자다. 그 남자가 아내와 나란히 앉아서 이야기를 하고 있는 것이다. 그제서야 화자는 그 늙은이가 자신이라는 것을 알게 되며 또 잃어버린 시계가 바로 눈앞에 있다는 것을 알게 된다.

「길 잃은 거위들」에서는 돌고 돌다가 더이상 원래의 계획을 잊고 그들이 찾아낸 호수에 주저앉아 그곳을 집이라 부르고 살아가는 장면을 볼 수 있다. 이런 모습은 아득한 곳에 근원하고 있는 슬픔의 실체를 더듬어가며 이 시집을 이 세상에서 다른 세상으로 끌고 날아오르게 하는 역할을 한다. 특히 이 시집의 마지막에 배치된 두편의 시 「동시에 여러 곳에 존재하기」와 「잃어버린 생을 찾아서」는 초현실적인 광경을 만들어 전생과 후생, 과거와 미래를 오가며 시간과 장소를 무한대로 확장한다.

미국 시골의 적막감과 권태를 말하는 시

「도시 밖의 버팔로 떼」에서 다루는 20세기 미국의 시골 소읍의 생활은 미국 문학에서 매우 인기 있는 소재다. 존 업다이크의 『달려라 토끼』, 레이먼드 카버의 『사랑을 말할 때 우리가 이야기하는 것』 등이 대표적 예일 것이다. 거칠게 요약하자면 미국 시골 소읍의 삶이란 단조롭고 지극히 정형화된 생활을 말한다. 제2차 세계대전 이후 특히 베이비붐 세대는 이러한 삶을 경험한 바 있고 이들이 비트 제너레이션의 주역이 되기도 한다. 시골 소읍의 참을 수 없이 지루한 생활 속에서의 볼링은 이들의 전형적인 오락거리였으며 서부 개척자들이 미국의 대초원을 가로지르던 때 거대한 소떼는 한때 아메리카 원주민의 식량과 의복과 땔감까지 제공했다. 지금 그런 풍경은 이제 볼 수 없고 관광용으로만 남아 있다. 이런 버팔로 떼를 본다는 것은 상상일 뿐이며 이제 망각 속으로 사라질 풍경이다. 제임스 테이트는 '포스트모던' 혹은 '해체'라는 말을 빌어 이 기괴한 풍경을 시의 대상으로 삼고 있다. 이밖에도 「잃어버린 강」 「웬델」 「줄스가 구해주러 오다」 같은 작품에서도 이와 유사한 적막감 같은 것이 문득 문득 엿보인다. 미국 시골의 광대한 적막감과 도저한 권태 혹은 지루함은, 바쁘고 정신없이 돌아가는 한국의 도시 생활자로서는 낯설고 생소하지만 그 분위기는 공간을 넘어 아득하게 감지할 수 있다.

산문시라는 장르를 향한 야심, 분투, 정열

제임스 테이트의 초기 시집 『망각 하 하』(Oblivion Ha-Ha, 1970)에는 「산문시」(Prose Poem)라는 제목의 시가 한편 있다. 이 시집 『흰 당나귀들의 도시로 돌아가다』가 발간되기 한참 전에 발표된 시이기는 하지만 우리는 여기서 그가 일찍부터 산문시라는 장르를 향해 야심차게 도전했고, 그것을 정열적으로 구현하고자 했음을 알 수 있다. 또한 이 짧은 시를 통해 그가 수수께끼 같은 일상의 부분들, 일상을 지배하는 신념과 관습과 그 충돌, 그런 것들 속으로 뛰어들어 분투하면서 어떻게 생명을 부여하여 생생하게 되살려내고자 했는지 그 과정을 짐작해 보는 것도 이 시집을 이해할 수 있는 한 방법이기에 여기 「산문시」를 번역해 덧붙인다.

산문시

나는 이런 거대한 수수께끼 조각들에 둘러싸여
있다: 내가 아내라고 부르는 수수께끼가 하나,
내가 신념이라 부르는 이상한 것이 하나, 그리고 여기엔
관습이, 충돌이, 대형 화재가 있다,
축하 인사가 있다. 얼마나 굉장한 수수께끼인가! 나는
다른 사람들 모두가 잠든 후에, 이 모든
수수께끼에 기름칠해 문지르고 싶다. 그것들을
지하실 한가운데 쌓아두고 싶다. 그리고는 나는 머리
박고 다이빙하듯 뛰어드는 것이다, 끔찍한 혼돈 속으로.
그것들을 지옥처럼 걷어차고 몇은 목 졸라버리고,
몽구스처럼 뱉고 으르렁대면서. 물어뜯는 것이다
내가 아침에 깨어나면, 이 모두가 멋지게 완성돼 있고!
아내는 그녀라면 그렇게 맹렬하게 되살려내려고 목숨 걸지
않을 거라고 한다. 내가 말한다, 당신도 그럴 거라고.

흰 당나귀들의 도시로 돌아가다

초판 1쇄 발행 / 2019년 6월 14일
초판 2쇄 발행 / 2023년 12월 7일

지은이 / 제임스 테이트
옮긴이 / 최정례
펴낸이 / 염종선
책임편집 / 이선엽
조판 / 박아경 황숙화 한향림
펴낸곳 / (주)창비
등록 / 1986년 8월 5일 제85호
주소 / 10881 경기도 파주시 회동길 184
전화 / 031-955-3333
팩시밀리 / 영업 031-955-3399 편집 031-955-3400
홈페이지 / www.changbi.com
전자우편 / lit@changbi.com

한국어판 ⓒ (주)창비 2019
ISBN 978-89-364-7714-1 03840